民國文化與文學研究文叢

（四川大學特輯）

八　編

李　怡 主編

第 **4** 冊

有獎徵文與中國現代文學

門紅麗 著

國家圖書館出版品預行編目資料

有獎徵文與中國現代文學／門紅麗 著 — 初版 — 新北市：花
木蘭文化事業有限公司，2017〔民 106〕
目 2+178 面；19×26 公分
（民國文化與文學研究文叢 八編；第 4 冊）
ISBN 978-986-485-035-8（精裝）
1. 中國當代文學 2. 文學評論
820.9　　　　　　　　　　　　　　　　106012785

ISBN-978-986-485-035-8

9 789864 850358

特邀編委（以姓氏筆畫為序）：

丁　帆	王德威	宋如珊
岩佐昌暲	奚　密	張中良
張堂錡	張福貴	須文蔚
馮　鐵	劉秀美	

民國文化與文學研究文叢
八　編　第四冊　　　　　ISBN：978-986-485-035-8

有獎徵文與中國現代文學

作　　者　門紅麗
主　　編　李　怡
企　　劃　四川大學現代中國文化與文學研究中心
　　　　　北京師範大學民國歷史文化與文學研究中心
總 編 輯　杜潔祥
副總編輯　楊嘉樂
編　　輯　許郁翎、王　筑　美術編輯　陳逸婷
出　　版　花木蘭文化事業有限公司
社　　長　高小娟
聯絡地址　235 新北市中和區中安街七二號十三樓
　　　　　電話：02-2923-1455 ／傳眞：02-2923-1452
網　　址　http://www.huamulan.tw 信箱 hml810518@gmail.com
印　　刷　普羅文化出版廣告事業
初　　版　2017 年 9 月
全書字數　151775 字
定　　價　八編 12 冊（精裝）新台幣 22,000 元

有獎徵文與中國現代文學

門紅麗 著

作者簡介

門紅麗，1984 年生，山東東營人。文學博士，中國石油大學（華東）文學院教師，主要從事中國現代文化與文學研究。

提　　要

　　在中國現代文學發生發展的過程中，現代大眾傳媒的參與不僅爲文學提供了物質基礎，並且從根本上改變了現代文學的寫作方式、傳播方式以及閱讀方式，可以說正是大眾傳媒引領了現代文化和文學的現代性轉變，完成了對現代文學體制的建構。其中，「有獎徵文」這種首先出現在報刊雜誌上的現象正是適應這一體制而產生的新的文學生產和傳播機制。徵文，即徵求文章、文稿，報刊雜誌本身或某機構通過報刊雜誌面向大眾發出徵文啓事的號召，啓事中一定包括徵文的宗旨、對象、要求、時間、遴選辦法、獎金設定、等級評定等其他事宜，它顯示了社會文化空間對某種文體抑或某種文學發展趨勢的期待，同時，除了徵文發起者要達到的對文學的影響作用之外，還有著複雜的經濟、政治因素，並且用獎金刺激的方式獲得最大範圍的回應。有獎徵文這種獨特的文學生產方式爲我們提供了諸多的歷史細節，它展示了文學生產、社會思潮是在怎樣的一種各方力量「製造合作」的方式中進行，而徵文獲得的稿件則可充分展示那個時代普通大眾是如何在這樣的「命題作文」形式下展現對文學對社會變革的理解。正是在這個意義上，「有獎徵文」成爲現代文學研究中不可忽視的重要部分。通過對有獎徵文的研究，我們可以看到它對現代文學文體的發展與文學觀念的建構與傳播作用、有獎徵文如何設計引導了大眾啓蒙以及這其中體現出來的徵文的「反經典」特徵。再者，徵文從歷時的發展來看，呈現出數量上的不斷增加與應用上的日益廣泛，這集中體現在三四十年代徵文對文藝大眾化思潮的推動，這一時期，徵文數量龐大，名目繁多，知識分子、政治團體都利用徵文來達到對文學文化的引導，從而達到宣傳其政治思想的目的。而三十年代以「中國的一日」爲代表的「一日」系列徵文更是突出體現了徵文對於情感凝聚的作用。

構建中國現代文學研究「川大群落」的雛形——《民國文化與文學研究文叢》四川大學特輯引言

李 怡

　　2012 年，我開始與花木蘭文化出版社合作，按年推出「民國文化與文學」論叢，2014 年以後又按年加推「人民共和國文化與文學」論叢，可以說，鼓舞我完成這兩大學術序列的堅強的動力就在於我本人的「四川體驗」，更準確地說，是我對於四川大學學術群體的深切感受和強烈期待。「民國文化與文學」與「人民共和國文化與文學」論叢自誕生的那一天起，就是以中國現代文學研究「川大群落」的存在爲「學術自信」的，四川大學學人的身影幾乎在每一輯中都有出現，儼然就是這兩大序列的內在的紐帶和基石。迄今爲止，我們已經在論叢中集中推出了「南京大學特輯」、「中國人民大學特輯」與「蘇州大學特輯」，編輯出版「四川大學特輯」則是計劃最久的願望。

　　在當代中國的學術版圖上，四川大學留給人們的印象常常是古代文化的研究，包括「蜀學」傳統中的中國古代史、古代文學、古代漢語研究，新時期以後興起的比較文學研究也擁有深刻的古代文學背景，其實，中國現當代文學的發展和學術研究也與四川大學淵源深厚。

　　作爲西南地區歷史久遠的高等學府，四川大學經歷了一系列複雜的演化、聚合與重組過程，眾多富有歷史影響的知識分子都在不同的時期與川大結緣，構成「川大文脈」的一部分。例如四川省城高等學校下屬機構的分設中學堂時期的學生郭沫若與李劼人，公立外國語專門學校時期的學生巴金，成都高等師範學校時期的受聘教師葉伯和，國立成都大學時期的受聘教師李

劫人、吳虞、吳芳吉，國立四川大學時期的陳衡哲、劉大杰、朱光潛、卞之琳、熊佛西、林如稷、劉盛亞、羅念生、饒孟侃、吳宓、孫伏園、陳煒謨、羅念生、林如稷，新中國以後的川大學生中則先後出現過流沙河、童恩正、楊應章、郁小萍、易丹、張放、周昌義、莫懷戚、何大草、徐慧、趙野、唐亞平、胡冬、冉雲飛、顏歌等。作為學術與教學意義的中國現當代文學，也在川大早早生根，文學史家劉大杰在川大開設「現代文學」必修課的時間可以追溯到 1935 年，是中國較早開展新文學創作研究高校之一。新中國成立後，隨著中國現代文學（新文學）學科的建立，四川大學的相關學者代代相承，在各自的領域中成就斐然，成為中國現代文學研究界的主要力量。林如稷、華忱之先生是新中國中國現代文學學科的奠基人之一，新時期以後，則有易明善、尹在勤、王錦厚、伍加倫、陳厚誠、曾紹義、毛迅、黎風等持續努力，在郭沫若研究、李劫人研究、四川作家研究、中國新詩研究等方面做出了引人注目的貢獻，是中國西部地區最早培養碩士生與博士生的學術機構。〔註1〕

　　我是 2004 年加入四川大學學術群體的，當時中國高校的「學科建設」的大潮已經開始，許多高校招兵買馬，躍躍欲試，而川大剛好相反，老一代學者因年齡原因逐步淡出學術中心，相對而言，當時地處西部，又居強勢學科陰影之下的川大現代文學學科困難重重。在這個情勢下，如何重新構建自己的學術隊伍，尋找新的學科優勢，是我們必須面對的頭等大事。幸運的是，我的川大經歷給了我許多別樣的體驗，以及別樣的啓迪。

　　首先是寬闊、自由而富有包容性的學術環境。雖然生存在傳統強勢學術的學科陰影之下，但是川大卻自有一種巴蜀式的特殊的自由氛圍，學人生存方式、思想方式都能夠在較少干擾的狀態下自然生長，也正如「海納百川，有容乃大」的川大校訓所示，古典的規誡中依然留下了現代學術的發展空間。在學院的支持下，四川大學現代中國文化與文學研究中心成立，中國現當代文學學科有了學科設計、學科活動的平臺，2005 年，《現代中國文化與文學》創刊，除中國現代文學研究會的《中國現代文學研究叢刊》外，這在當時屬於國內僅有一份由高校創辦的現代文學研究叢刊。八年之後，該刊被南京大學社科評價中心列為 CSSCI 來源輯刊，算是實現了國內學界認可的基本目標。

　　其次是相對超脫、寧靜的治學氛圍。進入川大以前，我所服務的高校正

〔註 1〕　參見程驥：《四川大學與中國現代文學》，《現代中國文化與文學》2008 年第 5
　　　　輯。

處於「學科建設」的焦慮之中，那種「奮起直追」、「迎頭趕上」的熱烈既催人「奮進」，又瓦解著學術研究所需要的從容與餘裕心境。到川大沒幾天，我即受毛迅教授之邀前往三聖鄉「喝茶」，山清水秀的成都郊外風和日麗，往日熟悉的生存緊張煙消雲散，「喝茶」之中，天南地北，學術人生，無所不談，半日工夫雖覺時光如梭，但卻靈感泉湧，一時間竟生出了許多宏大的構想！毛迅教授與我一樣，來自步履匆忙、心性焦躁的山城重慶，對比之下，對成都與川大的生存方式多了幾分體驗，在後來的多次交談中，他對這裡的「巴蜀精神」、「成都方式」都有過精闢的提煉和闡發，據我觀察，這裡的「溢美之辭」並非就是文學的想像，實則是對當今學術生態的一種反省，而只有在一個成熟的文化空間中，形形色色又各得其所的生存才有可能，學術生活的多樣化才有了基礎，所謂潛心治學的超脫與寧靜也就來自於這「多元」空間中的自得其樂。〔註2〕春日的川大，父親帶著孩子在草坪上放風箏，老者在茶樓裏悠閒品茗，學子在校園裏記誦英文，教授一時興起，將課堂上的研究生帶至郊外，於鳥語花香間吟詩作賦、暢談學問之道，這究竟是「學科建設」的消極景觀呢？還是另一種積極健康的人生呢？真的值得我們重新追問。

第三是多學科砥礪切磋的背景刺激著現代文學的自我定位。在四川大學，中國現當代文學並非優勢學科，所以它沒有機會獨享更多的體制資源，但應當說，物質資源並不是學術發展的唯一，能夠與其他有關學科同居於一個大的學術平臺之上，本身就擁有了獲取其他精神資源的機會。與學科界限壁壘森嚴的某些機構不同，我所感受到的川大學術往往形成了彼此的對話與交流，例如文學與史學的交流，宗教學、社會學與其他人文學科的交流，就現代文學而言，當然承受了來自其他學科的質疑與挑戰——包括古代文學與西方文學，然而，在古今中外文化的挑戰中發展自己不正是中國現當代文學的實際嗎？除了挑戰，同樣也有彼此的滋養和借鏡，例如從中國少數民族文學中發展起來的文學人類學，原本與中國現當代文學關係密切，但前者更為深入地取法於文化人類學、符號學、民族學、社會學等當代學科成果，在學術觀念的更新、研究範式的革命等方向上大膽前行，完全可以反過來啟示和推動現當代文學研究的發展。

以上的這些學術生態特徵也是我在川大逐步感受、慢慢理解到的。可能也正是得益於這樣的環境，我個人的學術方式也與「重慶時期」有所不同了，

〔註2〕李怡、毛迅：《巴蜀學派與當代批評》，《當代文壇》2006年2期。

更注重文學與史學的結合，更注意史實與史料的並重，也有意識地從其他學科中汲取靈感，跳出現代文學研究閉門造車式傳統套路，將回答其他學科的質疑當做學術展開的新起點。也是在四川大學，我更自覺地在一個較爲完整的歷史框架中思考中國現代文學的發展方向，進而提出了「從民國歷史發現現代文學」、「民國文學機制」等新的設想，在構想這些新的學術理念的時候，我能夠深深地意識到來自周遭的歷史信息與學術方式的支撐力量，那種生發於土壤、回應於知音的精神基礎，那種彌漫於空氣中的「氣質型」的契合……是的，新的學術之路也關聯著現有的社會文化格局。幾年之後，我重新打量這裡的學術同好，在毛迅對「巴蜀自由」的激賞中，在姜飛對國民黨文學挖掘中，在陳思廣對現代長篇小說史料的鉤沉中，啓示也都透出了某種共同的文史互證的趣味，這可能就是悄然形成的中國現代文學「川大學術群落」的氣質吧。

最值得稱道的還是在這一氛圍中成長著的年輕的學子們，從某種意義上說，努力將前述的「川大學術氣質」融入研究生教育，這可能是我們自覺不自覺地一種追求。在我的印象中，可能源於毛迅教授，我自然也成爲了自覺地推手。在三聖鄉的「茶話會」誕生了「西川讀書會」，從讀書會發展成爲全國性的「西川論壇」，繼而將「論壇」開到了日本福岡，成爲中日現代文學學者的兩國對話，從《現代中國文化與文學》的格局開闢出了《大文學評論》的方法論探求，最後兩岸合作，創辦《民國文學與文化》，誕生《民國文化與文學》論叢、《人民共和國文化與文學》論叢，以及《民國文學史論》、《民國歷史文化與中國現代文學研究》等大型叢書，一批又一批的四川大學的博士研究生在這樣的學術格局中發現了新鮮的話題，滿懷興趣地耕耘著他們自己的學術領地，關於民國文學，關於解放區文學，關於魯迅，關於通俗文學……作爲導師，能夠「快樂著他們的快樂」，大概再沒有比這樣的時刻更讓人興奮的了。這至少說明，我們對川大學術積極意義的理解和發掘是正確的選擇，這樣的選擇無愧於川大，無負於我們自己，也對得起中國現當代文學！

限於論叢規模，《民國文化與文學研究文叢·四川大學特輯》在 2017 年只收錄四川大學資深學者的論著，以及四川大學中國現當代文學專業畢業的博士生尚未出版的論著，這樣的原則，顯然是將兩類川大學子排除了：一是著作已經先期出版了，二是在川大接受了良好的碩士訓練，並繼續沿此道路在其他學校取得博士學位者。這樣一來，某些洋溢著「川大氣質」的優秀論

著便無緣進入論叢了。不過，我想，遺憾只是暫時的，在不久的將來，我們完全可以重新編輯一套完整的「中國現當代文學川大學人論叢」，只要這「川大學術氣質」真的不是曇花一現，而是持續性的日長夜大，在當代中國的學界引人矚目。在那時，作為川大學術的曾經的見證人，作為川大氣質的第一次的闡釋者，我們都樂意以「川大群落」的一員為驕傲，並繼續為它添磚加瓦。

2017 年春節於成都江安花園

導　論

一、現代傳媒與有獎徵文的發生發展

　　近年來，中國現代文學的研究呈現多學科多方向交叉互補整合的態勢，一方面從文學內部研究文學的基本構成與文本特徵，另一方面又在文化學、社會學、傳播學等多重闡釋中尋找現代文學的發生、發展的內在互動機制。對中國現代文學研究而言，固然需要「回到文學本身」研究文學的內部結構，但同時也要注意因過於「回到」文學而造成的「遠離」文學，因為現代文學的產生和發展可以說是多重力量相互推動的結果，忽視這些不利於我們發現問題的複雜性和本質。這就提醒我們要多方面多層次審視中國現代文學，探尋不同的社會力量、多樣的機制特徵如何影響、推動、參與建構了現代文學的整體面貌，同時，對於主流之外的影響文學的「細流」的發掘也可讓我們發現不同的因素如何偶然或必然地製造了現代文學的諸多現象。

　　多學科相互交叉的整合研究中，從報紙期刊等大眾傳媒的角度展開對現代文學的審視無疑為我們提供了一種新的視角和方法。從現代文學的發生過程考察我們不難得出這樣的結論，即現代大眾傳媒參與並引領了中國文化和文學現代性的轉變。中國現代傳媒最早可以追溯到 1872 年《申報》和《瀛寰瑣記》的創刊，相對中國傳統傳播媒介來說，它們是一種全新的大眾媒介，由此開啟的發生在晚清的以現代報刊為主要形式的大眾傳播革命，在傳播方式上顛覆了古典文學的傳播模式，同時也有力有效地促進了中國文學的現代性進程。總的來說，現代傳媒之於現代文學的意義，不僅在於傳播媒體報紙雜誌為現代文學提供了存在的物質基礎，更在於傳媒對中國現代文學的發生

發展帶來了文化精神的根本改變，「報刊作爲傳播媒體，深深地影響著現代文學的寫作方式、傳播方式、閱讀方式，以及作家的交往方式、成名方式和他與社會、與市場的關係。」〔註1〕具體而言，可從以下幾方面體現，首先，以報紙雜誌爲主的現代傳媒爲文學現代性的生成營造了公共領域空間，現代文學的思潮革命都有傳媒指導下的公共輿論參與，從受眾讀者角度看，公眾獲得了現代性的啓蒙，成爲新文學新文化的「大眾群體」；其次，現代傳媒促使傳統文人文化精英轉變爲現代傳媒人、職業作家，使得文學生態、文學的生產、流通、消費都發生了質的變化。這也帶來了文學創作者身份的普泛化，即更多的人可以通過投稿寫作參與到文學的生產中，加速了文學的大眾化、平民化，文學不再是傳統特權階級的專屬，而變成了普通大眾都可參與的共用資源；再次，作爲「中介」的傳媒，是讀者和作者之間聯繫的橋樑，這個中介要結合報刊發行量、經濟效益等方面平衡作者與讀者之間的切合度，或以啓蒙教育的姿態，或迎合讀者口味，或在二者之間找到雙方都滿意的平衡點，正是在這種不斷平衡中才使得文學不斷調整其方式內涵，在這樣的語境下，「文學」本身也意味著其他因素的參與，從梁啓超的「欲新一國之民，不可不先新一國之小說」，〔註2〕到陳獨秀將貴族文學、古典文學、山林文學的產生與「阿諛誇張虛僞迂闊的國民性」〔註3〕聯繫在一起，再到毛澤東的「無論高級的或初級的，我們的文學藝術都是爲人民大眾的，首先是爲工農兵的，爲工農兵而創作，爲工農兵所利用的。」〔註4〕文學已被提到了與國民性、啓蒙話語、國家民族想像相關的維度，這就讓我們重新思考何爲文學，文學可否能夠承載這樣的命題，而傳媒又在其中扮演了怎樣的角色。

現代傳媒的興起發展爲知識分子提供了新的話語空間，他們利用這樣的空間進行新文學新文化的宣傳，製造相應的話語情境。在這種以大眾傳媒爲主要方式的語境之下，對文學、文化的霸權統治逐漸減弱，封建時代的「禁言」失去了其存在的條件，知識分子與報刊傳媒有效地結合創造了強有力的自由言說的空間，並且製造輿論激發大眾參與到對社會問題、文化發展甚至是文學創作的討論中來，文學也不再是權貴階級的專屬，任何

〔註1〕楊義《流派研究的方法論及其當代價值》，《海南師範學院學報》，2001年第5期，第14頁。

〔註2〕梁啓超《論小說與群治之關係》，《新小說》，1902年第1期。

〔註3〕陳獨秀《文學革命論》，《新青年》，1917年第二卷第6期。

〔註4〕毛澤東《在延安文藝座談會上的講話》，《解放日報》，1943年10月19日。

人只要有條件有能力都可以發出自己的聲音，甚至可以從一名普通大眾成為作家，報刊傳媒盡力為大眾提供這樣發聲的管道和途徑。在這種文化文學傳播方式變革的機遇之下，不同的思想能夠在報刊上「眾聲喧嘩」，構成一種良性發展的信息環境。如果從傳播的角度講，報刊作為傳播者是信息源的發起者，而受眾、讀者、大眾則是信息的接受者和參與討論者，這兩者的互動共同參與了新文學新文化的推動和發展。那麼，傳播者和受眾是如何進行著有效的交流？前者又如何運用有效的方式使更多的受眾參與到文學文化的創造之中？在這種傳播過程中，不同性質傳播者其目的又是如何？通俗雜誌、嚴肅文學雜誌以及國家機構參與的不同報刊傳媒其各自呈現的傳播情形是怎樣？這其中，除了文學、文化的傳播，是否還有經濟利益、政治政權力量的影響？中國現代文學是在怎樣的複雜情境中展開發展的？本書提出，報紙雜誌上出現的「有獎徵文」可以為我們回答這些問題提供一個獨特的視角。

　　徵文，顧名思義，即徵求文稿、文章。首先是報刊雜誌本身或某機構通過報刊雜誌面向大眾發出徵文啟事的號召，啟事中一定包括徵文的宗旨、對象、要求、時間、遴選辦法、獎金設定、等級評定或者公開發表等其他事宜。徵文發出後，參與者在規定的時間提交稿件，徵文發出者評定稿件、刊發結果，同時有些徵文會為獲獎稿件做宣傳以及出單行本等後續工程。從整個過程中我們可以洞悉徵文活動的意圖、要達到的目的以及對文學、文化的影響。梳理徵文活動的產生發展我們看到，根據已有的研究發現，元順帝至元二年，李氏建安書堂刊刻孫存吾編、虞集校選的《元詩》時，曾隨書附刊徵文廣告，其中云：「本堂今求名公詩篇，隨得即刊，難以人品齒爵為序。四方吟壇多友，幸勿責其錯綜之編。倘有佳章，毋惜附示，庶無滄海遺珠之歎云。李氏建安書堂謹諮。」〔註5〕這種帶有「文人唱和」性質的「徵文」在古代已經出現，只是這種唱和還是僅限於文人之間，不帶有面向大眾徵求的特徵。本書要探討的現代意義上的徵文要從西方傳教士說起，可以說，徵文在晚清時期的出現首先是西方傳教士傳播其文化、宣傳其思想的重要手段，據統計，比較有影響力的傳教士報刊徵文主要有以下幾次：

〔註5〕張秀民《中國印刷史》，浙江古籍出版社，2006年，第230頁。

1870 年，林樂知在《教會新報》上刊登《本書院擬題請教友作文》，以《惟爾言我爲誰》爲題徵文，最後揭曉共刊出了錄取二十人的名單及錄取文會名次總批，並把第一至第五名的文章在報紙上一次刊載〔註6〕。

1879 年，《閩省會報》舉行《戒鴉片詩》有獎徵詩活動，其中第一、二名的詩作被選刊於《萬國公報》〔註7〕。

1879 年，聖教書會在《萬國公報》上刊登「請作聖書論取中酬洋告白」〔註8〕。第 573 卷公佈了《閱取風水論小啓》，啓事中稱該次會課共收得二十九卷，「其措辭立意之優美者九卷」，以「明通老人爲首」，並一一給這九卷排定名次〔註9〕。

1881 年，林樂知在《萬國公報》上舉行了大規模徵文活動，以《富國要策》、《風水闢謬》、《崇事偶像之害》、《耶穌聖教中國所不可缺》、《中西相交之宜》五題徵文〔註10〕。

這些徵文有著完整的程序，從發出通知到徵稿評獎到最後發佈結果，並且面向大眾，希望集思廣益的同時又達到宣傳、教育的目的。這時候的徵文數量較少，話題雖然面向大眾，但論題設計仍然難度較高，一般民眾參與度不高，不過這些徵文的出現也爲接下來新文學文化運動之中的徵文提供了範本。伴隨著晚清到五四以及新文化新文學的發生發展，有獎徵文這一現象才逐漸顯示出其影響力。下表可以讓我們從宏觀、歷時的角度一覽有獎徵文的發展：

1898	1903	1904	1905	1906	1907	1909	1910	1911	1915	1921	1922	1923	1924
1	7	9	13	1	7	6	6	11	22	22	33	62	89
1925	1926	1927	1928	1929	1930	1931	1932	1933	1934	1935	1936	1937	1938
54	42	38	31	63	71	144	50	78	52	105	178	113	32
1939	1940	1941	1942	1943	1944	1945	1946	1947					
85	70	91	49	67	74	31	54	81					

說明：1、此表格資料來源《全國報刊索引》中的《民國期刊全文資料庫》與《晚清期刊全文資料庫》。

〔註6〕《中國教會新報》，影印本第 959～960 頁，第 989～990 頁。
〔註7〕《萬國公報》，影印本第 6252 頁。
〔註8〕《萬國公報》，影印本第 6087 頁。
〔註9〕《萬國公報》，影印本第 6986～6987 頁。
〔註10〕《擬題乞文小啓》，《萬國公報》，影印本第 7985～7986 頁。

2、搜索分類限定爲文學類。

3、搜索關鍵字爲「徵文」，因「有獎徵文」也被稱爲「懸賞徵文」，故採用「徵文」，以期更大範圍地搜索有關徵文的内容。

4、第一、三、五欄爲年份，二、四、六欄爲資料庫顯示的以「徵文」爲題的文章或啓事數量。

上表爲我們粗略地展示了有獎徵文在數量上的發展，可以看出，有獎徵文在 1915 年之後開始逐漸增加，至三十年代達到最多，四十年代有所下降。當然不可否認的是，隨著報刊傳媒的發展、大量報紙雜誌的出現，徵文數量上的增加是必然趨勢，不過若結合整個文學思潮的發展變化以及徵文個案的考察來看，這組資料所表達出來的背後的意義則意味深長。可以說，徵文能夠影響一種文體或文學思潮的發展，以晚清小說發展的爲例，各種小說徵文直接影響了小說這一文體的地位變化。以 1895 年「傅蘭雅時新小說徵文」大力徵求「時新小說」開始，小說徵文便陸續大範圍出現，《新小說》社徵文、商務印書館的小說懸賞、月月小說社的徵文、時報館的小說大懸賞、改良小說社徵文等等，這些徵文解決了小說的稿源問題，同時也爲小說的革新進行了有利的「造勢」，爲以後將小說上升到啓蒙的意義做了很好的鋪墊。徵文雖然是徵求文學稿件、文學作品，但由於其本身具有宣傳的性質決定了徵文不僅僅是文學作品的生產，它必然附帶了其他意圖，晚清的這一批小說徵文夾雜了「改良社會」的目的，徵文發起者希冀通過徵文啓發民智、改良社會，將普通大眾納入到改良的運動中來。

從徵文發起者與民眾的上下「啓蒙」關係這個角度切入到對五四新文學新文化運動中考察，我們發現，這個時期的徵文呈現兩種態勢，新文化運動的啓蒙性質決定了其要面向大眾以期獲得更多的回應者，因此製造話題、讓更多的人參與討論則成爲徵文的主要目的，本書選取徵文種類繁多、數量龐大且雜誌影響力大的《小說月報》與《婦女雜誌》爲例，改革後的《小說月報》首次徵文便以討論著名作家如冰心的《超人》爲題，讓讀者來討論，這其實是在變相宣傳何爲新文學，給作家和讀者提供一個交流的空間。同時新文學運動中的精英知識分子也利用徵文爲廣大的未被發現的民眾中的「作家」提供寫作的機會，於是創造社發起了長篇小說徵文，不過這兩者似乎呼聲並不高，參與人數也少，新文學運動的「曲高和寡」並沒有完成啓蒙普通大眾的目的，徵文發起者所想像的雙向互動並沒有很好地生成。相比較而言，前

期《小說月報》與《婦女雜誌》的徵文設計卻成功得多，在話題的選擇上，兩者難度較小，選擇讀者大眾普遍關心的問題，運用迎合而不是啓蒙的高姿態，這樣的操作使得雜誌的銷量大增，帶來了巨大的經濟利益，於是改革後的《小說月報》採取折中辦法，一方面繼續《小說月報》新文學的宣傳主張，另一方面利用《小說世界》的徵文來贏得和保留之前流失的固定讀者，這反映出了新文學運動精英知識分子的啓蒙姿態與普通大眾的錯位，也說明了五四新文化運動所希望的文學大眾化運動並沒有很好地實現。

面向大眾的徵文活動到三十年代方顯示出了其文學生產與啓蒙話語的有效結合，這也是在三十年代徵文數量急劇上升的重要原因。這個時期是徵文與國家政權密切結合併成功運作的代表。據史料顯示，這個階段徵文類型豐富，固定文學獎金設置、話題徵文、以作家名人設置文學獎金，並且徵文頻繁，數量龐大，如《紅色中華》，幾乎每期都會刊登不同的徵文。有雜誌本身的宣導，也有其他機構利用雜誌的影響力發起徵文，文學獎金設置繁多，「七七文學獎金」、「七七文學獎金」、「五四文學獎金」，另外還有軍事盟約徵文、「紅軍故事」徵文等，以及最有特色，在中國報告文學史上影響深遠的「一日」系列徵文，以「中國的一日」爲開端，陸續有「冀中一日」「蘇區的一日」「上海一日」「偉大的兩年間」「偉大的一年間」等以時間爲背景話題的徵文。這些徵文參與人數極其廣泛，收到的稿件動輒成千上萬，以比較出名的作家爲評委、徵文發起者又再次加強了徵文的影響力。這些現象讓我們思考在這些徵文中，國家政權、知識分子、普通大眾是如何達成了一致，而這種情景下，文學又是以怎樣的面目出現，所謂的報告文學又是如何「報告」，「文學」的意義是否發生了變化，這是本書要集中思考的。

值得一提的是，幾乎每一種報刊在其創刊或者發展過程中都會在首頁或者刊末有固定的「徵文」，本書所要集中探討的是有代表性的「話題」徵文，即有固定的題目、論題、範圍，這些徵文則作爲背景和補充對比。而有獎徵文中的「獎」的意義，可以從名與利兩方面考慮，一方面是經濟上的獎勵，因每種徵文都會設立獎項，獲獎者可獲得一定的物質獎勵，另一方面是一種參與感即心理上的獎勵，這種無形的獎勵其實最能體現徵文的意義所在。

論述至此，我們可給有獎徵文下此定義：有獎徵文是傳媒報刊興起之後出現的一種文學生產與傳播機制，它顯示社會文化空間對某種文體、某種文學發展趨勢的期待，這其中有徵文發起者（包括知識分子、國家政權及通俗

雜誌）要求、引導以及要達到的除文學生產之外的經濟、政治的目的，並且用獎金刺激的方式獲得最大範圍的回應。本書的集中論題也就是探討這些因素如何推動、參與建構了現代文學的發展，文藝大眾化又是如何在各種力量的推動下完成，文學在其中所扮演的角色又是什麼。

二、有獎徵文之於現代文學研究的意義

據目前的研究來看，「有獎徵文」並沒有被充分認識和有效闡述，其實有獎徵文具有雙重傳播功效，首先是基於報刊本身的宣傳和價值取向，其次是徵文明確規定的條例對徵文參與者的引導與暗示，如需要何種文學樣式、何種類型的文學創作，這樣的文學形式要如何迎合徵文或明或暗的目的和要求。這其中的細節為我們研究現代文學的發生發展提供了新的維度。我們可以從以下四個方面來完成對此研究的意義論證。

首先，「有獎徵文」不僅僅具有宣傳廣告的作用，其本身也帶有「文本」性質，所以它自身及所衍生的文本具有重要的史料價值，為我們提供了現代文學發生發展的話語背景以及獨特的歷史現場感，為我們多方向多角度審視現代文學提供了一種新的可能性。

「現代文學」在不同的時代、不同的研究者眼裏有著不同的闡釋方式，不管這其中夾雜著多少除文學闡釋之外的因素，有一點是共同的，即對史料的尊重和最大限度地接觸更多的史料，盡可能借助某種手段觸摸那段歷史，進入到當時的歷史情境和語境。在這一方面，「有獎徵文」的價值不容抹殺，這些徵文瑣碎、真實、生動地展示了當時的知識分子、普通大眾之間的交流狀況，知識分子在提倡什麼，希望得到怎樣的呼應，而面對這樣的呼求，普通大眾又是如何反應，這兩者之間存在怎樣的一致和錯位。對這些被掩蓋和遮蔽的歷史細節的挖掘可以有利於展示歷史的複雜性。有獎徵文可以說是一種「有個性的史料」，它展示了文學生產、社會思潮是在怎樣的一種各方力量「製造合作」的方式中進行，而徵文獲得的稿件則可充分展示那個時代普通大眾是如何在這樣的「命題作文」形式下展現對文學對社會變革的理解。正是在這個意義上，「有獎徵文」成為現代文學研究中不可忽視的重要部分。本書對現代文學發生發展過程中的重要徵文的綜合梳理，希望能夠填充這一研究領域的空白。

　　第二，「有獎徵文」對現代文學文體的促進與文學觀念的建構與傳播。從「有獎徵文」的定義我們可知，從根本上講，這是一種文學生產機制，即發起者希望產生符合要求的文學作品。因此，徵文的同時也是傳播一種文學體裁和文學觀念。晚清小說觀念的發展是在「傅蘭雅時新小說」徵文開始後逐漸在各種徵文中體現和加強。傅蘭雅的徵文活動推出的是「時新小說」這一觀念，不同於中國古代小說屬於「末流」的情況，這次徵文將小說的作用上升到啓發民智的高度。接下來的梁啓超的「新小說」徵文則宣傳了其「新小說」的概念，而商務印書館、時報小說大懸賞等徵文也都推進了小說的發展，如對短篇小說的提倡，對「社會小說」的推廣。這一系列的徵文活動共同對晚清小說理論產生了重要的影響，而普通讀者和大眾也是在這些徵文中瞭解了小說的特徵以及作用。三十年代的「一日」系列徵文以及衍生出來的相似類型的徵文則展示了對「報告文學」這一體裁的青睞，文學史家都認爲這是中國報告文學史上的繁榮時期，這裡的報告文學，是一種文學的大生產運動，這種由官方、知識分子共同參與，大眾集體寫作的方式產生的文學，其實早已規定好了「如何報告」以及產生怎樣的「文學」。這帶給我們的思考是深刻的，文學是怎樣使這三者達成了一致，似乎各方都在這樣的文學生產中達到了自己的目的，但是眞正獲益的其實是政治團體，知識分子在這其中有著矛盾的糾結，而大眾在一種「人人都可創作，人人都是作家」的創作幻覺中完成了被引導被宣傳的建構。

　　第三，有獎徵文反映出了「大眾啓蒙」過程中的複雜性。五四新文化運動的發生是覺醒的知識分子所建構的對社會的啓蒙話語，他們希望獲得更大範圍的回應，有獎徵文是重要的方式之一，徵文面向大眾，爲大眾提供參與創作、參與社會思潮變革機會的機制，所以就要做到既要部分滿足大眾的需求，同時又要做到引導、達到徵文預設的目的。從對徵文的態度來看，知識分子對徵文並不十分讚同，考察五四時期的同人雜誌我們發現，徵文在數量上並不多，且爲數不多的幾次都收到反對的聲音，認爲文學作品不該是以命題作文的方式產生，而是作家個人情感的自由表達。比較重要的幾次徵文如創造社徵文、良友畫報徵文、文協長篇小說徵文反映了他們這樣的心理機制，即是否存在著未被發現的文學經典以及被忽略的有著文學天賦的人才，因此，他們採用長篇小說徵文的形式，希望通過這樣的方式給大眾尤其是青年人文學創作的機會。不過，相比通俗雜誌爲了經濟利益迎合大眾徵文的做法，

這種方式並不理想，前者擁有固定的大量的讀者群，雜誌正是利用這樣的讀者群以潛移默化的方式進行著五四新思想的轉播，因此知識分子採取了折中方法，以《小說月報》為例，改革後的雜誌並沒有達到預期的目的，因此他們繼續保持《小說月報》的啟蒙立場，將徵文活動轉移到《小說世界》雜誌中，以合作交流、親近讀者的態度來宣傳五四新文化以及文學革命。

第四，有獎徵文對於現代文學發展過程中文藝大眾化的推動。文藝大眾化一直是現代文學的重要命題，從晚清的小說界革命到五四時期的「平民文學」、再到「文學民眾化」的論爭，在理論論證上文藝大眾化問題一直糾結於知識分子的姿態是該迎合還是上下級的啟蒙、民眾的所指又是什麼，文藝大眾化在實踐層面又如何實現，這些問題並沒有得到很好的解決。三十年代抗戰時期，這一問題再次被討論，而此時有獎徵文這種方式的參與至少在實踐層面解決了文藝大眾化的問題。這個時期的徵文空前增多，有知識分子同人發起的，有官方檔規定的，也有報刊系統組織的，可以說，各方都不遺餘力地推動引導民眾參與到文藝大眾化的運動中來，徵文類型多、獲獎容易使得民眾參與度很高。同時，由於政治上的原因，抗戰時期的中國被分為解放區、國統區、淪陷區等區域，而不同的區域又顯示了對徵文引導性的不同，解放區的政治化傾向、國統區的精英意識以及淪陷區的娛樂化傾向。這些共同參與了對文藝大眾化的建構。

第五，有獎徵文對於國家民族想像的建構起到了重要作用。三十年代的徵文類型很多，有一種比較特殊，即「一日」系列徵文，由「中國的一日」徵文開始，陸續出現了「冀中一日」「蘇區的一日」等徵文。徵文的運作過程中，篩選評獎選擇作品是一個必須的過程，但「一日」系列徵文則強調參與性，對作品的文學性要求很低，且沒有規定具體寫作內容，只是記錄在中國的一天、在蘇區的一天等，寫什麼都可以，怎麼寫都成立。這種將民眾的日常生活作為構建對象的徵文方式其實完成了一種「想像的共同體」的建構，以「中國的一日」為例，從時間上，1936 年 5 月 21 日成為一個特殊的時間點，空間上，「中國」這個地理概念在這次徵文中成為了一個心理概念，它將中國人在這一天連接在一起。這些徵文從理性、感性上完成了對民眾的引導。而民眾在這種被製造出來的合作感覺中積極參與，國家民族的想像被召喚出來，國家政權、知識分子、普通大眾三者完成了一種高度的統一。

　　總之，有獎徵文在對文學觀念的傳播、文藝大眾化、大眾啓蒙以及民族國家想像方面體現出了其對現代文學的重要的參與與影響，對這些影響的具體論證可以讓我們看到現代文學發展過程中的複雜性，文學的發展是各方力量共同作用的結果，對史料的細節分析更能突顯有獎徵文的重要意義。

三、有獎徵文及獎勵機制的研究綜述

　　近年來中國現代文學研究不斷在尋找新的學術增長點，本書從「有獎徵文」這個點切入到對中國現代文學的審視也受到了已有研究的啓發，不過目前對於「有獎徵文」的研究，主要以個案研究的形式出現，對其進行系統性的研究還比較少。

　　專著方面，一些研究現代文學接受史的學者注意到了「有獎徵文」的意義，以馬以鑫的《中國現代文學接受史》（華東師範大學出版社，1998 年）爲代表，著作中以「讀者接受」爲切入點，梳理了不同時期讀者對於現代文學的接受情況，因爲是「史」的梳理，因此在細節論證方面稍顯不足。其他方面如張天星《報刊與晚清文學現代化的發生》（鳳凰出版社，2001 年）考察了報刊對於晚清文學的影響，其中涉及了晚清小說的幾次徵文。陳思廣的《中國現代長篇小說編年》（四川大學出版社，2008 年）中對小說徵文以及小說評獎都做了詳細的梳理。郭國昌的《二十世紀中國文學的大眾化之爭》（百花洲文藝出版社，2006 年）注意到了文藝獎金在文藝大眾化過程中所起的作用。王本朝的《中國現代文學制度研究》（西南師範大學出版社，2002 年）從「制度化的文學寫作」角度切入，其中對文學生產以及文學獎勵都做了論述。另外就是關於報告文學的研究中涉及到了三十年代以「中國的一日」爲代表的「一日」系列徵文對於中國報告文學發展所產生的影響，如李麗瑩的《中國現代報告文學史論》（寧夏人民出版社，1990 年），張春寧的《中國報告文學史稿》（群言出版社，1993 年），這些文學史的梳理雖然沒有提供獨特的視角，但卻爲史料的蒐集提供了引子。

　　論文方面，徐萍的博士論文《從晚清至民初：媒介環境中的文學變革》（山東師範大學，2011 年）從報刊傳媒角度分析了媒介對文學變革的影響，文中提及「傅蘭雅時新小說徵文」，但因彼時時新小說並未公開出版，所以只是根據徵文條例推測徵文結果，沒有對「時新小說」所產生的作品進行論述。郭

武群《現代報刊對傳統文學觀念的變革》(《江淮論壇》2008 年第 3 期)，袁進《中國近代文學研究不應忽視的一個區域》(《江淮論壇》，2000 年第 2 期)都提出應該重視晚清小說各個報刊中徵文的影響。張天星的《1904 年商務印書館徵文活動小考》，(《台州學院學報》，2010 年 8 月)以及李志梅的《〈時報〉1907 年「小說大懸賞」徵文始末及其意義》(《華東師範大學學報》，2010 年第 3 期)都是對這些徵文的個案研究。潘建國《小說徵文與晚清小說觀念的演進》(《文學評論》，2011 年第 6 期)與包禮祥《近代小說著譯並行透視》(《江西財經大學學報》，2000 年第 4 期)注意到了徵文之於文學觀念的影響，但囿於篇幅，論述尚未深刻展開。楊霞《20 世紀中國文學建構中的新傳統因素》(《南京師範大學學報》，2010 年第 3 期)從大眾傳播的角度論述了「文學生產的社會化」這一新的文學現象，而徵文則是這種生產的方式之一。謝曉霞《1910～1920 年〈小說月報〉作者群的文化心態》(《深圳大學學報》，2004 年第 5 期)與張暉《新時代與舊文學——以民初〈小說月報〉刊登的詩詞為中心》(《中國現代文學研究叢刊》，2005 年第 6 期)從讀者接受層面以及讀者的閱讀傾向與雜誌的關係考察了《小說月報》的發展，這對本書有著有益的啟示。日本學者相浦杲的論文《關於〈小說月報〉的研究》則論述了《小說月報》的徵文通告欄目。宋媛的《略說良友文學獎金》較為詳細地分析了良友文學獎金的設置過程，並且與大公報文藝獎金進行了比較論述。而郭國昌的論文《文藝獎金與解放區的文學大眾化思潮》(《中國現代文學研究叢刊》，2002 年第 4 期)注意到了解放區文藝大眾化與各種文學獎金之間的關係。也有些學者試圖打撈在現代文學史上被忽略的因徵文而出現的文學作品，如陳思廣的《中國現代文學史上的三次長篇小說徵文》(《新文學史料》，2010 年第 4 期)論述了現代文學史上三次有影響力的長篇小說徵文，並對小說進行了分析，試圖給這些被遮蓋的小說一個正確的定位。有關三十年代的徵文研究，學界大多集中於徵文所產生的作品之於中國現代報告文學的影響和作用，但較少從政治影響的角度來觀察，這一方面，臺灣學者沈松僑的《中國的一日，一日的中國——1930 年代的日常生活敘事與國族想像》(《新史學》，第二十卷第一期)為我們提供了有益的參考，這篇論文注意到了三十年代中國社會的複雜性，不過過多強調其政治性，反而對文學與政治的微妙關係以及大眾寫作闡述不足。

　　上述研究為本書提供了很多有益的啓發，但總體而言，這些研究還存在以下幾方面的不足，第一，這些研究尚未對「有獎徵文」作為一種文學現象進行系統、深入地研究，對其進行史料整理的工作也沒有完成；第二，有獎徵文的本質在於它將文學生產放置於不是作家個人精神的結果，而是多方共同營造的一種「產品」，這「產品」附帶了其他因素，有經濟利益的驅使，有政治目的的宣傳，研究者並沒有充分意識到這一點；第三，在方法論層面上，這些研究或偏重純史料羅列，或對徵文產生的文學作品進行分析，但沒有將有獎徵文與傳播、文藝大眾化、意識形態等除文學之外的其他因素進行聯繫考察，因此只有將文學與其他學科的進行交叉互補的研究，才能為有獎徵文研究拓展新的空間。

四、方法與思路

　　本書以報刊雜誌的史料閱讀為基礎，面對報刊雜誌中浩如煙海的大量有獎徵文，如何將這些「碎片」串聯起來，進行相對系統和全面的研究是本書在方法論上的重點思考方向。首先是報刊雜誌的選擇問題，一些重要的徵文因為要獲得更大範圍的關注，會選擇刊登在當時有影響力的報刊雜誌上，因此本書首先要關注這些報刊，通過考察這些報刊可以得出兩點啓發，第一是報刊自身徵文的特色，比如《小說林》《新小說》《小說月報》《小說世界》《婦女雜誌》這些報刊，它們的徵文本省顯示了雜誌的轉向、對文學作品的導引以及利用徵文引導社會思潮的作用；第二，報刊上的「徵文」是其他機構如作家同人組織、國家政權、出版社等發出的，報刊只是作為背景聲音出現，如《申報》《萬國公報》上的「傳蘭雅時新小說徵文」，良友畫報的「懸賞徵文」、《創造月刊》上的「創造社徵文」、《抗戰日報》上的「文協」長篇小說徵文，以及《新華日報》《抗戰日報》《紅色中華》《抗戰文藝》《抗戰日報》《中央日報》等重要雜誌上的徵文。以這些徵文為引子，逐步考察背後的機構、如何運作以及後續的徵文結果。完成此項工作之後面臨的問題則是，如何考慮這些繁多的有獎徵文？本書選擇在大量的史料梳理過程中重點考察有代表性的有獎徵文個案，這些個案以「類型」為劃分標準，即這些有獎徵文以何種方式影響了文學的發展、社會思潮的進行。這些劃分主要體現在：有獎徵文對文學文體產生了怎樣的影響，突出的體現是有獎徵文對晚清小說文體發展的影響；面向大眾的「有獎徵文」又如何在引導大眾與迎合大眾之間找到

平衡點；有獎徵文在文藝大眾化的過程中所起的作用是怎樣的；國家意識形態、國家政權如何利用徵文達到政治目的、民眾又如何在這種參與的幻覺中與國家想像有效地結合在一起。在方法論上，一方面本書注重史料的梳理與整理，在盡可能全面佔有資料的基礎上，重點打撈對文學文化產生重要影響的作為重要「點」的有獎徵文，利用比較考察、量化分析、圖表設計、歸納總結深入考察「點」背後的複雜話語，另一方面，本書結合了傳播學、大眾傳媒與現代文學、社會學等方法，從思想史文化史角度試圖全面透析有獎徵文這一現象背後的複雜之處，試圖在學科的交叉研究中努力挖掘有獎徵文的歷史價值與意義。

綜合以上邏輯設計與方法論選擇，本書共分為導論、主體、結語三個部分，其中主體部分又分為四章：

第一章，有獎徵文與晚清小說觀念的演進。作為一種新生的文學生產機制，在晚清時期出現了第一批比較集中的「有獎徵文」，主要體現為小說徵文，以 1895 年「傅蘭雅時新小說」徵文為起點，《申報》、《時報》、《新小說》、《月月小說》都進行了小說徵文。這些徵文產生了「時新小說」這一概念，是對「新小說」產生之前小說這一文體的另一種嘗試，涉及到小說的功能、表現內容以及寫法。之後小說徵文陸續發展起來，這些徵文規定著小說的發展方向，而徵文本身的內容可看看做是小說理論的一部分。小說徵文也使得更多的人參與到小說創作中來，解決小說雜誌稿源問題的同時也進一步宣傳了小說觀念。同時，有獎徵文的涉及也推動了稿酬制度的完善與發展。

第二章，迎合大眾與引導大眾：通俗雜誌類與創造經典類有獎徵文。如果將五四時期的雜誌分為通俗雜誌與嚴肅文學雜誌兩類我們會發現，前者大量刊登各種形式的徵文，這些徵文迎合大眾的閱讀趣味，以雜誌的發行量經濟利益為追求，後者則試圖用徵文達到啟蒙大眾的目的。本章分析了《小說月報》、《小說世界》、《婦女雜誌》以及《創造月刊》、《良友畫報》、文協的徵文，試圖通過比較分析知識分子在啟蒙大眾過程中的複雜性，從根本上講，知識分子其實並不青睞徵文這種形式，為數不多的幾次都是希望通過徵文徵得「文學經典」，不過似乎徵文的「反經典性」使這些徵文並不理想。通俗類雜誌則巧妙利用徵文通過潛移默化的方式將宣傳五四新文化新文學與符合大眾審美趣味結合在一起。

　　第三章，抗戰時期的有獎徵文與文藝大眾化思潮。抗戰時期中國以政治勢力為標準被劃分為解放區、國統區、淪陷區。這三個區域以不同形式的徵文主導著自己的文學走向。文藝大眾化一直是現代文學的重要命題，知識分子不管是在理論論證上還是文學創作上都試圖在尋找大眾與文學之間的有效結合。這種結合在抗戰時期的解放區有獎徵文上得到了有效的實現。解放區的文學徵文形式多樣，內容豐富，關注戰爭的重要話題的同時又與普通大眾的生活息息相關，徵文題目簡易，評獎標準相對放寬，使得參與人數達到空前。雜誌發起、政治機構參與、作家作為評委、大眾參與度高是解放區有獎徵文的特色，這樣的結合將文藝大眾化推向了繁榮發展的時期，但卻是以犧牲文學的審美價值為代價的。國統區的徵文雖然也有明顯的政治傾向，但其精英意識非常明顯。而孤島徵文話題輕鬆，較少涉及政治內容，談「風月」而不談時代的風雲。

　　第四章，「一日」系列有獎徵文與日常生活的儀式化。「一日」系列徵文是比較特殊的一種，它並不限定具體的題目，而是讓參與者只記錄自己一天的生活，當然這種生活是在戰爭的大背景之下。這樣的寫作實則是製造一種人人都可以創作的幻覺，將民眾的日常生活與國家主題、宏大敘事聯繫在一起，達到情感認同的作用，應徵者在寫作的過程中就是對政治思想的認同和體驗過程。

　　「有獎徵文」作為現代文學史上特有的一種文學現象，在中國思想史、文學史以及傳播史上都具有不可磨滅的重要價值。但是，目前為止對「有獎徵文」的相關研究還比較匱乏，其所具有的重要價值和意義尚未受到研究者足夠的關注與重視，因此本書希望能夠以此為研究對象，探討其之於現代文學的意義，為以後的研究提供有益的啟示。

第一章　有獎徵文與晚清小說觀念的演變

　　有獎徵文在徵求文學作品的過程中必然對要徵得的「文」有著預想和期待，即想要獲得什麼類型的文章。徵文發起者希望通過這種方式宣傳自己的文學主張，可以說，徵文條例這份聲明就是一種變相的「文學理論」，他們希望文學如何發展、要產生怎樣的與現有文學樣態不一樣的文學作品都在徵文中體現。或者說，徵文也是一種文學變革的發聲器，發起者利用徵文造勢，為即將發生的文學改革製造一種語境。晚清小說徵文是中國現代文學發生之前的第一次徵文繁榮期，同時它對小說這一文體的推進和影響也是顯而易見的，本章即以這次徵文繁榮期為論述對象，探討徵文是怎樣推進文學觀念的發展、又如何對現代小說觀念產生了影響。

　　晚清文學史的劃分要從鴉片戰爭算起，但是一個事實是晚清小說的發展並不與其他文學樣式同步，我們通常意義上說「晚清小說」其實是從庚子（1900）年說起，更具體是指 1900 至辛亥革命之間這段時期。小說這一文體發展滯後與中國古代對小說的態度及小說本身的創作內容和樣式有密切關係。一般認為中國現代小說的起點是梁啓超的《新小說》雜誌創刊，代表作是梁氏在此雜誌上連載第一篇現代小說《新中國未來記》。不可否認，梁氏的《論小說與群治之關係》可以說從根本上確立了現代小說的理論基礎，《新小說》出刊也帶動了整個晚清小說和小說理論的蓬勃發展，只是問題在於，文學的興衰發展固然在宏觀上可以劃分出界限，但文學發展中的細節描述卻很難也不能以宏觀代替而不表，小說至梁氏而迸發出發展高潮，其與之前的小

說醞釀期是不可分割的，所以不少學者文學史家在論述這一時期小說發展狀況時也注意到梁氏之前的小說，如陳平原在《二十世紀中國小說史‧第一卷》將探討年代推至 1897 年，臺灣學者黃錦珠在其論文《甲午之役與晚清小說界》認爲推至 1897 年仍是不夠的，應該從 1895 年的「傅蘭雅求著時新小說」講起。當然，晚清小說史從哪一年開始講起不是問題的關鍵，本書也無意解決這一問題，而只是想呈現小說發展的複雜性，並且從幾種當時流行的報刊徵文來窺探小說發展中的細流，從辦刊徵稿、徵文啓事的設計來探討小說變化的動向以及民眾對徵文、對小說徵文的態度及認識。

我們知道，小說在中國古代是「小道」，不能登大雅之堂，明清時期，有很多詩文的結社、徵稿、文人之間的酬贈唱和，但對於小說的編纂徵文卻很罕見。明末小說家陸雲龍曾爲《型世言二集》登載過徵求小說素材的廣告，文曰：「一、刊《行笈二集》，徵名公制誥、奏疏、詩、文、詞、啓、小箚；一、刊《續西湖志》，徵遊客詠題、嘉隆後杭郡名宦人物……」〔註1〕這種爲小說徵集素材的徵文類型在晚清時期也見於《小說林》雜誌，小說家包笑天曾爲其小說徵集材料：「鄙人近欲調查近三年來遺聞軼事，爲《碧血幕》之材料，海內外同志，如能貺我異聞者，當以該書單行本及鄙人撰譯各種小說相贈……」〔註2〕當然，徵集小說素材與徵集小說還是有本質區別，且這些徵文在當時也並沒有引起很大的反響。資料表明，眞正的小說徵文發生於晚清時候的上海。光緒丁丑 1877 年十月十七日，《申報》刊登了一篇題目是「《有圖求說》出售」的有獎徵文，如下：

> 茲有精細畫圖十幅，釘成一冊，名曰《圖求說》，託《申報》代售，每冊收回工價錢三十文。但圖中之人名、地名以及事實，皆未深悉。尚祈海內才人，照圖編成小說一部，約五萬字，限於十二月十五日以前，繕成清本，由申報館轉交。擇其文理尤佳者一卷，願送潤筆洋二十元，次卷送洋十元，便即裝印成書出賣，餘卷仍發還作者，決不有誤，惟望賜教爲幸。〔註3〕

這是一則以個人名義通過報刊向社會公開徵求小說的徵文，在晚清比較罕見，此徵文有些類似於「看圖寫文」，它的徵文條例略顯簡單，且對徵文的主

〔註1〕潘建國《小說徵文與晚清小說觀念的演變》，《文學評論》，2001 年第六期，第 86 頁。

〔註2〕《小說林》，1907 年第七期。

〔註3〕《申報》，1877 年 10 月 17 日。

題規定不夠明確，徵文者希望達到文人雅士之間的唱和之意，爲此，申報再次對此次徵文發出了《書請撰小說後》爲題的評述：「近來稗官小說幾乎汗牛充棟，然文人同此心、同此筆而所撰之書各不相同，實足以開拓心胸，爲消閒之一助。但所閱諸小說，其卷首或有圖，或無圖，從未專有圖而無說者。茲見本報後寓滬遠客所登之請撰小說告白，似即徵詩徵文之遺意，文人雅士於酒後睡餘，大可藉此消遣工夫，行見奇情壯采奔赴腕下而諸同人又得擊節欣賞矣。」〔註4〕文中沒有對所期待的徵文內容有更多的規定，只是明確了此次徵文的定位即文人雅士飯後茶餘的消遣之事，小說在這裡也仍然是文人把玩的對象。但是徵文並沒有想像中的熱烈，文人雅士似乎對此並不感興趣，於是《申報》做出延期聲明：

「前帙有圖求說一事，本限於十二月十五日以前，將所來之卷，擇其佳者，評定甲乙，即付酬金。茲因限期已至，而所收之作不過安閒先生一卷而已，無從比較，難定優劣；且有多人欲作，惟因期限過短則難措手，故無奈寬期。擬於來年正月底爲止，望遠近諸君如有所作，可屆期速交，無再耽延，如過期交者則弗收矣。謹此特布。」〔註5〕此後這次徵文的時間繼續推遲，直到 1878 年 4 月 21 日，申報才公佈結果：

「啓者：前所請撰之小說，今僅收到安閒先生與蓬山居士兩卷而已，俱未見甚佳，皆難刊印。惟依原白強分甲乙，以安閒先生爲一，酬洋二十圓；蓬山居士居二，酬洋十圓，準於本月二十二日三點鐘，在申報館面交，屆期莫誤。此後，如有能撰得更佳而合刊印者，亦許酬謝。特此謹白。」〔註6〕這次徵文雖然持續了半年的時間，但影響很小，所徵得小說僅兩篇並且沒有刊印，故不得見。從徵文運作本身來講，它在操作上有一定不便之處，即需要參與者首先購買徵文者的圖冊，後根據圖冊醞釀小說，這種略顯曲折的徵文方式並不得巧，其次，在小說文體仍然處於「小道」之時，這樣公開徵求小說效果不理想是顯而易見的。直到 1895 年，《申報》再次發表徵文小說的啓事，即「傅蘭雅小說徵文」，此次徵文的設計、規模以及達到的效果都是前所未有的，而徵文所提倡的「時新小說」這一概念可以說在晚清小說發展史上有著重要的意義。

〔註4〕《申報》，1877 年 12 月 26 日。
〔註5〕《申報》，1877 年 12 月 26 日。
〔註6〕《申報》，1878 年 4 月 21 日。

第一節 「時新小說」與傅蘭雅小說徵文

一、傅蘭雅徵文的緣起及過程

傅蘭雅 John Fryer（1839～1928 年），英國人，1861 年至 1896 年間在華工作。在華期間，傅蘭雅翻譯介紹了涉及地理、歷史、外交、政治等領域的書籍，這批介紹西方先進科學和思想的書籍對晚清知識分子吸收西方文化和促進中國現代化的進程產生了重要的影響。另外，傅蘭雅在 1873 至 1896 年期間在上海參與創辦了以介紹西方近代科學新知、思想與教育方法，培養科學技術人才爲主的格致書院，並出版了第一份中文科學普及期刊《格致彙編》，1884 年，他在上海創辦了自己的書店和出版社，即格致書室。除了翻譯西方書籍傳播西學外，傅蘭雅在中國期間的另一項重要建樹就是提倡和推廣時新小說。

1895 年 5 月 25 日的《申報》和六月份的《萬國公報》第七十七卷上刊登了以下《求著時新小說啓》的廣告：

> 竊以感動人心，變易風俗，莫如小說。推行廣速，傳之不久，輒能家喻户曉，氣息不難爲之一變。今中華積弊最重大者計有三端：一鴉片，一時文，一纏足。若不設法更改，終非富強之兆。茲欲請中華人士願本國典盛者，撰著新趣小說，合顯此三事之大害，並袪各弊之妙法，立案演說，結構成篇，貫傳爲部。使人閱之，心爲感動，力爲割除。辭句以淺明爲要，語意以趣雅爲宗。雖婦人幼子，皆能得而明之。述事物取近今易有，切莫抄襲舊套。立意毋尚希奇古怪，免使駭目驚心。限七月底滿期收齊，細心評取。首名酬洋五十元，次名三十元，三名二十元，四名十六元，五名十四元，六名十二元，七名八元。果有佳作，足勸人心，亦當印行問世。並擬請其常撰同類之書，以爲恒業。凡撰成者，包好彌封，外填名姓，送至上海三馬路格致書室收入，發給收條。出案發洋，亦在斯處。英國儒士傅蘭雅謹啓。〔註7〕

同時刊登在英文《教務雜誌》（Chinese Recorder）上的「有獎徵文小說」（Chinese Prize Stories）廣告，針對不同的讀者群，內容稍有不同：

〔註 7〕《申報》，1895 年 5 月 25 日。

總金額一百五十元，分爲七等獎，由鄙人提供給創作最好的道
德小說的中國人。小說必須對鴉片、時文和纏足的弊端有生動地描
繪，並提出革除這些弊病的切實可行的辦法。希望學生、教師和在
華各個傳教士機構的牧師多能看到附帶的廣告，踊躍參加此次比
賽。由此，一些眞正有趣和有價值的、文理通順易懂的、用基督教
語氣而不是單單用倫理語氣寫作的小說將會產生，它們將滿足長期
的需求，成爲風行帝國受歡迎的讀物。

收據會寄給所有在農曆七月末之前寄送到漢口路四百零七號格
致書室傅蘭雅密封好的手稿。

約翰・傅蘭雅

一八九五年五月二十五日〔註8〕

傅蘭雅並不是一個小說家和文學批評家，之所以熱衷此次小說徵文源於他對
小說感化人心啓迪民眾作用的肯定，一八九五年七月，在《求著時新小說啓》
徵文啓事刊出一個月之後，傅蘭雅在《教務雜誌》上摘錄了艾德博士對有獎
小說徵文的一段評論，充分表達了此次徵文要達到的目的：「一篇寫的好的小
說會在大眾頭腦中產生永久性的巨大影響，《黑奴呼天錄（湯姆叔叔的小屋）》
唉喚醒民眾反對奴隸制上就非常有效。中國現在罪惡猖獗，鴉片、纏足和時
文，任何一種都夠寫一部感人至深的長篇小說。爲了這些悲慘遭遇引起各階
層人士的注意，就應該通過文字描述出令人印象深刻的畫面，從而達到震撼
人心的效果。毫無疑義，中國人有這方面的能力。」〔註9〕

這篇簡短的徵文及傅蘭雅的闡釋表達了他對小說這一文體的認識，至少
包含三方面的含義。首先，小說的作用是什麼？「竊以感動人心，變易風俗，
莫如小說」，傅蘭雅認爲小說可以改變整個社會的風氣，可以感動人心，啓蒙
民眾。小說可以改變世風在明清的小說作者和編纂者已有提及，但是與強國
興民聯繫起來，傅蘭雅可說是第一人；其次，小說寫什麼？傅蘭雅將當時中
國的社會問題總結爲「鴉片、時文、裏足」，而小說就必須要表現與社會緊密
相關的社會現實，如此才可使「婦人幼子」「皆得而明之」。徵文中徵求的是
「時新小說」，其中「時」也是指時代，當下，這就在某種程度上否認了中國

〔註8〕周欣平編《清末時新小說集》（第一冊），上海古籍出版社，2011年，第5頁。
〔註9〕轉引自周欣平編《清末時新小說集》（第一冊），上海古籍出版社，2011年，
　　　第6頁。

傳統小說中如託古、虛幻等小說，強調小說敘事的真實與現世精神；最後，小說怎麼寫？此次徵文希望所徵得的小說可以啟發婦人幼子民眾，所以要求小說的語言通順易懂且有趣「辭句以淺明為要，語意以趣雅為宗」「立意毋尚希奇古怪，免使駭目驚心」。這三方面說明了傅氏徵文對小說的理解。梁啟超也做過類似的論述：「今宜專用俚語，廣著群書（指說部書），上之可以借闡聖教，下之可以雜敘史事，近之可以激發國恥，遠之可以旁及彝情，乃至宦途醜態，試場惡趣，鴉片頑癖，纏足虐刑，皆可窮極異形，振厲末俗，其為裨益，豈有量耶！」〔註10〕

一八九五年九月十八日，傅蘭雅的時新小說有獎徵文結束，從全國各地共收到了 162 篇小說。傅蘭雅仔細閱讀了所有的稿件，並邀請了沈毓桂、王韜、蔡爾康等知名人士參與評選作品。次年一八九六年三月十八日，他在《萬國公報》第八十六期和《申報》上，刊登了以下「時新小說出案」和獲獎人名單：

時新小說出案

光緒二十一年乙未小陽春中旬格致彙編館英國儒士傅蘭雅謹啟

本館前出告白，求著時新小說，以鴉片、時文、纏足三弊為主，立案演說，穿插成編。仿諸章回小說，前後貫連，意在刊行問世，勸化人心，知所改革，雖婦人孺子亦可觀感而化。故用意務求趣雅，出語亦期顯明；述事須近情理，描摹要臻懇至。當蒙遠近諸君揣摩成稿者，凡一百六十二卷，本館窮百日之力，逐卷批閱，皆有命意。然或立意偏畸，述煙弊太重，說文弊則輕；或演案希奇，事多不近情理；或述事虛幻，情景每取夢寐；或出言淺俗，言多土白；甚至詞意淫巧，事涉狎穢，動曰妓僚，動曰婢妾，仍不失淫詞小說之故套，殊違動人為善之體例，何可以經婦孺之耳目哉？更有歌詞滿篇，俚句道情者，雖足以感人，然非小說體格，故以違式論。又有通篇長論，調譜文藝者，文字固佳，惟非本館所求，仍以違式論。然既蒙諸君俯允所請，惠我佳章，足見盛情有輔助善之至意，若過吹求，殊拂雅教。今特遴選體格頗精者七卷，仍照前議，酬以潤資。餘卷可取尚多，若盡棄置，有辜諸君心血，余心亦覺難安。故於定格外，

〔註10〕梁啟超《飲冰室文集》（第一集），中華書局，1989 年，第 54 頁。

　　復添取十名有三，共加贈洋五十元。庶作者有以諒我焉。姓氏潤資列後：茶陽居士酬洋五十元，詹萬雲三十元，李鍾生二十元，清蓮後人十六元，鳴皋氏十四元，望國新十二元，格致散人八元，胡晉修七元，劉忠毅、楊味西各六元，張潤源、枚甘老人各五元，殷履亨、倜儻非常生各四元，朱正初、醒世人各三元，廖卓生、羅懋興各二元，瘦梅詞人、陳義診各一元半。

　　　　按，其餘姓氏，並無潤筆，公報限於篇幅，不克備登。〔註11〕

傅蘭雅在一八九六年三月第二十六期《教務雜誌》也談到了這批中文有獎小說徵文：

　　中文有獎小說結束了。有不少於一百六十二位作者參加了競賽，其中一百五十五人討論了鴉片、纏足和八股文這三種弊病，有的寫了四至六卷。我對諸多參賽者的時間、心力與金錢毫無回報而深感不妥，所以又增加了十三名獲獎者，他們分享另加的五十元獎金。這樣，獎金共達二百元……至少有一半徵文的作者和教會學校或大學有關。總體來說，這些小說達到了所期望的水準……這次徵文大賽中也有人寫出了確實值得出版的小說，希望今年年底能夠出版其中一些，以便為讀者提供有道德和教育意義的消遣讀物。〔註12〕

既然是徵文，向社會徵求小說，徵文者在擬定徵文條件的時候其實已經有了「徵文期待」，對於時新小說，傅蘭雅心中也有自己的想像作品，但是從他對徵文的評論來看，似乎對此次徵文並不夠滿意，一是來稿中作者對小說文體認識不清，或寫成詩歌，或寫成政論文，二是不符合「時新小說」的特質，或有奇幻題材，或有才子佳人故事。但最終還是評出了獲獎小說並準備刊行。傅蘭雅在此次小說徵文完成兩個月後便離開了上海，並將此次徵文的 162 篇小說作為個人收藏帶到美國，一直未能刊行，在以往對晚清小說的研究中，研究者們都只能止於對徵文內容的分析卻未能見徵求到的小說，可以說是一種遺憾。所幸美國加州大學柏克萊分校東亞圖書館館長周欣平先生發現了這批資料，之後 2011 年 1 月浙江古籍出版社出版了十四卷本的《清末時新小說集》，將 162 篇小說公之於眾，使研究者們可以看到這次徵求小說的真實面目，

〔註11〕《萬國公報》，1896 年第八十六期。
〔註12〕周欣平編《清末時新小說集》（第一冊），上海古籍出版社，2011 年，第 13 頁。

這對此次徵文甚至晚清小說的思潮研究提供了更新的資料，細分析這批小說可以讓我們看到晚清小說發展的新面貌。

二、時新小說的新症候

上文所言，徵文共得小說 162 篇，除此之外，據韓南的說法〔註 13〕，1895 年在香港出版的《熙朝快史》與 1897 年出版的綠意軒主人（詹熙）的《花柳深情傳》也是此次徵文所影響下的成果。《熙朝快史》雖然內容抨擊了「三弊」，但小說中卻充滿公案、因果報應、虛幻等因素，與徵文要求還是相差一段距離，相比之下《花柳深情傳》明確說明了是受傅氏徵文的影響，在自序和第一回中談到傅蘭雅徵文是創作小說的直接原因，詹熙看到了徵文後，「英國儒士傅蘭雅謂中國所以不能自強者，一時文，二鴉片，三女子纏足，欲人著為小說，俾閱者易於解脫，廣為勸誡。余大為感動，於二禮拜中成此書」〔註 14〕，詹熙深深感動於傅蘭雅的徵文理念，「不禁跌足歎賞，拍案叫絕」〔註 15〕，但他沒有參加徵文比賽，而是在將「作書大意就正於天南遯叟（王韜）」後予以出版。《花柳深情傳》內容幾乎不涉及神怪虛幻，從現實角度分析了三弊對社會的影響，敘事平實，符合傅蘭雅對小說寫實的要求。這兩部小說加上徵文獲獎的小說可以說是晚清小說創新的第一批浪潮，其中可看出小說發展的新特色。徵文獲獎小說共 20 篇，列如下：

第一名：茶陽居士（作品已佚）。

第二名：詹萬雲，《澹軒閒話》，四卷十四回，一冊。

第三名：李鍾生，《五更鐘》，十一卷二十二回，六冊。

第四名：清蓮後人，《捫虱偶談》，上下卷十回，二冊。

第五名：鳴皋氏（作品已佚）。

第六名：望國新，《時新小說》，四卷四十回，四冊。

第七名：格致散人，《達觀道人閒遊記》，上下卷十四回，二冊。

第八名：胡晉修，《時新小說》，五卷十回，一冊。

〔註 13〕【美】韓南著，徐俠譯《中國近代小說的興起》，上海教育出版社，2004 年，第 155 頁。

〔註 14〕詹熙《花柳深情傳・自序》，北京師範大學出版社，1992 年，第 5 頁。

〔註 15〕詹熙《花柳深情傳》，北京師範大學出版社，1992 年，第 2 頁。

第九名：劉忠毅，《無名小說》，十二回，一冊；楊味西，《時新小說》，
　　　　四卷三十回，四冊。

第十名：張潤源（作品已佚）；枚甘老人（作品已佚）。

第十一名：殷履亨（作品已佚）；倜儻非常生，《瓢勝新談》，四卷二
　　　　　十八回，四冊。

第十二名：朱正初，《新趣小說》，八回，一冊；醒世人，《醒世新書》，
　　　　　上下卷十二回，二冊。

第十三名：廖卓生，《纏足明鑒》，一冊；羅懋興，《醒世時新小說石
　　　　　琇全傳》，上下卷九回，一冊。

第十四名：瘦梅詞人，《甫里消夏記》，十六回，一冊；陳義珍，《新
　　　　　趣小說》，四卷二十回，四冊。

前面提到受徵文影響寫作出版的《花柳深情傳》，該書原名爲《醒世新編》，
別名《除三害》，從題目可見作者的用心，本爲醒世的寫實小說，卻用言情小
說之名，無疑是爲了迎合當時小說生長的環境所擬定，在世人眼中小說是用
來言情或言世外之事，並不與當下現實發生關係。相比之下，在 162 篇徵文
中，以「時新小說」命名的有 27 篇，以「新趣小說」命名的有兩篇，另有以
「醒世」「警世」「救時」「喚醒」「富強」「覺世」「啓蒙」等命名的有 8 篇，
其他大部分直接以「鴉片時文纏足」作爲題目，而類似「花柳深情傳」這樣
的言情小說類題目並沒有出現。從獲獎小說來看，小說作者在文中或多或少
都發表了對此次徵文及中國小說的發展的認識。他們一致認爲此次小說徵文
於時代而言是一次巨大的「警醒」，於小說發展而言是中國小說發展的新時
代。小說作者基本的思路是傅蘭雅此次徵文所體現出的小說理論啓發了應徵
者，如果說傅蘭雅是第一層覺醒者，那麼小說應徵者就是第二層覺醒者，由
此產生的小說在社會流行之後，就會使得婦孺盡知，從而達到整個社會警醒，
最後國人覺醒，國家走向富強的作用。《醒世新書》的作者「醒世人」在文中
認爲「人非賢知，孰能先覺，無怪碌碌庸眾終日昏昏瞶瞶，顛倒於睡夢中，
然睡夢則有醒時，乃有似睡夢而實非睡夢，竟有終身而不能醒者，非不能醒
也，以彼囿於風氣，拘於習俗。」〔註 16〕他所要強調的是在睡夢中的人並非

〔註16〕周欣平編《清末時新小說集》（第四冊），上海古籍出版社，2011 年，第 90
　　　　頁。

不能醒，只是沒有使其覺醒的手段和方法，而此次徵文可以達到此目的，他自己也是受到了傅蘭雅的影響，那麼他寫作小說，若能傳於普通民眾，則大眾同樣可以受其影響，從而使其覺醒。

應徵者首先對中國舊小說及當時流行的小說進行了批評，認為現存小說內容上不外乎兒女情長與鬼神虛幻，與現實沒有啓示之處。如《捫虱偶談》的作者清蓮後人在小說中言：「近年坊本所刊諸說部多諷成七字以便閨閣中詠吟，而其中結構千篇一律，非描摹男女私情即鋪張鬼狐幻術，不獨不能受勸懲之益，反易啓人邪僻心思，更有一種小說，欲抒胸中抑鬱，託言才子之書，將自己生平所作幾首詩詞幾篇文賦刊入其中，意欲借之以傳世，不知語言無味，不足登大雅之堂，徒令滿紙浮詞，閱者生厭。如是欲變易風俗而風俗依舊澆漓，欲感動人心而人心何能奮發！」〔註 17〕「稗官特演章回，體格既殊，筆情亦異，書稱才子，有鬼神莫測之機，語等齊東，侈狐鬼荒唐之語〔註 18〕」由此，他們對傅蘭雅的徵文表示認同，時代應該而且必須產生反映社會現實的小說：「中國之經書雖皆聖賢格言明訓，然非有學問者不能講，即使能講而中無新趣，聽之者往往如嚼蠟而睡夫，何能推行廣速感動人心變易風俗哉……時新小說使人閱之，詞句淺明，意思趣雅，不但學士文人喜為看閱，即婦女幼子亦愛聽聞，傳之不久，輒能家喻戶曉，則心為感動，力為革弊，庶幾使習氣一變，煥然一新耳，中國人亦無不可共臻富強措天下於磐石之安。」〔註 19〕「中國國家亦宜知所變計矣，否則中國必至民生日困，國計日窮而中國將不亡而自亡，可不懼哉！」〔註 20〕「傅蘭雅先生怒而憂之……茲成一書，使人之閱是書皆有感觸，去其舊染，以啓新機，上而天子，下而匹夫匹婦，同心協力，共除積患，俾中國從此可轉弱為強，變貧為富，而人才日以振興。」〔註 21〕這種對傅蘭雅小說理念的認同充分體現在他們的小說創作中，他們試圖擺脫舊小說的限制和影響，將「時」與「新」注入到小說創作中。

〔註 17〕周欣平編《清末時新小說集》（第二冊），上海古籍出版社，2011 年，第 8 頁。
〔註 18〕周欣平編《清末時新小說集》（第一冊），上海古籍出版社，2011 年，第 501 頁。
〔註 19〕周欣平編《清末時新小說集》（第三冊），上海古籍出版社，2011 年，第 4 頁。
〔註 20〕周欣平編《清末時新小說集》（第三冊），上海古籍出版社，2011 年，第 155 頁。
〔註 21〕周欣平編《清末時新小說集》（第一冊），上海古籍出版社，2011 年，第 7 頁。

　　《花柳深情傳》的作者詹熙（1850～1927），浙江衢縣人，是一位熱心的改革者，他在小說第一回中說，「綠意軒主人」（即作者本人）遊訪蘇州時，看到《滬報》上的徵文廣告，印象深刻，想到了他的衢縣老家的鄰居和巨族魏家，覺得可以作為素材和例子給讀者呈現。小說非常符合徵文的要求，魏家長子和次子，一個鴉片成癮，一個耽於時文，女兒則受纏足之苦。小說的高潮是太平天國起義中個人所受的磨難以及之後的境遇，耽於時文的魏家次子以及纏足的女性沒有其他實學，故生存都困難。小說中認為改革的重點在於實學，這也呼應了小說開頭所要宣揚的觀點：「竊念我中國之人，士、農、工、商人有四等，無人不知謀利，亦皆各竭盡心思智力搜奇爭異，其聰明非不如泰西諸國講求氣學、化學、電學、礦學、水法、機器等項生財之道，能以仁巧代天工。」〔註22〕這篇小說可以說是所有獲獎小說的一個雛形，其他獲獎小說也大概不外乎此寫作模式。

　　首先，在形式上是傳統的章回體小說，少則五六回，多則二十幾回。有的小說在每回的開篇以詩歌做引子，結尾也以詩歌做結。故事模式集中講述深受三弊之害之人的覺醒。如獲得第二名的《澹軒閒話》講述的是儒生包尚德一家的遭遇。包尚德係廣州人，家境殷實，讀萬卷書卻未曾謀得一官半職，只因包尚德不喜做八股文，在考試中只顧別出心裁不按八股文的規矩作文。其妻周氏也出身書香世家，因為周氏自小深受纏足之苦，所以發誓不會對自己的女兒纏足。尚德娶兩妾，生兩兒兩女，均教養有方，除習四書五經做時文外，尚德還讓其二子學習西學。尚德有一姑表兄弟名盛平湖，喜食鴉片。後當地遇強盜攻擊，包尚德助當地人打擊強盜並樂善好施，資助窮人。小說結尾，因包尚德教子有方，不單以時文教育後人，且朝中科舉開始重視西學，故兩子均中進士，並且向朝中進諫，取消三弊。小說中穿插了對時文的批判、對纏足的抨擊以及對如何戒除鴉片的介紹。獲得第四名的《捫虱偶談》同樣也是這樣的模式，講述的是「本朝奉天府海城縣姓周名守正字正甫，四十餘歲，生子二人，來章與來儀」，來章擅長時文，而來儀天性好玩，後食鴉片至死。故事的大背景是科舉已不單單考中國的時文，也加進了西學作為考試內容，所以來章很難中舉，周正甫為他請了精通西學的教書先生吳玉卿，在先生的大力輔導下終於考中。小說中涉及到了甲午中日戰爭，及文中所提及的「倭酋」，在戰亂中，食鴉片者

〔註22〕詹熙《花柳深情傳》，北京師範大學出版社，1992年，第1頁。

因身體孱弱無力抵抗，而纏足女子更無法行動逃脫，故混亂之後「吳玉卿細談纏足」，「論鴉片痛下針砭」。小說最後，周來章被倭酋抓走，在「中翻譯館」作了書記，後來「中日兩國修和，兩國交還俘虜，來章亦始得回中國。」小說中雖頻繁涉及西學，但對於什麼是西學作者並不十分清晰，只是模糊地認為將來中國西學必興，時文必廢。在涉及西學考試題目時也是體現在實務方面，如文中吳玉卿給學生出的題目是「礦務論」，朝中考西學的題目「問海軍以何國為最精最強」。

其他獲獎小說都是此模式的發展，傳統的以科舉進官的讀書人被時文和鴉片所害，而女子深受纏足之苦，基本將小說高潮設置在外敵入侵（指甲午中日戰爭）或者是戰亂（指太平天國起義），這才引起世人的反省，找尋小到個人大到國家的生存之道，即破除三弊。小說的情節設置簡單，沒有太曲折離奇的故事，且前後情節不夠緊湊，經常旁逸斜出，如《澹軒閒話》中用兩回的章節來訴說包尚德妻子周氏的童年，但這段在整個小說顯得拖沓，對小說發展無實質性的作用。語言上也如傅蘭雅所言「或出言淺俗，言多土白；甚至詞意淫巧，事涉狎穢，動曰妓僚，動曰婢妾」〔註23〕，獲獎小說中幾乎每篇都涉及妓僚婢妾，有淫詞小說的影子。

其次，為了符合徵文的「時新小說」之「時」與「新」，作者會在小說中夾雜大篇幅的論述，「時」主要體現為論述三弊的危害，「新」在傅蘭雅指的是新的寫法與新的內容，而在徵文小說中，作者特意加上了對西學尤其是西方科學的描述。《澹軒閒話》中第十回「窮利害主賓辨難，詳動員絕世成書」整個章節都是包尚德與謝善長就三弊之害進行辯論，尚德以為儒士做的八股於現實沒有任何作用，「當今之世，須熟悉五大洲風土山川、疆域險阻、做得出一部地理志、畫得出一張地理圖、算得出某處到某處實得幾千里……」〔註24〕其他小說基本都涉及到「西學」，但對於何為西學卻認識並不清楚。周氏結合自己的經歷論述纏足對於女性的害處，她主要從男性對女性的審美要求來論述，認識這是男性的畸形審美要求，女性應該以自己的審美為前提，不應只為適應男性的審美，「這等見識議論總是那男子作興出來的，有意捉弄我們

〔註23〕周欣平編《清末時新小說集》（第一冊），上海古籍出版社，2011 年，第 13 頁。

〔註24〕《澹軒閒話》，《清末時新小說集》，（第一冊），上海古籍出版社，2011 年，第 208 頁。

婦女的。」〔註25〕小說《五更鐘》中，作者用了一回的章節來論述林則徐禁
煙的過程及對整個國家的意義。楊味西的《時新小說》則用插圖的方式細述
纏足的歷史及對於女子的害處。小說中的論述稍顯淺薄，且多雷同。可以說
作者已經盡力試圖與傅蘭雅的徵文宗旨達成一致，但就算涉及了一切徵文所
需要的要素，仍於傅蘭雅心中的「時新小說」有差距。

　　最後，小說中的「言情」與「虛幻」因素，傅蘭雅預設的徵文小說是希
望不出現類似「虛幻」「言情」的因素，以此與傳統小說區別開來。但獲獎小
說中或多或少都有類似的情節，如《五更鐘》的開篇第一回「入印度初得木
棉子，隱五臺預識罌粟花」，說的是「希夷山人」的語言，「希夷山人言五百
年之後有黑的自印度入中國來爲害，爭向山人問是何物，先生可有方法解救，
免得他來害人。山人歎道，此乃我中國一大變，非同小可也，是天意，非人
力可挽回，我何敢洩漏天機。」〔註26〕還有的小說有不少妻妾侍夫以及妻妾
勾心鬥角等情節，這些「狎穢」「淫巧」的描寫也與傅蘭雅對時新小說的「趣
雅」要求不相符合。

　　傅蘭雅小說徵文之前，晚清小說界興起了兩類小說，即狹邪小說與俠義
公案小說，魯迅在其《中國小說史略》中論述了這兩者爲何會興起發展：「《紅
樓夢》方板行，續作及翻案者即奮起，各竭智巧，使之團圓，久之，乃漸興
盡……然其餘則所被尚廣遠，惟常人之家，人數鮮少，故事無多，縱有波瀾，
亦不適於《紅樓夢》筆意，故逐一變，即由敘男女雜沓之狹邪以發洩之。」〔註
27〕「明季以來，世目《三國》、《水滸》、《西遊》、《金瓶梅》四大奇書……惟
細民所嗜，則仍在《三國》、《水滸》，時勢屢更，人情日異於昔，久亦稍厭，
漸生別流，雖故發源於前數書，而精神或至正反，大旨在揄揚勇俠，贊美粗
豪，然又必不背于忠義。」〔註28〕這類的代表作前者如陳森的《品花寶鑒》
（1849），魏秀仁的《花月痕》（1869），後者如《兒女英雄傳》《三俠五義》。
傅蘭雅徵文從根本上是不贊成寫作這樣的小說，他所希望的是通過一種新的
小說達到啓蒙民眾的目的，1900 年，傅蘭雅在一次演講中說：「（中國小說）

〔註25〕 《澹軒聞話》，《清末時新小說集》，（第一冊），上海古籍出版社，2011 年，第
　　　　 112 頁。
〔註26〕 《五更鐘》，《清末時新小說集》，（第一冊），上海古籍出版社，2011 年，第
　　　　 358 頁。
〔註27〕 魯迅《中國小說史略》，人民文學出版社，1973 年，第 233 頁。
〔註28〕 魯迅《中國小說史略》，人民文學出版社，1973 年，第 239 頁。

現代的趨勢是朝著一種流行、輕鬆的中國文風發展；對於報紙和大眾需求使之必不可少——這兩者必須用一種大部分讀者容易看懂的方式寫成，以便確保大量迅速的銷售。」〔註29〕鴉片戰爭發生在 1840 年，但它對小說發展的影響是比較滯後的，在其之後並沒有出現一種貼近中國現實的小說出現，而傅蘭雅正是針對中國現實提出這樣一種構想，即把小說與國家的富強聯繫在一起。他的這些主張也受到了當時朝野士大夫自強變法的響應，因此王韜等人也參與了此次小說評選的活動。

此次徵文可以說是傅蘭雅從小說的現實主義精神、小說傳播以及啟蒙等方面的一種綜合設計，傅蘭雅自 1886 年創辦格致書院以來，一直不斷用作文競賽的目的來激勵和宣導中國人學習西方。1887 年，他在報告中寫道：「（作文競賽的）總體目標是嘗試引導在中國的應用角度出發來研究他們……為了在文人中普及西方知識。」〔註30〕在《約翰·傅蘭雅文集》中，也有一篇「中文有獎徵文——關於 1886～1887 年上海格致書院的中文有獎作文方案的報告」〔註31〕。當然，我們也不能過份誇大傅蘭雅徵文的意義，從小說創作來看，1895 年這個時段，中國文人的小說觀念還是在傳統舊小說的層面，只是通過這次徵文我們比較清晰地看到了這個時段中國小說發展的面貌，即各種因素的龐雜組合，小說理念、小說出版發行、小說稿酬等都還在醞釀階段，整體藝術水準並不高，很多抄襲現象，模式化傾向嚴重，傳統小說處於危機之中，而可以代表中國小說發展的新小說的「新」還沒有完成整合，這要等待更多參與小說創作和推動小說刊行運作的因素出現。

第二節　晚清其他小說徵文及小說理論的闡述

有人提出，中國小說在 1902 年左右開始了又一個蓬勃發展的階段，據陳大康《關於近代小說研究的一些思考》一文中所統計的數字來看，「從 1840 年至 1910 年，出版於上海的單行本創作小說共有 352 種，其中 1840 年至 1902

〔註29〕《The Literature of China》：P165～166. 轉引自【美】韓南著，徐俠譯《中國近代小說的興起》，上海教育出版社，2004 年，第 155 頁。

〔註30〕【美】韓南著，徐俠譯《中國近代小說的興起》，上海教育出版社，2004 年，第 154 頁。

〔註31〕【美】韓南著，徐俠譯《中國近代小說的興起》，上海教育出版社，2004 年，第 154 頁。

年爲 26 種，1903 年至 1910 年爲 326 種；刊載於上海報刊的創作小說共 429
種，其中 1840 年至 1902 年爲 2 種，1903 年至 1910 年爲 427 種。」〔註32〕。
可以看出，1903 年前後是晚清小說史上一個具有特殊意義的時期。而梁啓超
的「新小說徵文」也發生在這一年。在傅蘭雅徵文以後，其他小說報紙的徵
文也陸續發展起來，報刊主辦方或以個人，或以出版社名義發起各種小說徵
文，使晚清小說的創作呈活躍之勢。一方面，徵文規定著小說的發展方向，
徵文本身的內容也體現了小說理論的發展；另一方面，徵文發起者利用報紙
的發行優勢大肆宣傳，使更多的人參與到小說創作中來，二者共同推動著小
說的發展。可以說，徵文是促使晚清小說繁榮發展的重要力量之一。

一、《新小說》徵文、《時報》小說懸賞徵文

　　在傅蘭雅徵文未被注意之前，研究者一般認爲，第一份比較正式、明確
的小說徵文啓事當屬 1902 年梁啓超創辦的《新小說》徵文啓事，《新小說》
於 1902 年創刊於日本橫濱，第二年起遷移至上海，由廣智分局發行 1 年，共
出 24 期。由於 1980 年上海書店影印的全套《新小說》中刪除了一些廣告內
容，所以未曾見得。而 1998 年劉德隆先生在日本《清末小説から》上刊出《關
於〈新小說〉的「本社徵文啓」》一文〔註33〕，才使得這篇徵文啓事引起研究
者的注意。此徵文率先在梁啓超創辦的《新民叢報》上刊出，這無疑是利用
《新民叢報》已經形成的讀者群來宣傳這份徵文，後來才在《新小說》第一
卷上刊出。其實，梁啓超在參與《時務報》的辦報過程中，傳教士在報刊徵
文方面也影響了他〔註34〕，他也曾是《時務報》兩次徵文的發起者〔註35〕，
這些活動爲《新小說》徵文啓的運作奠定了良好的基礎。徵文啓事全文如下：
　　　　小說爲文學之上乘，於社會風氣關係最巨。本社爲提倡斯學，
　　　開發國民起見，除社員自著自譯外，茲特廣徵海內名流傑作紹介於
　　　世，謹布徵文例寄潤格如下：

〔註32〕陳大康《關於近代小說研究的一些思考》，《明清小說研究》2001 年第 1 期，
　　　　第 11～12 頁。
〔註33〕劉德隆《關於〈新小說〉的「本社徵文啓」》，《清末小説から》，1998（51）。
〔註34〕陳啓雲著，宋歐譯《梁啓超與清末西方傳教士之互動研究——傳教士對於維
　　　　新派的個案分析》，《史學集刊》，2006 年第 4 期。
〔註35〕一次是 1897 年 1 月 13 日《時務報》公佈的「論中國不能變法之由」與「論
　　　　農學」；一次是次年 2 月的「問泰西日本維新以前一切弊政與中國今日多相類
　　　　者，能條舉之否」與《中東戰紀本末》書後」。

第一類：章回體小說在十數回以上者及傳奇曲本在十數出以上者

  自著本甲等 每千字酬金 四元

  同 乙等 同   三元

  同 丙等 同   二元

  同 丁等 同   一元五角

  譯 本甲等 每千字酬金 二元五角

  同 乙等 同   一元六角

  同 丙等 同   一元二角

  凡有惠寄此類稿件者，若能全書見寄最妙，不能則請先寄三回或三出以上，若本社不合用，即將原稿限五日內珍覆，決不有誤；若合用，則擬其酬金等第奉告。如投稿者或不滿意其等第，亦請速惠函，俾將原稿珍覆。

  本社所欲得者爲寫情小說，惟必須寫兒女之情而寓愛國之意者乃爲有益時局，又如儒林外史之例，描寫現今社會情狀，藉以警世時流，矯正弊俗，亦佳構也。海內君子，如有鳳著，望勿悶玉。

第二類：其文字種別如下

一、雜記 或如聊齋或如閱微草堂筆記，或虛構或實事，如本報第一號「雜記」之類

一、笑話

一、遊戲文章 不拘體格

一、雜歌謠 不必拘定樂府體格，總以關切時局爲上乘，如彈詞粵謳之類皆可

一、燈謎酒令楹聯等類

  此類投稿者恕不能遍奉酬金，惟若錄入本報某號，則將該號之報奉贈一冊，聊答雅意。其稿無論錄與不錄，恕不繳還。

  凡投稿諸君務請書名姓氏住址，俾得奉覆。〔註36〕

徵文開宗明義「小說爲文學之上乘，與社會風氣關係最巨」，把小說地位定義在文學的上乘，這是第一份以此爲宗旨的小說雜誌，同時明確了小說之於社

〔註36〕《新小說社徵文啓》，《新小說》，1902 年 11 月 14 日第一卷第 1 期。

會風氣的影響，在傅蘭雅徵文中，他也明確提出小說的「移風易俗」作用，只是傅蘭雅徵文的前奏、基礎沒有《新小說》徵文渲染的廣泛，《新小說》徵文雖然不像傅蘭雅徵文的要求那麼翔實，但是梁啓超的《論小說與群治的關係》可以說是此次徵文精神要求的具體體現，不僅如此，在此之前，《新民叢報》已經爲《新小說》的誕生做了充分的準備，如登載於《新民叢報》第十四號的《中國唯一之文學報〈新小說〉》、第十五號上的《新小說社廣告》，第十五、十六號上的《徵詩廣告》以及十九號的《〈新小說〉第一號目錄全告》、《新小說社徵文啓》。所以說，《新小說》徵文的「附加文本」是很豐富的，梁啓超的小說觀念已經宣傳的十分到位，並且連載了他的《新中國未來記》，可以說理論和實踐都有徵文可參考的地方。因此，徵文中必不可少的是希望徵得《儒林外史》之類的「社會小說」——「描寫現今社會情狀，藉以警世時流，矯正弊俗」。《儒林外史》在當時被很多人奉爲寫作的模仿對象，「當時寫社會小說的人，最崇奉《儒林外史》一書，因此人人都模仿《儒林外史》。」〔註 37〕

　　但是，值得注意的是，徵文要求中卻把寫情小說放在了第一位「本社所欲得者爲寫情小說，惟必須寫兒女之情而寓愛國之意者乃爲有益時局」，晚清小說界的總體發展趨勢並不是寫情小說，「兩性私生活描寫的小說，在此時期不爲社會所重，甚至出版商人，也不肯印行。雜誌《新小說》《繡像小說》所刊載作品，幾無不與社會有關。直至吳趼人創『寫情小說』，此類作品始復抬頭，爲後來鴛鴦蝴蝶派小說開了先路。」〔註 38〕阿英先生的描述說明當時寫情小說是不被重視的，但是不被報紙和辦報紙的知識分子所重視並不能說明寫情小說沒有廣泛的讀者群，我們知道，在新文學運動中，通俗小說的讀者群也比新文學要多，何況在晚清這個任何文學樣式都還未定型的時期。所以我們可以理解爲徵文試圖做一個改造寫情小說固有弊端的努力，即「寓愛國之意」「有意時局」，寫情小說可以說是中國小說的傳統類型，只是在晚清時候許多已變爲狹邪的豔情小說，固徵文充分利用了這一點，依然保留寫情小說的形式，但在內容上向救國移風易俗方面引導。

　　在《新小說》徵文啓事之後，各種小說雜誌也都利用徵文來廣泛徵集稿源，不少報紙也舉行各種形式的「小說懸賞」，有的徵文雖然並沒有理想的結

〔註 37〕李漢秋《儒林外史研究資料・前言》，上海古籍出版社，1984 年，第 23 頁。
〔註 38〕阿英《晚清小說史》，東方出版社，1996 年，第 5 頁。

果或者虎頭蛇尾，但這種徵求本身也看出小說地位的變化以及小說理論的發展。

　　1904 年（光緒三十年十月三十日），《申報》登載「上海商務印書館徵文」啓事字樣：「本館創辦教科書、《繡像小說》、《東方雜誌》，以餉我同胞。幸蒙海內不棄，惟同人知識有限，深恐不克負荷，無以副四方之期望。擬廣徵藝文，以收集思廣益之用。」〔註 39〕其中所徵的內容包括國文教科書、小說以及論說三大類。對於徵求小說的規定最為詳細，主要徵求以下小說：「1、教育小說，述舊時教育之情事，詳其弊害，以發明改良方法為主；2、社會小說，述風水、算命、燒香、求籤及一切禁忌之事，形容其愚惑，以發明格致真理為主，然不可牽涉各宗教；3、歷史小說，從鴉片戰爭起至拳匪亂事止，詳載外人入境及各國政敗之由，割地賠款一併敘及，以明白暢快，能開通下等社會為主，然徵引事實須有所本，不可杜撰；4、實業小說，述現時工商實在之情事，詳其不能制勝之故，以籌改良之法。」〔註 40〕

　　關於小說的規定如下：「每類小說，均用章回體，或白話，或文言，聽人自便，先作數回，並用別紙將全書結構及作書宗旨暨全書約有幾回，先行示及。字數在二萬字以上。第一名酬洋一百元，二、三名各五十元，四、五名各三十元，六名至十名各念元，十一名至二十名各二十元，一下酬資，屆時酌定，或送本館書籍，如佳作甚多，酬資再行酌贈……卷交上海美租界新衙門東首祥麟裏間壁成字 1364 號商務印書館編譯所。」〔註 41〕啓事承諾從應徵小說中選取好的作品印行。這則廣告從在《申報》上刊登到 12 月 18 日共登載了 7 次，同時還在《繡像小說》的第 22、23 期登載，只是後來並沒有下文，也沒有在這兩種刊物上刊登出徵文結果，研究此次徵文的潘建國說：「但是遺憾的是，我們查遍了光緒三十年（1904 年）、三十一年（1905 年）兩年的申報，均未找到有關徵文結果的資料，因此商務印書館舉辦的小說徵文究竟收到多少篇來稿，其作者、作品之詳細情況，皆不得而知。」〔註 42〕事實並非如此，此次徵文的後續發展是登載於《中外日報》，其實，在《申報》發出懸賞徵文一個月之前即 1904 年 11 月 7 日，《中外日報》已經刊登了此徵文，「隨

〔註 39〕《申報》，1904 年 10 月 30 日。
〔註 40〕《申報》，1904 年 10 月 30 日。
〔註 41〕《申報》，1904 年 10 月 30 日。
〔註 42〕潘建國《小說徵文與晚清小說觀念的演進》，《文學評論》，2001 年第 6 期，第 86～94 頁。

後至 11 月 15 日續刊了 6 日次，12 月也續刊了 10 日次。1905 年 1 月 7、10、16、17、20、28 號繼續刊登，前後歷時兩個月，共至少刊登 22 次。」〔註43〕前後加上在《申報》《繡像小說》上的一共二十幾次的徵文廣告，可見商務印書館對此次徵文是十分重視的。1905 年 4 月 10、12、14、16、18 日《中外日報》刊登了此次徵文的最後一次廣告，也宣佈持續半年的徵文活動結束：「商務印書館徵文題名已於正月底登告起，二月初四日止，此布。」〔註44〕

　　從最後的結果來看，此次徵文共 97 人獲獎，其中刊出的爲《東方雜誌》刊載論說類獲獎作品 4 篇，《繡像小說》連載刊登了《掃迷帚》和《市聲》。具體獲獎名單爲：「第 1 名呂俠人獲得獎金 100 元，第 2、3 名東絲生、張宗祥各贈 50 元，第 4、5 名李惜霜、姬文各獎 30 元，蔡綠農等第 6 至 10 名獲得 20 元，桂成文等第 11 至 20 名獲獎 10 元，呂勉之等 12 人獲獎 5 元，高覺佛等 15 人各贈國文教科書教授法 8 冊、習畫帖 9 冊，香雪庵等 4 人各贈 1905 年《東方雜誌》12 冊，徐膝疊等 4 人各贈《繡像小說》第 1～12 冊，顧子靜等 9 人各贈國文教科書 8 冊，先憂庵和宋子和各贈 1905 年《東方雜誌》6 冊，吳家鈺等 31 人各贈本年袖珍日記 1 冊。」〔註45〕此次徵文與預期設計基本一致，從獲獎名單可以看出，參加此次徵文的還有近代史上的著名人物弘一法師李叔同（即李惜霜）。

　　爲何徵文首先是在《中外日報》發起，之後陸續登載於《申報》與《繡像小說》刊登，進展情況與最終結果也是在《中外日報》上，這充分體現了徵文發起者一方面利用報紙的影響力發起徵文，試圖徵得優秀作品，另一方面是利用徵文這一形式再次擴大報紙的影響力。《中外日報》創始於 1898 年，創始人爲汪康年與張元濟。自 1898 年始，汪康年與商務印書館關係密切，他主辦的《昌言報》就是商務印書館代印的。1904 年，商務印書館的創始人之一夏瑞芳與張元濟一起入股《中外日報》，1904 年前後《中外日報》十分暢銷。據統計，「1903 年 4 月第 3 期《浙江潮》刊登的杭城報紙銷數表，《中外日報》《申報》《新聞報》在杭州的銷量分別是約五百張、約五百數十張、約二百三十四張。同年 9 月第 7 期《浙江潮》登載的海鹽報紙之銷數，海鹽縣城內這

〔註43〕張天星《1904 年商務印書館徵文活動小考》，《台州學院學報》，2010 年 8 月第 32 卷，第 73 頁。

〔註44〕《中外日報》，1905 年 4 月 18 日。

〔註45〕《中外日報》，1905 年 4 月 18 日。

三種報刊的銷量分別爲 30 份、1 份、7 份。」〔註46〕由此看來,《中外日報》的銷售量與報界老大《申報》不相上下,在上面發起徵文受眾面廣,從而可以獲得較好的徵文效果。

1907 年 3 月 29 日(光緒三十三年丁未二月二十六日),《時報》第一頁「小說」一欄刊登出「小說大懸賞」啓事:

> 本報現在懸賞小說,無論長篇短篇,是譯是作,苟已當選登載本報者,本報當分三等酬金:第一等,每千字十元;第二等,每千字七元;第三等,每千字五元。不當選者,原件送還。第一次期限自三月十六日始至四月十五日止。本館敬告。〔註47〕

這一則徵文啓事在二月二十六日至三月二十五日之間的《時報》上重複登載,並在三月二十四日又增加一條:「在小說稿本必窺全豹,方能決定去取,若非全稿者,請勿庸賜寄。本館再白。」〔註48〕但此次徵文出現了突發狀況,時報館發生火災,報紙書稿等付之一炬,於是《時報》在三月二十七日重新刊登「本館特別告白」:「敬告應募小說諸君 前由本館懸賞招募小說,承海內諸君子各以名作相貽,乃於二十六日晨悉付一炬。除以由郵局寄還者外,餘均隨此浩劫而去,無任抱歉。茲乞諸君再將副稿錄示,是所至盼。本館謹上。」〔註49〕

由於中間的耽擱,徵文懸賞結果到 6 月 2 日才正式刊出,並且開始連載獲獎小說《雙淚碑》:「懸賞小說發表,本館前又『小說大懸賞』廣告一則,原定四月十五日截止,不幸適罹災禍,諸事紛擾,又以著譯諸君子寄稿甚多,不敢草草拜讀,以至延至今日,不勝歉仄。茲自今日起將所選諸稿依次登載。本報所有未及入選之稿,亦即一一寄還。特此布告。」〔註50〕公告中並沒有公佈全部獲獎者的名單,從《時報》刊登的情況來看,沒有發現「懸賞小說第一等」的字樣,只有和公告同時出現的「懸賞小說第二等」《雙淚碑》和「懸賞小說第三等」《雌蝶影》。《雙淚碑》作者南夢,即陸曾沂,字冠春,號秋心,江蘇海門人,係南社成員,除《雙淚碑》外,另外還有與其相似的寫情小說

〔註46〕張天星《1904 年商務印書館徵文活動小考》,《台州學院學報》,2010 年 8 月第 32 卷,第 73 頁。
〔註47〕《時報》,1907 年 3 月 29 日。
〔註48〕《時報》,1907 年 3 月 24 日。
〔註49〕《時報》,1907 年 5 月 9 日。
〔註50〕《時報》,1907 年 6 月 2 日。

《雙胄絲》，同樣是時報館出版。《雌蝶影》是偵探小說，《時報》上署名「丹徒包柚斧」，其實真實作者是李涵秋。李涵秋（1873～1923）是近代著名小說家，1921 年赴上海，主編《小時報》，兼為《小說時報》及《快活林》等報刊撰寫小說。一生著作頗豐，著有長篇小說 36 部、短篇小說 20 篇、詩集 5 卷、雜著 5 篇、筆記 20 篇。長篇小說處女作《雙花記》及相繼問世的《雌蝶影》，受到讀者的廣泛歡迎。

這次徵文在當時引起了一定的影響，佝生在《小說叢話》中說到：「《雌蝶影》，時報館出版，前年懸賞所得者也。書中所敘事物，且似迻譯，然合全書省之，是書必為吾國人杜撰無疑。書中有一二處，頗礙於理，且結果過於美滿，不免書生識見。惟末章收束處，能於水盡山窮之時，異峰忽現，新小說結局之佳，無過此者。友人言此書為李涵秋作，署包某名，別有他故。」〔註51〕「《雙淚碑》，亦時報館出版，篇幅甚短，寓意卻深。時報館諸小說，此為第一。」〔註52〕這兩部小說《雙淚碑》為寫情小說，纏綿哀婉，《雌蝶影》為偵探小說，離奇曲折，在《時報》看在後廣受歡迎，於是 1908 年時報館將其合成單行本由有正書局出版。

以上是晚清時期比較有代表性的小說徵文，另有其他小說雜誌的徵文，見下表：

晚清有影響力的小說徵文一覽表

時間	主辦方	徵文名稱	刊登報刊	徵文理念	成　果
1895.5 ～ 1896.1	傅蘭雅	求著時新小說啓	《申報》、《萬國公報》、《教務雜誌》	「竊以感動人心，變易風俗，莫如小說。推行廣速，傳之不久，輒能家喻戶曉，氣息不難為之一變。」〔註53〕	徵得小說 162 部。在此徵文影響下產生《熙朝快史》《醒世新編》等惟參與徵文的小說。
1902.10 ～ 1902.11	梁啓超	新小說社徵文啓	《新小說》、《新民叢報》	小說為文學之上乘，於社會風氣關係最巨。「所欲得者為寫情小	周桂笙《毒蛇圈》、吳趼人《二十年目睹之怪現狀》《痛史》《九命奇冤》，等。

〔註51〕佝生《小說叢報》，《小說月報》1911 年第 3 期。
〔註52〕佝生《小說叢報》，《小說月報》1911 年第 3 期。
〔註53〕《申報》，1895 年 5 月 25 日。

時間	主辦方	徵文名稱	刊登報刊	徵文理念	成 果
				說，惟必須寫兒女之情而寓愛國之意者乃爲有益時局，又如儒林外史之例，描寫現今社會情狀，藉以警世時流，矯正弊俗，亦佳構也。」〔註54〕	吳趼人、周桂笙開始了小說撰譯的高峰。
1904.11～1905.4	上海商務印書館	上海商務印書館徵文	《申報》、《新聞報》、《中外日報》、《繡像小說》	教育小說；社會小說；歷史小說；實業小說。	97 人獲得獎勵，《東方雜誌》刊登論說 4 篇，《繡像小說》連載《掃迷帚》和《市聲》兩部，其餘不詳。
1906.11～1908.8	月月小說社	月月小說特別徵文、徵文廣告	《月月小說》創刊號、第 14、15、20 號	「欲求其改良之法，自以小說爲最有效果。以稗官野史之記載，寓誘智改革之深心，以爲前途之預備。」〔註55〕	月月小說社徵求短篇小說，共刊出譯著短篇小說 73 篇，佔所刊 113 部小說的 65%
1907.3～1907.6	時報館	小說大懸賞	《時報》	並無特別規定，著譯皆可。	具體數目不詳，《時報》刊出《雙淚碑》二等獎、《雌蝶影》三等獎。
1907.2	小說林社	募集小說	《小說林》創刊號、第 3 號	「募集各種著譯，家庭、社會、教育、科學、理想、偵探、軍事小說」〔註56〕	包天笑言：小說林登載徵求的稿子，非常之多，長篇短篇，譯本創作，文言白話，種種不一。
1909.6	改良小說社	改良小說社徵文廣告	《申報》、《時報》、《中外日報》、《民吁日報》	以改良社會，開通風氣爲主義。宗旨純正，辭義淺顯……藉稗官野史之勢力，爲	根據潘建國研究結果：截止 1909 年 8 月，在不到兩個月的時間內出版小說 34 部。

〔註54〕 《新小說社徵文啓》，《新小說》，1902 年 11 月 14 日第一卷第 1 期。《新民叢報》，1907 年第二期。
〔註55〕 《月月小說》，1906 年第一期。
〔註56〕 《小說林》，1907 年第一期。

時　間	主辦方	徵文名稱	刊登報刊	徵文理念	成　果
				開智革俗之津梁。〔註57〕	

注：上表參考《報刊與晚清文學現代化的發生》一書（張天星，鳳凰出版社，2011 年）
　　並將之完善。

晚清小說徵文稿酬一覽表

徵文名稱	稿酬支付情況
求著時新小說啓（傅蘭雅）	「首名酬洋五十元，次名三十元，三名二十元，四名十六元，無名十四元，六名十二元，七名八元。」〔註58〕
新小說社徵文啓（梁啓超）	「自著本甲等每千字酬金四元，乙等三元，丙等二元，丁等一元五角；譯本甲等每千字酬金二元五角，乙等一元六角，丙等一元二角。」〔註59〕
上海商務印書館徵文廣告	「第一名酬洋一百元，二三名各五十元，四五名各三十元，六名至十名各二十五元，十名至二十名各二十元。」〔註60〕
時報小說大懸賞	「本報當分三等酬金，第一等，每千字十元，第二等，每千字七元，第三等，每千字五元。」〔註61〕
新小說叢報社徵求小說廣告（月月小說社）	「甲等每千字洋五元，乙等每千字洋四元，丙等每千字洋三元，丁等每千字洋二元。」〔註62〕

二、小說徵文與小說理論的傳播

　　縱觀這幾次有代表性的小說徵文，從其徵文設計、徵文預設、稿酬設置以及最終的徵文效果，我們可以看到徵文在晚清小說發展過程中所體現的價值意義。首先，從現實意義上講，徵文在一定程度上解決了晚清小說的稿件來源問題，不管是小說雜誌還是有志於改變小說走向的文學家、知識分子，再多的理論都要落實在小說作品上，有了豐富的小說作品方可有更多的讀者群。我們發現，小說作品的來源主要有兩種，一種是固定作家的作品，如圍繞在《新小說》雜誌以及月

〔註57〕《改良小說社徵求小說廣告》，《時報》，1909 年 6 月 28 日。
〔註58〕《申報》，1895 年 5 月 25 日。
〔註59〕《新小說社徵文啓》，《新小說》，1902 年 11 月 14 日第一卷第 1 期。
〔註60〕《申報》，1904 年 10 月 30 日。
〔註61〕《時報》，1907 年 3 月 29 日。
〔註62〕《徵求小說》，《時報》，1906 年 9 月 9 日。

月小說社周圍的吳趼人、周桂笙等，吳趼人的作品由《新小說》社和《月月小說》刊登出版的分別有五部之多，而周桂笙的也有七部左右，月月小說社還聘兩位為小說雜誌的主要撰寫人。另一種就是徵文所得，傅蘭雅徵文收到 162 部小說，比較突出的是改良小說社，自 1908 年創辦之後，該社預計每月出版新小說不少於 10 種，但從 1909 年 3 月至 5 月，僅僅新出了一部小說。1909 年 6 月 27 日，改良小說社在《申報》刊登徵文啟事：「欲借他山之助，不不得不為將伯之呼，尚希海內同志，交匪不逮，如蒙以大稿想讓，不論文言白話，傳奇盲詞，或新譯佳篇，改良舊作，凡與敝社宗旨不相背馳者，請郵寄上海麥家圈元記棧敝社總發行所，自當酬以相當之價值。」〔註63〕徵文發出之後，收穫頗豐，「截止 1908 年 8 月 17 日，在短短兩個月不到的時間內，改良小說社出版《新水滸》、《新三國》、《新兒女英雄傳》等小說，竟達 34 種之多，掀起了該社小說出版的高潮。」〔註64〕包天笑也曾回憶說「小說林登報徵求來的稿子，非常之多，長篇短篇，譯本創作，文言白話，種種不一，都要從頭至尾，一一看過，然後決定收受，那是很費工夫的事。還有一種送來的小說，他的情節、意旨、結構、描寫都很好，而文筆不佳，詞不達意，那也就有刪改潤色的必要了。」〔註65〕每個小說社都設有「編譯所」這樣的機構，一方面是專門出版小說或譯作，另一方面就是負責對來稿進行潤色修改，有的小說表明「某某譯（著），某某潤」就是指此。其次，這一系列徵文奠定了文學稿酬制度的基礎，從表 2 可以可出，每一個小說徵文都詳細刊出了稿酬的等級，包笑天曾言「當時的報紙除小說以外，別無稿酬，寫稿的人，亦動於興趣，並不索稿酬的。」〔註66〕目前學界公認的是「可以說，《新小說徵文啟》的出現，標誌著近代稿酬制度的初步形成。」〔註67〕

徵文內容可以說是小說理論的一部分，它們從小說寫什麼，怎麼寫，字數、回數、語言都做了規定。具體體現在，第一，徵文帶來翻譯小說的盛行。1895 年的傅蘭雅徵文，顯然並沒有包括譯作，傅氏的初衷是希望中國的小說家能自著社會小說，對翻譯小說隻字未提。在 1902 年新小說社徵文啟中，梁啟超提到了翻譯小說，但並沒有把它放在與自創小說同樣的等級，這在稿酬

〔註63〕《申報》，1909 年 6 月 26 日。
〔註64〕潘建國《清末上海地區書局與晚清小說》，《文學遺產》，2004 年第 2 期，第 101 頁。
〔註65〕包天笑《釧影樓回憶錄》，大華出版社，1971 年，第 324 頁。
〔註66〕包天笑《釧影樓回憶錄‧時報的編制》，大華出版社，1971 年，第 349 頁。
〔註67〕郭浩帆《近代稿酬制的形成及其意義》，《山東大學學報》（哲社版），1999 年第 3 期，第 84 頁。

上可見一斑，「自著本甲等每千字酬金四元，乙等三元，丙等二元，丁等一元五角；譯本甲等每千字酬金二元五角，乙等一元六角，丙等一元二角。」〔註68〕譯本的甲等價格比自著本乙等還要低。到了 1907 年，《小說林》雜誌的徵文啟事中「本社募集各種著譯……小說，……入選者分別等差，潤筆從豐致送。甲等，每千字五元；乙等，每千字三元；丙等，每千字二元。」〔註69〕同時，1907 年的《時報》小說徵文中，翻譯小說和自著小說也被同樣對待，酬金相等，「本報現在懸賞小說，無論長篇短篇，是譯是作……分三等酬金……」〔註70〕據郭延禮《黃世仲的小說理論及其在中國近代小說理論史上的地位》中研究發現，翻譯小說在 1907 年達到高峰，徐念慈在 1908 年基於對前一年小說出版情況的研究中也說：「著作者十不得一二，翻譯者十常居八九。」〔註71〕可以說，徵文與翻譯小說的盛行二者是相互促進的，翻譯小說出版的繁榮也促使小說雜誌徵文對翻譯小說的重視，而徵文對翻譯小說與自著小說的同等對待毫無疑問促進了更多翻譯小說的出現。第二，徵文對短篇小說發展的影響。中國傳統小說中長篇是最重要的形式，在晚清小說的創作翻譯中，長篇也幾乎成了默認的形式。在傅蘭雅徵文中，雖然沒有明確說明是徵長篇還是短篇，但從稿酬上來講，顯然是針對長篇小說而言。1902 年新小說徵文中也規定「章回小說在十數回以上」。據本書考察，最早公開徵求短篇小說的應該是 1904 年的《時報》，「本報昨承冷血君寄來小說馬賦一篇，立意深遠，用筆宛曲，讀之甚有趣味。短篇小說本為近時東西各報流行之作，日本各日報、各雜誌多有懸賞募集者。本館現亦依用此法。如有人能以此種小說（題目體裁文體不拘）投稿本館，本報登用者，每篇贈洋三元至六元。」〔註72〕此徵文是刊登在陳冷血的作品《馬賦》之後，徵文發表後，又陸續登載了陳冷血的《歇洛克來遊上海第一案》和包天笑的《歇洛克初到上海第二案》等作品，胡適先生也曾回憶「冷血先生有時自己也做一兩篇短篇小說，如福爾摩斯來華偵探案等，也是中國人做新體短篇小說最早的一段歷史。」〔註73〕後來「1907 年的《時報》徵文、1908 年《月月小說》徵文以及 1911 年的

〔註68〕《新小說社徵文啟》，《新小說》，1902 年 11 月 14 日第一卷第 1 期。

〔註69〕《小說林》，1907 年第 1 期。

〔註70〕《時報》，1907 年 2 月 19 日。

〔註71〕覺我《余之小說觀》，《小說林》，1908 年第 9 期。

〔註72〕《時報》，1904 年 9 月 21 日。

〔註73〕胡適《十七年的回顧》，《時報》，1921 年 10 月 10 日。

《小說月報》徵文也都公開大範圍徵求短篇小說。1904 年至 1910 年《時報》刊登標示『短篇』的小說 105 篇，《月月小說》24 期則刊載短篇小說 73 篇。」〔註74〕可以說，這些小說徵文的提倡與徵求促進了短篇小說的興起。

第三，小說內容方面，這些有獎徵文所要達到的目的是改良社會，從而以此啓蒙大眾，從開篇的傅蘭雅的時新小說到梁啓超的《新小說徵文啓》，到 1904 商務印書館徵求「教育小說」，再到改良小說社的「本社以改良社會、開通風氣爲主義」以及月月小說社在《時報》上刊登的「欲求其改良之法，自以小說爲最有效果。」這些都表明徵文試圖借報刊的傳播影響作用，達到徵求──投稿──發表──啓示改良社會這樣一種互動的效果。當然，不可忽視的是，這並不表明寫情小說被排斥在外，從小說徵文看，並沒有十分明顯的特徵表明不接受寫情小說，新小說社徵文特意把寫情小說放在第一位，而《時報》大懸賞的獲獎作品二等獎《雙淚碑》是哀情小說，三等獎《雌蝶影》是偵探小說。可見徵文還是把小說的「可讀性」放在了第一位，雜誌社或各書局看到了寫情小說的市場，他們希望在寫情與改良社會之間找到平衡點，一改之前寫情小說的狹邪之風，同時使得小說成爲啓蒙民眾的有力工具。

綜上所言，晚清的小說徵文改變了小說的生產傳播方式，從內容和形式等方面影響了小說的發展趨勢，成爲文學生產機制的一部分，從新小說徵文的影響來看，一份有影響力的報紙的徵文可以引起文學的變革。徵文本身是文學理論的一部分，同時，通過徵文我們更能看出設計徵文的個人、書局、報社他們的文學主張，從而可以更清晰地看出他們對文學的規範和預設。

〔註74〕張天星《報刊與晚清文學現代化的發生》，鳳凰出版社，2001 年，第 46 頁。

第二章　迎合大眾與引導大眾：
通俗雜誌類與創造經典類
有獎徵文

　　面向大眾的有獎徵文，一方面要傳達思想，引導大眾，另一方面也要充分考慮大眾的審美趣味，傳達、回饋、再傳達是一些徵文在尋求與大眾平衡之間所進行的運作。本章主要考察新文學運動前後幾種通俗雜誌中的徵文以及三種以創造文學經典爲目的的徵文，通過比較我們可以看到在大眾啓蒙過程中的複雜性。眾所周知，每一種雜誌的創辦、發展、變革都有其思想傾向和期待讀者，若將嚴肅文學類雜誌與通俗消閒類雜誌做以對比就會發現，前者更強調信息的單向傳達，重在表達自己的立場、思想，在新文學運動期間，雜誌創辦者的同人知識分子希望讀者可以通過雜誌上的文章得到啓蒙，讀者是一種「接受」的態度，當然他們同樣希望得到眾多人的回應、交流，所以在雜誌中也設定了諸如通信欄等欄目，這些欄目刊登讀者的問題，雜誌創辦者以及雜誌常用撰稿人負責答疑，不過這種交流同樣是上對下的姿態，讀者是作爲問題者來接受教育的。相比之下，通俗消閒類雜誌形式就豐富自由的多，這裡面基於對經濟利益的追求，因此重在加強與讀者交流溝通、甚至討好迎合部分讀者，雜誌呈現一種平等互動，或者說雜誌創辦者與讀者共同創造了雜誌的風格。本章考察了 1915 年前後一些雜誌的徵文欄目發現，嚴肅文學類雜誌徵文欄目少的多，而通俗消閒類雜誌不僅徵文多，而且獨立成系統，成爲雜誌不可缺少的組成部分。如《莽原》、《創造》、《每週評論》、《新潮》、《新青年》、《學燈》、《語絲》，這些雜誌中幾乎找不到徵文類文字，而像《小說月報》、《紅玫瑰》、《婦女雜誌》、《小說世界》等雜誌卻將徵文當做與讀者

交流的重要手段，每期徵文都進行詳細的報導，對比這幾種雜誌的徵文可以看出他們如何利用徵文這種特別的廣告來宣傳自己的雜誌，同時又如何引領、影響了新文學及新文化的發展，做到了經濟利益與文學發展同時進行。

第一節 《小說月報》改版前後徵文的變化

一、前期《小說月報》的徵文及對雜誌的引領作用

《小說月報》創辦於 1910 年 8 月 29 日（宣統二年七月）的上海，是商務印書館發行的重要文學刊物，月刊，歷經 22 年，共出版 259 期，另有增刊 1 期，號外 3 冊，中途因辛亥革命停刊數月，後補齊刊數。《小說月報》以 1921 年的改版爲分水嶺，分爲前後期。前期有兩位主編，是王蘊章與惲鐵樵，創刊之後的第一、二卷以及第九、十、十一卷由王蘊章編輯，中間的三至八卷由惲鐵樵任主編。

開篇的《編輯大意》中點明了雜誌的性質及其欄目設置，「本館舊有繡像小說之刊，歡迎一時，嗣響遽寂。用廣前例，輯成是報，匪曰丹稗黃說，濫觴《虞初》，庶幾撮壞涓流，貢諸社會。一、本報以趁譯名作，綴述舊聞，灌輸新理，增進常識爲宗旨。一、本報各種小說，皆敦請名士，分門擔任。材料豐富，趣味濃深。其體裁則長篇短篇，文言白話，著作翻譯，無美不收。其內容則偵探言情，政治歷史，科學社會，各種皆備。末更附以譯叢、雜纂、筆記、文苑、新智識、傳奇、改良新劇諸門類，廣說部之範圍，助報餘之採擷。（每冊售價一角五分）固定欄目有圖畫、短篇小說（哀情、警世）、長篇小說（哀情、奇情、社會等）、譯叢、筆記、文苑、改良新劇。」〔註1〕從這段類似於發刊詞的編輯大意中我們可以看出，《小說月報》創辦的一個很重要的原因就是想繼續《繡像小說》的繁榮，創刊於 1903 年的《繡像小說》是晚清小說界四大雜誌之一，它的辦刊宗旨爲：「歐美化民，多由小說；扶桑崛起，推波助瀾……本館有鑑於此，於是糾合同志，首輯此編。遠摭泰西之良規，近挹海東之餘韻，或手著，或譯本，隨時甄錄，月出兩期，借思開化夫下愚，遑計貽譏於大雅。」〔註2〕《繡像小說》所提倡的「借思開化夫下愚」其實是和梁啓超所辦的《新

〔註1〕《編輯大意》，《小說月報》，1910 年第一卷第 1 期。
〔註2〕《本館編印〈繡像小說〉緣起》，《繡像小說》，1903 年第一期。

小說》一樣，帶有以小說改良社會的特點，《小說月報》指出本報刊意在「增進常識，灌輸新理」，但其整個雜誌的編排和文章的選擇以及徵文的意向卻反映了這本雜誌在新舊文學之間的選擇和認識上的複雜之處。

《小說月報》中的徵文分兩種，一種是固定在雜誌每一期的最後一頁中的徵文，表明報紙對固定稿件的需求，如下：「本報各門皆可投稿，短篇小說，尤所歡迎。來稿務祈繕寫清楚，並乞將姓名住址，詳細開示，以便通訊。如係譯稿，請將原書，一同擲下，以便核對。中選者分五等酬謝，甲等每千字五元，乙等每千字四元，丙等每千字二元，戊等每千字一元。一、來稿不合者，立即退還，惟卷帙過少者，恕不奉璧。或如有詩詞、雜著、遊記、隨筆以及美人攝影風景寫真惠寄者，本社無任感紉，一經採用，當酌本報若干冊，以答雅意，惟原件概不退還。」〔註3〕另外一種則是根據不同情況設置的徵文類型，有主題徵文，規定題目；有系列徵文，持續時間較長，期間通過報刊的讀者來信等欄目與參與者進行討論，包括提醒截稿日期，討論寫法等。除了第一種固定徵文外，《小說月報》的第一篇徵文是發表在第一期（後又在第二期一直到第二年第十二期刊登）的「徵文通告」：「現——身，說——法，幻雲煙於筆端，湧《華嚴》於彈指，小說之功偉矣。同人聞見無多，搜輯有限，尚祈海內大雅，匡其不逮，時惠鴻篇。體則著譯兼收，文則莊諧並錄。庶人鄧林之選，片羽皆珍，一經滄海之搜，遺珠無憾。率佈簡章伏希亮察。一、本報各門，皆可投稿，短篇小說，尤所歡迎。一、來稿務祈繕寫清楚，並乞將姓名住址，詳細開示，以便通訊。一、如係譯稿，請將原書一同擲下，以便核對。一、中選者當分四等酬謝，甲等每千字酬銀五元，乙等每千字酬銀四元，丙等每千字酬銀三元，丁等每千字酬銀二元。一、來稿不合者立即退還。一、如荷惠寄詩詞、雜著，以及遊記、隨筆、異聞、軼事之作，本報一經登載，當酌贈本報若干冊以答雅意，惟原稿概不退還。」〔註4〕這篇與固定徵文區別不大，只是在遣詞造句上更加文雅，可是說是固定徵文的「文言版」。

徵文中強調了對短篇小說的青睞，一再提及「短篇小說尤所歡迎」，除小說之外另外一些短小的文字記錄也在徵求範圍之內，這其中詩詞居首位，另有雜著、遊記、隨筆。在這之後，雜誌中並沒有出現其他性質的徵文，只是每期的最後一頁照例刊登徵文啟事。第一次以主題徵求小說發生在1918年第

〔註3〕　《小說月報》，1910年第一卷第1期。
〔註4〕　《徵文通告》，《小說月報》，1910年第一卷第1期。

4 號,《小說月報》第九卷第 4 號開始設置「小說俱樂部」欄目,專門負責徵文活動,首頁上刊登《小說俱樂部簡章》(小說月報附設),宗旨是「鼓勵小說家之興會,增進閱者諸君之趣味」,社員方面「無定額」,「凡購閱小說月報者皆有社員之資格」,命題方面著重「以短篇小說及遊戲文俳體詩為限」,評比方式是初選、復選。稿酬方面首名每千字酬金十元,二名每千字六元,三名每千字四元,三名以下每千字酬二元。同時也規定了徵文的題材,分為十種:限定題目及字數種類之短篇小說、禁體短篇小說、別裁短篇小說(包括歌謠體小說、駢體小說、涵簡體小說)、小說變體(於舊小說中擇取一節,變其體例,如紅樓夢白話體也,擇取一節譯為文言,聊齋誌異,文言體也,擇取一節譯為白話西廂記傳奇體也,擇取一節譯為彈詞等)、小說質疑(故作疑陣徵求社員解決之)、小說補殘(刊列短篇一種,有意殘缺一部分,徵求社員修補之)、小說指疵(刊列短篇一種,情節或字句間含有不甚顯著之瑕疵,徵求社員改正之)、小說題畫、小說綴錦(任取不相關聯之若干實物為題,徵求社員作短篇小說以貫穿之)、遊戲文及俳體詩。

徵文的內容正如其欄目「小說俱樂部」一樣,名目繁多,樣式各異,集趣味性與教育性於一體,一方面製造各種有趣的題目,各種小說變體,盡可能滿足各種層次的讀者,另一方面通過對各種小說類型,尤其是短篇小說的提倡也反映了這一時期雜誌以及讀者對長短篇小說的理解和探討。經過統計,小說俱樂部共進行了六次徵文,如下表:

小說俱樂部徵文統計

名　稱	題　目	要　求	成　果
第一次徵文	1、社會小說(短篇)《不可思議》2、禁體小說(短篇)《邂逅》3、俳體詩《詠各地婚嫁風俗》	「1、文言白話不拘,不得逾六百字。2、限用文言,不得逾四百字,篇中禁用辵部字(題中邂逅二字亦不須點逗),不拘種類(無論言情社會滑稽等均可)。3、各就本地婚嫁風俗分詠七絕十首,語取滑稽,詞戒猥褻,韻限下平聲,每首須有簡明之附注,每首附注不得逾四十字。」〔註5〕	不可思議　瞻廬　華傑　梅夢　毅漢　植士　棘夫　邂逅　植士　淮界嫁風俗詩　謝吉叔　營口婚嫁風俗詩　吳國男子　蒙古婚嫁風俗詩　棘夫

〔註 5〕《小說月報》,1910 年第一卷第 1 期。

名　稱	題　目	要　求	成　果
第二次徵文	1、奇情小說《情波雙鯉》2、偵探小說《藍因》3、俳諧文《廣柳子厚乞巧文》	1、用別裁小說中之函箚體，限文言六百字。2、用小說質疑體，篇中略述甲乙兩人，因爭一女子，致良友化爲情敵。互相偵探秘密。男忽爲女，女忽爲男。群疑此女已玉焚香消而破鏡重圓。出人意外。限八百字。文言白話不拘。3、以暗廣諷刺不涉謾罵者爲合格。限六百字。	情波雙鯉　六篇 尙志　植士　瞻廬　半仙　煙橋　觀欽 廣柳子厚乞巧文 半仙　煙橋　鶴 第一名　瞻廬　五票 第二名　觀欽　四票 第三名　半仙　三票 第四名　煙橋　二票 第五名　鶴　二票 第六名　尙志　一票 第七名　植士　一票
第三次徵文	1、滑稽小說《我知之矣》2、小說集錦《綠窗絮語》3、遊戲文一《白中書傳》粉筆也；遊戲文二《漆園先生傳》黑板也	1、文言白話不拘限五百字2、限用文言以五百字爲度，愈短愈妙，篇中須綴集「錢牧齋」「鄭康成」「李易安」「雨花臺」「楊妃」「老嫗」「長城」「步兵」八個名次，先後次序可不拘，唯每個名詞不得拆用。3、兩題任做其一即以完卷論兼作亦可每題不得逾六百字。	滑稽小說　我知之矣五篇　詩樵　石可　玄甫　植士　楓隱 小說集錦　綠窗絮語五篇　石可　煙橋　植士　瞻廬　四川菊郎 遊戲文　白中書傳　五篇　石可　玄甫　半仙　悔晦　叐山女子 遊戲文　漆園先生傳三篇　玄甫　半仙　王樹人
第四次徵文	1、科學小說《蝶日記》2、哀情小說《輪》3、遊戲文《蟻王閱兵記》4、新酒令	1、日記體，文言。限六百字。2、文言白話不拘。限七百字。3、限七百字。4、每條酒令首句用唐詩，第二句用詞曲牌名，第三句用六才，第四句用古文觀止，第五句用本報小說篇名。五句須貫意且叶韻。舉例如下：本是空言去絕蹤（唐詩）十二峰（曲牌）不是雲山幾萬重（六才）何去何從（古文觀止）可憐儂（小說篇名）	科學小說　蝶日記　煙橋樞靈　谷青　瞻廬 哀情小說　輪　惲秋星　煙橋　植士 遊戲文　蟻王閱兵記　陳筱嚴　謝春軒　蔣袖東 新酒令　王樹人　觀飲　陌庵　瞻廬　敏公陳才虎　似邨　青涯　鮑仰之幻影

名　稱	題　目	要　　求	成　　果
第五次徵文	1、《戰後》2、滑稽小說《此中人語》3、遊戲詩		戰後　龔克遠 此種人語　煙橋　何簡齋　瞻廬　植士 消夏新詠　澡雪　譚桔庸　王樹人 擬牛郎爲織女催妝詩　窮九生　吳悔晦　鮑筠莊　周春華 第一名　瞻廬　六票 第二名　何簡齋　四票 第三名　窈九生　四票 周春華　三票　王樹人二票　譚礫慵　二票　悔晦　一票　澡雪　一票
第六次徵文	1、小說題畫 2、小說補殘 3、遊戲文《梅雪爭春之判決書》	1、白話體，以八百字爲限 2、……以妾貌寢耳……碎其紙號泣而出……輯手踞足斂襟背坐……雨力益猛……猿攀而上……則其出妻也先是……酷類其母……慚愧……—凡有……者爲殘缺之符號，應徵者按其語氣順其次序以意補足之全篇字數以五百字爲限。	小說題畫　樹猶如此　瞻廬 小說題畫　美人黃土　煙橋 小說補殘　以德報怨　觀欽 小說補殘　糟糠之妾　植士

　　從六次徵文的要求來看，題材上涉及社會小說、滑稽小說、奇情小說、偵探小說等，字數要求一般幾百字，語言規定從文言白話不拘逐漸過渡到要求白話。從徵文的效果來看，其實題目的可操作性似乎並不容易，比如第二次徵文中的《藍因》一題，編輯在統計稿件時說「本屆藍因一題，無甚佳構。故付缺如。」〔註6〕從徵文設計上考察，編輯部儘量多地提供各種樣式以滿足不同的讀者，雖以小說爲主，但也加上游戲文、舊體詩等等，小說月報的主要讀者群，編輯惲鐵樵認爲：「弟思一小說出版，讀者爲何種人乎？如來教所謂林下諸公其一也；世家子女之通文理者其二也；男女學校青年其三也。商界農界讀者必非新小說藉，曰其然，恐今猶非其時。是故月報，文稍艱深，

〔註6〕《小說月報》，1918年第九卷第11期。

則閱者為尚三種人之少數；月報而稍淺者，則閱者為三種人多數。」〔註7〕這種推測是符合當時的社會現實的，「林下諸公」指從晚清過渡到民國的一批「出於舊學界而輸入新學說」的舊式文人，只是隨著科舉制度的廢除，新式學堂的興起，第三種人的數量占絕大多數。徵文的目的當然是希望更多的讀者參與其中，所以徵文設置中有符合舊式文人的舊詩詞、遊戲文，也有新式白話小說，這樣的安排一方面可以最大範圍的宣傳雜誌，盡可能做到商業利益的最大化，另一方面若能從中選取優秀小說登載，對於讀者和雜誌都是一種鼓勵。不過，從徵文獲獎的名單來看，這些作者分為兩部分，一部分比較固定，是《小說月報》本來的作者，如「煙橋」、「瞻廬」、「玄甫」、「尚志」、「植士」、「石可」等，另一部分則是從普通讀者中產生出來的。在建立小說俱樂部時，並沒有對獲獎作品做數量上的規定，而最後的獲獎作品也並不多，初選一般固定在六到十篇，有些題目還達不到這個數量。雖然參與者沒有預期中的多，但是這不妨礙編輯部通過徵文來傳達對於小說的理解和觀念，這其中比較突出的是對短篇小說的提倡。

縱觀整個雜誌的小說安排，《小說月報》在初創時期，短篇小說占的分量非常少，每期大概兩篇，從第六卷第一號開始，短篇才大幅度增加，每期刊登的短篇小說可達到十篇甚至十篇以上。而且，初創時期，短篇被安排在長篇之後，不過第一卷的最後一期，短篇已經在長篇之前，這不僅僅是位置的數量的變化，也反映了人們觀念的變化。當然，對短篇的徵求有著商業利益上的考慮，短小精悍的短篇作為消遣的欣賞也頗受讀者的歡迎，同時也體現了對短篇小說藝術價值的肯定。在第一期的《徵文通告》裏就提出「短篇小說尤所歡迎」，從第五卷開始改版，其中提到「本報各部門皆可投稿，國故、瀛談、短篇小說，尤所歡迎」〔註8〕，1918 年第 2 號《本社通告》第一條：「本社歡迎短篇投稿，不論文言白話，譯文新著，一經登錄，從豐酬報……第四條，至本期起，擴充材料，每期短篇小說必在十篇以上。」〔註9〕1912 年第三卷第 12 號，專門刊出了《徵求短篇小說》的啟事，對短篇小說的字數做出了規定，「每篇字數，一千至八千為率。」〔註10〕第八卷 1917 年第 2 號徵求短

〔註 7〕　惲鐵樵《答某君書》，《小說月報》，1916 年第七卷第 2 期。
〔註 8〕　《小說月報》，1915 年第六卷第 1 期。
〔註 9〕　《小說月報》，1918 年第九卷第 2 期。
〔註 10〕　《小說月報》，1912 年第三卷第 12 期。

篇的廣告說，「字數每篇二、三千字至八、九千字。」〔註11〕後來，范煙橋從字數上對小說做出了總結，「一般每篇短則千餘字，長則數千言。」〔註12〕1915年1號《本社特別廣告》說：「本報自六卷一號起，短篇小說每期登載十篇左右，其材料期於文字雅馴，思想新穎，有以此種稿件見惠者，倘本社認爲需要，不吝破格重酬。」〔註13〕之後，「本社徵求撰稿譯稿、文言白話，各種短篇小說。」〔註14〕1918年第1號的《緊急通告》：「……擬廣徵各種短篇小說，不論撰譯，以其事足資觀感，並能引起讀者興趣爲主（白話尤佳），一經採錄，從豐酬報。」〔註15〕以豐富的報酬徵求短篇小說，一再發出徵文啓事，可見雜誌對短篇小說的需求量是很大的。

不僅如此，雜誌還對短篇小說的結構、寫法做出了規則和探討，《本報七卷預告》曰：「短篇小說，擇優評注。凡文法轉折呼應之處，一一揭出。間有冷僻典故，亦隨手注釋，以便讀者。且短篇小說及各種文字，每篇另頁刊印，可分可合，分類拆訂，隨心所欲。」〔註16〕第七卷第1號江子厚的短篇《何心安》，全文共點評九處，詳細說明了一篇小說該如何結構如何轉折完成，開篇「台州何心安，清咸同間人，綜理縝密，有億中才」，點評說「八字考語，一篇綱領」，「婉曲簡潔，達人所難達俗筆，於此費盡氣力，只搔不著癢處」〔註17〕，「省筆所謂剪裁」「說明緣故使下文不突兀」「一句推開，一句拍合，此之謂抑揚欲楊必先抑，不然意中賓主便不明了，無平不坡，文章與事實一理也。」這些點評同樣也是對如何寫作短篇小說的一種變相的說明，達到引導讀者的目的。

《小說月報》很少有長篇小說的徵稿，僅有的兩次都是有徵文啓事，但並無後續報導。可以說，《小說月報》一般的長篇投稿已經足夠，而長篇小說在正本雜誌中的比例的下降，可以看出讀者閱讀趣味和讀者群得變化。《小說月報》在1916年第十號曾出現《本社徵求長篇小說》單行本的徵文啓事，「種類以言情、偵探、科學、探險、軍事、歷史爲範圍，其涉及神怪或古代軼史，

〔註11〕《小說月報》，1917年第八卷第2期。
〔註12〕魏紹昌編《鴛鴦蝴蝶派研究資料》，上海文藝出版社，1984年，第337頁。
〔註13〕《本社特別廣告》，《小說月報》，1915年第六卷第1期。
〔註14〕《注意》，《小說月報》，1917年第八卷第2期。
〔註15〕《緊急通告》，《小說月報》，1918年第九卷第1期。
〔註16〕《小說月報》，1915年第六卷第12期。
〔註17〕《小說月報》，1916年第七卷第1期。

去現時代情勢過遠者，概不拜賜……篇幅以三萬字至十萬字爲範圍……文字不拘濃淡，體例不拘章回筆記或文言白話，惟以雋永漂亮爲歸，若詞句不免疵累，須修改後始可付印者，概不拜賜。」〔註 18〕可以看出，對長篇的要求是希望除傳統的言情歷史之外，還有偵探科學探險等題材類型，且要有現實關懷，「去現時代情勢過遠者，概不拜賜。」〔註 19〕1917 年第八卷第五號也發出過徵求長篇小說的其實：「一、本社現需譯稿、長篇小說多種，價格每千字自一元至三元。二、種類無論言情偵探科學歷史惟須情節曲折有味。三、篇幅以三萬字至十萬字爲範圍。四、文字不拘濃淡，體例不拘章回，筆記或文言白話惟以雋永漂亮爲歸。五、譯稿見惠須將原本一併擲下以便核對，郵編須掛號。六、不合之稿本社須兩星期中連原本掛號奉還。七、無論撰稿譯稿請於篇首附全書事蹟提要俾杜澤華一望知，內容何如庶便，本社從速解決去取。」〔註 20〕在稿酬的定位上，長篇小說爲「千字一元至三元」，而小說俱樂部中的三等獎是「千字二元」，所以長篇小說比短篇小說的稿酬低的多。長篇小說在難度上又高於短篇，因此稿源並不多，不過長篇都有固定的稿件，並不急需通過普通徵文來解決。

除了小說俱樂部的小說徵文，《小說月報》另設置了「徵詩」欄目，考察雜誌創刊時的編輯大意，其重點肯定是推廣小說，而在欄目設置上一直設有文苑用來刊登詩詞，後來還增設了《最錄》欄目，也是用來登載詩詞來稿，之後又有系列徵文，一本以小說命名的雜誌上爲創作詩歌提供機會和條件，這其實與主編的意向有很大的關係。編輯王蘊章一生著述頗豐，但最著名的還是詞曲，在當時他與許多詩社關係密切，且有不少詩詞在《南社叢刻》中發表，可以說他處於當時詩詞創作的核心位置。在回憶《小說月報》時，王蘊章感歎到，「擬酬和於西崑，風流末歇……蓋自庚戌歲爲涵芬樓草創《小說月報》，中間離合不常，一爲前馬，再使續貂，聿至今茲，適屆十稔。」〔註 21〕從中看出，王蘊章對主編《小說月報》所取得的成績是非常滿意的，而「擬酬和於西崑，風流末歇」一句，即可看出他對詩詞創作的重視，但這其中的重視同時也是一種文化的焦慮，是讀書人對傳統文化逐漸走向消亡的恐懼，

〔註 18〕　《本社徵求長篇小說》，《小說月報》，1916 年第七卷第 10 期。
〔註 19〕　《本社徵求長篇小說》，《小說月報》，1916 年第七卷第 10 期。
〔註 20〕　《小說月報》，1917 年第八卷第 5 期。
〔註 21〕　王蘊章著《十年說夢圖自敘》，《南社叢刻》第二十一集《文錄》，第 5364 頁。

所以才要更加爲詩詞的刊登發表提供空間。一方面是大量登載一些固定文人的詩詞創作，另一方面則是以趣味性的徵文來加強與讀者的交流，保留詩詞創作的樂趣與傳統。這些徵詩活動分爲兩種，一種是和創辦小說俱樂部一樣，設置了「徵求詩鐘」的專門欄目，一種是不定期地徵求詩歌。1916 年第一號則開始發出「徵求詩鐘啓」：「門敲月下，句恨吟遲，缽擊庭中，章求急就。仿竟陵之故事，斬陳思之捷才，此詩鐘之由昉也，挽近以還，南北宗工，匠心獨運，派爭閩浙之分，格以深爲富，莫不宜風宜雅，不窕不侉，織辭貴妍，練意尚巧，當夫陳爵星晚，奠局露初，花好媚佛詩心雜仙，遂乃招來丫角。唱起折枝，似不於倫，俑自我作，舊雨今雨，潤透枯腸，大鳴小鳴，堅成逸響，主稱長樂，客曰未央，五雀六燕，則稱其銖兩，斷鶴續鳧，則黏如漆膠，良足眉來陶亮之攢，色動僧謙之喜者矣。同人等蓋簪嗜雅，社鼎環開，藉驅煙墨爲緣，小結苔岑之契，哀琴掇衲情侔海上之移。折莛撞鐘，聲颸銅山之應，樂天句云，寸截金爲句。雙雕玉作聯，傷正始之不作，雖小道其可觀，佇迓雲箋，公諸月旦，庶幾掣鯨入詠，禪參梵界三千，屑麝成塵，夢醒蒲牢百八，謹將徵求詩鐘章程條例列後：一、本社受期至二月三十號截止，以發信處郵局印章爲憑，過期不錄。一、第一名贈本館書卷五元，二名三名各四元，四名五名各三元，六名至十名各一元五角，十一名至二十名各一元，二十一名至四十名贈譚評詞辨各一冊，如佳稿較多當贈家贈額。一、應徵詩鐘請填入本頁後方寄下另紙不錄。一、應徵之作由本社轉請名人評閱揭曉後將應得贈品諸君臺銜住址刊入敝報以昭公允。」〔註 22〕同時規定第一期的主題是：分詠《香妃》、《橘》。之後雜誌共進行了四次徵文活動，列如下表：

《小說月報》徵求詩歌統計

名　　稱	題　　目	要　　求	效　　果
第一次徵求詩鐘（1916 年第七卷第一號）	分詠《香妃》、《橘》		甲等十卷，乙等十卷，丙等二十卷
第二次徵求詩鐘（1916 年第七卷第四號）	分詠《驢》、《竹》		

〔註22〕《小說月報》，1916 年第七卷第 1 期。

名　稱	題　目	要　求	效　果
本社第一次徵詩（1917 年第八卷第四號）	《山居雜興》、《闌干》	山居雜興嵌樂名，四絕句。闌干，五平五仄體五排二十韻	《山居雜興》12 名，《闌干》20 名。
本社第二次徵詩（1917 年第八卷第四號）	徵求本社說部業書三集第一次出版小說十九種題辭	亨利第六遺事 奇女格露枝傳 冰藥餘生記 香鈎情眼 大荒歸客記 蠻花情果 情喬 海天情孽 名優遇盜記 真愛情 戰場情話 樹穴金銅圓雪恨錄 橄欖仙 冰原探險記 血痕 詩人解頤語 魔冠浪影 慧劫 不限體韻 隨意選擇下列體格之一種應徵（無七言絕句、律詩、排律、古風、詞） 不限字數 十九種小說，隨意選題一二種，或十九種全題，悉聽尊便。每種題詩多寡，可隨意。 分三種酬贈，甲等贈每百字一元，每千字十元，乙等贈每百子六角，每千字六元。丙等每百字四角，千字四元，不足百字或多於千字，照字數科算，悉贈現金。不錄無贈。	

　　詩鐘欄目和不定期徵詩分別進行了兩次就終止。徵詩活動的參與者主要是一些傳統文人和詩歌愛好者，受眾並不廣泛，雖然每期都刊登不少獲獎詩歌，但受歡迎程度遠遠比不上小說徵文。當然，徵詩活動到後來《小說月報》改革之後徹底消失。

二、《小說月報》的改革與《小說世界》徵文

《小說月報》的改革是個複雜的文學和商業事件，這其中牽涉到人際關係、新舊文學的複雜轉折以及商務印書館商業利益上的考慮。導致改革的直接原因是雜誌銷量的下降，如沈雁冰所說：「事實上，這半年來，《小說月報》的銷數步步下降，到第十號時，只印二千冊。這在資本家看來，是不夠『血本』的。」〔註23〕橫向比較，在二十世紀二十年代，一般雜誌的發行量大約在一兩千份，而前期的《小說月報》在 1913 年時銷量已達到了一萬份。但與其自身相比，市場銷量確實是大幅度下降，商務印書館的審時度勢，將提高經濟效益的動力與新文化運動的思潮相結合，才有了《小說月報》比較成功的轉型。因為《小說月報》本身已有固定的讀者群以及名稱本身所含有的現實歷史意義，在複雜的討論之後，仍沿用《小說月報》的名稱而不另闢新名，基於此，雜誌中的宣言、編輯大意以及徵文就更加的重要，這直接反映了一本雜誌的價值取向和它要給讀者傳達的關於文學的種種思考。

《小說月報》在 12 卷 1 號發表改革宣言，全面宣告雜誌的徹底轉向，宣言強調了研究文學哲理、迻譯西歐名著的重要性，將寫實主義文學作為自己的宗旨，主張大力介紹西洋文藝理論同時也發表關於中國舊有文學的研究。沈雁冰在接手《小說月報》時就明確表示「文學不僅是供給煩悶的人們去解悶，逃避現實的人們去陶醉；文學是有激勵人心的積極性的。尤其在我們這時代，我們希望文學能夠擔當起喚醒民眾而給他們力量的重大責任。」〔註24〕可以說，沈雁冰將《小說月報》作為宣傳新文學主張的陣地，他保存了舊稿重新為刊物組稿，徹底拋棄舊文學的因素。當然，作為仍然要盈利的雜誌，宣傳文學主張是一方面，照顧讀者感受、與讀者互動也仍是不可忽視的。為了繼續吸引讀者的注意力，改革之後的《小說月報》有意繼續「小說俱樂部」的方式進行徵文，使得讀者能夠有興趣參與到《小說月報》的運行中來，為此也組織了一些徵文，第一次徵文是由沈雁冰發起的，名為「本社第一次特別徵文」，「第一次」即與之前《小說月報》的系列徵文區別開來，也是雜誌主張的一種體現。沈雁冰如此解釋自己舉辦徵文的目的：「（一）使常在一種雜誌上做文章的人，有機會和同做一件事情的人接觸；（二）徵求大眾對於某

〔註23〕茅盾《革新〈小說月報〉的前後》，《茅盾全集》第 34 卷，人民文學出版社，1997 年，第 179 頁。
〔註24〕沈雁冰《「大轉變時期」何時來呢？》，《文學》，1923 年 12 月 31 日第 103 期。

問題某文字的意見；（三）要求素來不事創作的人，也出手來試一試。這三者之中，第三條尤爲要緊。」〔註25〕徵文條例如下：

小說月報第一次特別徵文

題目（一）對於本刊創作超人（本刊第四號）命命鳥（本刊第一號）低能兒（本刊第二號）的批評（字數限二千至三千）

（二）短篇小說或長詩（新體）：風雨之下（短篇小說字數限二千至三千）（長詩字數限一千）

期限　以本年七月十號爲收稿截止期

發表　在本月刊第十二卷第八號擇優登載

報酬　甲名十五元　乙名十元　丙名五元　丁名酬本館書券

附白　來稿謄寫請照本刊行格，並請填注詳細通信地址

兩題字數雖限三千，然諸君佳著如有逾此數者，敝社仍極歡迎，惟未滿二千五百者，恕不能認爲合格。

應者各稿請於信封面注明「特別徵文」字樣。兩題任擇一題。

〔註26〕

這是改版之後《小說月報》第一次也是最具代表性的徵文，首先，徵文的目的不僅僅像之前小說俱樂部那樣以趣味性爲主，題目內容顯然是嚴肅的、以新文學爲標準的，第一種題目是評價雜誌刊登的三篇小說——冰心的《超人》，許地山的《命命鳥》以及葉紹鈞的《低能兒》，這種評價本身就是閱讀與傳播。第二種只給了題目《風雨之下》，並沒有做更多的規定，但是讀者依據雜誌的特點和其刊登的文章肯定可以認識到雜誌對徵文的要求。雖然沈雁冰抱著發動更多創作者徵文的目的，但是結果卻並不理想。面對沈雁冰發起的此次徵文，鄭振鐸在《文學旬刊》上發表了署名爲西諦的文章《懸賞徵文的疑問》：「《小說月報》自今年改革以來，內容很精彩，趨向也非常正當。只是在第五期上忽有懸賞徵文的廣告註銷。出了一個《風雨之下》的題目，限人家幾千字做。這未免有點不對了。文章是情緒與思想的自然流露。人家出題目，又限字數，所作的文章有價值麼？這辦法又

〔註25〕茅盾《茅盾全集》第十八卷，人民文學出版社，1991年，第111頁。
〔註26〕《小說月報》，1921年第十二卷第5期。

是正當的麼？我不免有些疑心。」〔註27〕之後，沈雁冰發表《答西諦君》一文，他指出，「文學的進步不能只靠最少數人的努力罷？……我豈不知題目出了，一定有人拿『文章是情緒與思想的自然流露』這一句冠冕堂皇的話來駁斥，但我覺得藉此考察是有益的事，所以便竟出了題目。」〔註28〕鄭振鐸的疑問可以說代表了新文學中作家知識分子對徵文這一現象的觀點，他們認為文學本身是自由創作的，是個人的情感自然抒發，但是規定題目，規定如何寫作，顯然與文學的本質是相背的。相比而言，前期小說俱樂部的徵文要單純的多，就是用簡單的，趣味性十足的小題目小問答來滿足讀者的要求，為讀者單獨提供寫作發表的空間。改革後的徵文試圖傳達自己的文學主張，希望更多的普通讀者可以接受新文學的觀念，只是這時候的小說月報在讀者群和銷量上已經大不如從前，這樣的徵文並沒有為雜誌提供更多的影響。最終，《小說月報》還是評出了得獎者，並且在十二卷的九號至十二號開始刊登獲獎文章：

甲 王思玷 （山東）風雨之下 高 歌 （北京）風雨之下

乙 孫夢雷 （北京）風雨之下 潘垂統 （蕭山）批評超人命命鳥低能兒

丙 俞文元 （蘇州）風雨之下 周志伊 （本埠）風雨之下
褐之甫 （山東）風雨之下

丁 程以覺 （蘇州）風雨之下 張維祺 （杭州）風雨之下
張義端 （北京）風雨之下 張友驚 （安徽）風雨之下
陳訓昭 （北京）風雨之下

二十世紀二十年代的文壇，一面是改版後《小說月報》銷量的不景氣，一面則是通俗小說的復興，這一點新文學和通俗文學作家都意識到了，他們承認，普通讀者其實最喜歡的是供消遣的通俗讀物，「所以如《禮拜六》，《星期》，《晶報》之類的閒書，銷路都特別的好。」〔註29〕「香豔體的小說雜誌《禮拜六》，居然以充分的原來面目，大呼『復活』而出現於現在的上海文學界中。黑幕小說在一二年前已經縮頭不出，現在也大肆活動，居然有復活之

〔註27〕西諦《懸賞徵文的疑問》，《文學旬刊》，1921年6月10日第4期。
〔註28〕沈雁冰《答西諦君》，《文學旬刊》，1921年6月20日第5期。
〔註29〕鄭逸梅《記過去之青社》，芮和師、范伯群等編《鴛鴦蝴蝶派文學資料》（上冊），福建人民出版社，1984年，第227頁。

狀態。」〔註30〕基於這樣的狀況，商務印書館又適時創辦了雜誌《小說世界》，
籠絡之前的讀者，獲得更大的經濟效益。如章錫琛在《漫談商務印書館》中
寫道：「為了籠絡這批文人，專事收容他們的稿件，別創《小說世界》半月刊，
由王雲五的私人葉勁風編輯。」〔註31〕茅盾在《我走過的道路（上）》中也提
到：「早在一九二二年夏初，王雲五對我和鄭振鐸說，他們（指他及商務當權
者中間的死硬頑固派）想辦一種通俗刊物，名《小說》，並鄭重聲明：《小說
月報》方針不錯，萬無改回來之理，但《小說月報》有很多學術性的文章，
一般人看不懂，現在他們要辦個通俗性的《小說》，一面是要吸引愛看《禮拜
六》一類刊物的讀者，為掃除這些刊物作釜底抽薪之計，一面也要給《小說
月報》做個梯子，使一般看不懂《小說月報》的讀者由此而漸漸能夠看懂。」
〔註32〕基於這樣的設想，才誕生了《小說世界》雜誌。

　　1923 年 1 月 10 日，《小說世界》在商務印書館編譯所所長王雲五的支持
下創刊於上海，原為週刊，自 1928 年第 17 卷第 1 期起，改為季刊。週刊每
季為 1 卷，季刊每年為 1 卷。從創刊至 1926 年 12 月停刊，共出版 18 卷，共
計 264 期。前 12 卷由葉勁風主編，後 6 卷由胡寄塵主編。《小說世界》在第
一卷第一期的《本刊啟事》中就說明「本刊文字不拘新舊只取立意高尚有藝
術趣味者」，刊登的欄目豐富多樣，各種小說以及奇蹟誌異玩物製造謎語謎畫
等等。《小說世界》的徵文也是種類繁多，一類是簡單的問答題目和「敲詩小
集」，另一類是為期很長的一次「暑期徵文」，後結集出版。

　　敲詩小集共進行了六次，頗受讀者歡迎，都是一些簡單的詩句填空，如：

（一）○○煙波一釣船	千里	萬頃	滿眼	
（二）○雲吐華月	暮	流	錦	
（三）○雨發荷香	驟	秋	細	
（四）六月山居○似秋	夏	亦	恰	
（一）明月○○照落花	無情	依然	淒然	
（二）梨花○春雪	若	放	帶	
（三）○鳥入窗來	山	寒	獨	

〔註30〕西諦（鄭振鐸）《復活》，《文學旬刊》，1921 年 5 月 20 日第 2 期。
〔註31〕章錫琛《漫談商務印書館》，商務印書館編《商務印書館九十年——我和商務
　　　印書館》，商務印書館，1987 年，第 116 頁。
〔註32〕茅盾《我走過的道路（上）》，孫中田、查國華編《茅盾研究資料》（上），中
　　　國社會科學出版社，1983 年，第 247 頁。

（四）暮雨瀟瀟○憶君　　苦　　獨　　更

　　另一些簡答的問題如「1、地面測繪，何故必乘氣球？2、武漢界址，何由一望而知？3、明皇蔬食，庖夫取自何處？4、老聃居周，仲尼因何過訪？5、仲謀孟德，曾否洗心結義？6、陳橋兵變，蟒袍奚得加身？……」〔註33〕至於報酬，是「答對五題以上的，本社備有薄酬」。這樣簡單的小題目對於徵文者來說，更多的是一種參與雜誌的滿足感。針對讀者對徵文的疑問，編輯部都是耐心解答，有點讀者問為何這些懸賞只刊登一次就不再登載，編輯部回答，「我們的意思，係想按每次的答案收訖了，揭曉出來，將答中的贈品寄去，再登第二次的。如此就可免些紊雜；而且這些徵答的事，也似乎只須間或一登，更覺有趣。不然，恐要惹人生厭了。還不如諸君的意思，究竟以為如何？」〔註34〕語氣謙虛，態度溫和，站在讀者的立場上考慮，像是朋友之間在商量問題。第二次的懸賞更是簡單易操作，「諸位請仔細想想看，曾經看過的小說，以哪一篇算頂長，哪一篇算頂短，想出之後，請將那篇小說的內容，約略說上幾句，並請注明較為正確的字數，作者姓名，出版地點，貼上應徵印花寄來。敝社將諸君所答的，詳細比較，以最長，及最短的選出三名，就作這次懸賞的優勝者。」〔註35〕這樣的徵文完全無難度可言，就是簡單的說話，閱讀《小說世界》，既可以讀到想讀的小說，又可以以這樣容易的方式參與雜誌的交流，這對於市民階層的普通讀者來說，確實是一種消閒娛樂的最佳手段。對於徵文的進展情況，編輯部也是詳細告知，每期都有最新的通告，如：「我們已收下的稿件很多，投稿諸君，常來函催問，為什麼不登載出來，我們不得不在這裡先告一個罪。我們不登，並非是不肯登，我們登一篇稿件，要費很多心思。長短要合宜，材料要均勻，先後也要分配，性質也要能調和適宜，才能登上。還有一層我們就是隨意登載，每次的篇幅也有限制。無論如何，總不能不積壓其他的稿件，所以望諸君見諒。〔註36〕這段話中，體現的是編輯部對讀者來信、徵文的重視，一篇稿件要認真審閱，這些「親民」的話語無疑加強了讀者參與的積極性。

　　有趣的是，對於這樣一本通俗易懂飯後茶餘的雜誌，編輯部和讀者都對它的性質和它所承載的任務展開了別有生趣的討論，在徵文和大量的來信

〔註33〕《小說世界》，1924年第五卷第1期。
〔註34〕《小說世界》，1924年第六卷第7期。
〔註35〕《小說世界》，1926年第九卷第9期。
〔註36〕《編輯瑣話》，《小說世界》，1923年第三卷第5期。

中，不少讀者表達了自己的文學觀。儘管在精英知識分子眼中《小說世界》
是專給「拖辮子和纏小腳的人們消遣消遣」〔註37〕的雜誌，但是在《小說世
界》的讀者來信中，它卻呈現出另一種風貌：「人人都說小說可當消遣，動不
動總是說『小說是茶餘酒後的消遣品』。我看這句話有些喪心病狂。……如今
的好小說，並不像以前的那種誨淫導盜的東西。雖說也有幾部不成才的東西，
我說那仍是十五世紀的陳人做的。至於目前的一些高尚作品，那一篇不含著
大道理，那一篇沒有解釋人生問題的價值……」〔註38〕「《小說世界》的宗旨，
應是改良社會的，就是催促社會良善進步的鞭策。」〔註39〕「《小說世界》不
是專門供給人家做無聊消遣品與精神上的安慰者的，我想總要讀者得到一些
知識與智慧罷。」〔註40〕

　　針對這樣的觀點，《小說世界》舉辦了特別的暑期徵文，這次徵文時間很
長，從第七卷一直持續到十四卷：

暑期懸賞徵文

　　　　小說兩個字，在我國男女同學諸君的眼光中，現在爭得了一種
什麼價值，大概用不著我們多說的了。只要是在校的學生，無論大
學中學或者是小學生，都知道小說在文學上的位置。就我國一方面
而說，小說本身的價值，雖然算是抬高了，但在一般人的陽光中，
仍舊是漠然的，因為他們心目中的小說就是「征東」「征西」「才子
佳人」和一些卑鄙齷齪的文字。至於小說的作者呢，也因著環境的
迫壓，和別種問題的牽制，每天至少要擠壓出三五千字的小說來。
這種小說，夠得上文學兩個字的資格嗎？這是第一個問題。第二個
問題，說起來更令人悲歎了。我國文學的優美，是世界公認的，只
一提起小說來，他們就要搖頭，說我們中國沒有短篇小說。這句話
雖是過於苛刻一點，但是也是實在的情形。

　　　　本來我國對於短篇小說毫無研究。一篇紀實，一段新聞，隨意
而發牢騷的文字，我們都當做短篇小說，這不是一件可笑而又可憐
的事嗎？

〔註37〕疑古（錢玄同）《「出人意表之外」的事》，《晨報副刊》，1923年1月10日。
〔註38〕潯陽劉惠蘭，「編者與讀者」欄，《小說世界》，1923年第三卷第5期。
〔註39〕公安張耀卿，「編者與讀者」欄，《小說世界》，1924年第七卷第1期。
〔註40〕愛護小說世界者朱景舒，「編者與讀者」欄，《小說世界》，1924年第七卷第
　　　　10期。

總結一句，都是由於缺乏研究的緣故。還有一層，大概許多富於天才的人，因爲怕受退稿的打擊，或是怕主筆懷私見不錄外來的稿件等等，故此不願投稿。

小說世界社對於這件事，非常注意。現在我們提出這暑假徵文的法兒來，想請全國男女同學諸君，大家乘暑假閒空的當兒，試一試身手。我們暫且擬了幾條簡章，請應徵者諸君留心看看。

題目不拘，須創作，譯述不錄。

文須白話體，用新符號標點。

字以三千至八千爲限，稍有多少亦無妨。

用毛筆有格紙書寫，務須清楚，每行二十二字。

來稿須另紙注明姓名，住址及在何校何科何級讀書，稿上請勿留名，並請注明已定小說世界否。如已訂閱，祈將定單號碼寫上。

取稿共定三十八名，甲一名，乙二名，丙無名，丁十名，戊二十名。

稿件取錄後，陸續在八卷小說世界中發表，並致薄酬。

甲一名，贈現金五十元，金牌一面，上鑴小說世界社徵文之優勝者。

乙二名，各贈現金三十元，銀牌一面，鑴字同上。

丙無名，各贈現金二十元，錦旗一方，鑴字同上。

丁十名，各贈現金十元。

戊二十名，各贈現金五元。〔註41〕

徵文發出之後，編輯部隨時根據讀者的意見修正，如有的讀者提出應徵者僅限於學生未免太狹小了，編輯部就乾脆取消了這一規定，又根據實際情況不斷延期，且不斷提醒讀者要注意應徵規則。此次徵文，效果顯著，「我們收到徵文的卷子，已達一萬餘卷，可見讀者諸君對於文藝的熱心，非常偉大。」〔註42〕「徵文期限，現在已經截止了，這次徵文的成績，雖然受著戰事的影響，

〔註41〕《小說世界》，1924 年第七卷第 3 期。
〔註42〕《小說世界》，1924 年第八卷第 3 期。

但結果的美滿，實在出乎我們意料之外。」〔註43〕最後在第十一卷公佈獲獎
名單：

徵文名次揭曉

　　這次徵文，因為種種意想不到的關係，揭曉延期了好幾次，對
於應徵諸君，無任抱歉。現在我們照預定的辦法，請上海諸文學家
評定名次，發表於下。所有獎品獎金，不日即當寄奉。

　　評者：王西神　何海鳴　胡寄塵　范煙橋　唐小圓　馮南摩
程小青　趙苕狂

　　甲等一名獎金牌一面現金五十元

　　滄桑　　　　　第六號　　　　　陳東原　　　　　北京大學教育學系

　　乙等二名各獎銀牌一面，現金三十元

　　瘋歟　　　　　第十二號　　　　吳學敏女士　上海大同大學

　　母的　　　　　第十八號　　　　王圻

　　丙等五名各獎錦旗一面現金二十元

　　苦境餘生　　　第四號　　　　　李素英女士

　　希望　　　　　第一號　　　　　姜臣史女士

　　仁道之病　　　第五號　　　　　劉止沸

　　故鄉　　　　　第三十八號　　　凌波

　　午夜啼聲　　　第三號　　　　　轟紹黼

　　最後的目的　　第十三號

　　失去的天使　　第十四號〔註44〕

至此，徵文結束，徵文持續時間長，無疑是一種策略，使得更多讀者持續關
注雜誌的內容和最後獲獎名單，而這其中編者與讀者的親切交流，讓這份雜
誌更加與讀者增進距離，對於雜誌的發行和市場都是十分有益的。比較《小
說月報》和《小說世界》這兩份雜誌，我們可以清晰地看到徵文在雜誌的運
作中所起到的作用，對於《小說月報》而言，徵文是編輯文學的思想的體現，
面對新時代的文學新發展，編輯對舊文學的留戀和不捨通過徵文持續進行，

〔註43〕《小說世界》，1924 年第八卷第 5 期。
〔註44〕《小說世界》，1925 年第十一卷第 2 期。

當然也更有效地集中了一批舊派文人和眾多的讀者。改革之後的《小說月報》仍然想用徵文獲得更多的讀者，但無奈由於雜誌的轉向已經失去了很大一部分固定讀者，徵文又過於嚴肅，所以並不成功，於是轉向了《小說世界》來挽救市場的低迷，《小說世界》則將趣味性與文學性相結合，很好地與讀者互動，徵文進行的有聲有色，讀者編者共同參與了雜誌的成功運行。

第二節　由單向傳達到雙向互動的《婦女雜誌》

作為大眾傳播方式的通俗雜誌，在追求效益的同時也不可能脫離具體的時代環境，這就需要在傳播過程中做到通俗且又結合社會思潮，為了達到這兩點的最佳切合，更需要編輯的策劃，通過有目的有主題的話題設置和討論，使大眾更好地參與又達到引導受眾的效果。具體到《婦女雜誌》，它的專號主題徵文很好地達到了傳播效果。編輯對徵文的利用保持了雜誌銷量的穩定，同時不定期的專題討論更起到了引導讀者尤其是女性讀者參與的作用。

一、初創期：宣傳「賢妻良母」的《婦女雜誌》

《婦女雜誌》1915 年 1 月 14 日創刊於上海，由商務印書館出版發行，1931 年 12 月因遭日本戰火而停刊，前後共十七卷二百零四期。在當時的發行量和影響都很大，分售北京、天津等四十六個城市。

從內容和其價值選擇上，第一卷到第六卷可稱為雜誌的初創期，這一時期的主編是朱胡彬夏與王蘊章。欄目設置有論說、學藝、家政、名著、小說、譯海、文苑、美術、傳記、餘興等。通常雜誌的第一期會刊發本志宣言以及編輯大意等宣告雜誌創辦的理念以及徵稿類型的文字，這些文字由編輯部發出，但《婦女雜誌》並沒有採取這樣的方式，它的第一期的發刊詞有四篇，分別出自「黑龍江省立女子教養院院長」劉誠、「平湖淑英女學教員」張芳芸、「上海函授國文學校校長」倪無齋，這些稿件表達了對《婦女雜誌》創辦的贊賞，希望它能成為「提倡女學，輔助家政」的雜誌，這也與雜誌的宗旨是一致的。實際上，《婦女雜誌》的創辦也有另一層的設想，即與《中華婦女界》雜誌爭奪市場，後者的理念辦刊是「仿東西洋家庭雜誌、婦女雜誌辦法，為女學生、家庭婦女，增進知識，培養性靈。」〔註45〕因此，《婦女雜誌》也以

〔註45〕《廣告》，《中華婦女界》，1915 年第 1 期。

「提倡女學，輔助家政」為自己的宗旨。創刊號的徵稿啟事中提到了雜誌的
價值取向與稿件需求：「第所惠之稿率注重於文藝一方面，實用之學稀如麟
鳳，殊與記者初心相反。」〔註46〕而「科學上之種種，以及家政中之手工、
烹飪、衛生諸作最所歡迎，此外，吾國幅員廣闊，各地情形不同。有能就本
邑婦女之風俗或職業詳細見示者，至為感紉。女學日漸發達，而全國學校共
有若干，發達程度究達何點，尚待確實之報告。本雜誌當特闢調查一欄，以
補其闕。」〔註47〕可以說，雜誌希望通過引導達到女性「治學」與「治家」
相結合，使女性向「賢妻良母」的方向發展，前期為數不多的徵文中，集中
代表雜誌傾向的如下文：

懸賞募集

　　一、論著　促女學之進行，謀教育之普及，晨鐘木鐸福我坤維
本社同人將於是覘國民對於女學之心理及童蒙養正之成效，倘荷惠
稿，毋任歡迎。

　　二、譯稿　凡東西各國最新發明之科學精蘊以及時事要聞足為
我國女學之觀摩者皆所歡迎。

　　三、圖片　1、各女學美術成績 2、愛讀本雜誌者之小影 3、各
地風景。

　　四、小說　以關於科學及於婦女德性有關係者為限，篇幅毋取
冗長文字尤須淺顯。

　　五、雜文　凡與本雜誌家庭俱樂部所載各種文字相同者一律歡
迎，下列數種尤為企望：1、家庭適用之淺近科學 2、婦女常識 3、
有益於兒童修養之童話 4、各種新遊戲（附有圖畫者尤佳）。贈品1、
現金 2、書券 3、本雜誌。〔註48〕

婦女雜誌社謹啟

徵文除了要求關於女學、常識之類的書籍之外，在文藝方面希望徵得有關於
科學以及婦女德性的，而且文字要淺顯易懂。我們知道，一本雜誌其傳播過
程由作者、編者、讀者三者完成，編者設定雜誌的取向和定位，作者有被約
稿寫作，也有的是讀者的投稿，從婦女雜誌的作者群體以及被選擇的稿件來

〔註46〕《徵稿啟事》，《婦女雜誌》，1915年第一卷第 1 期。
〔註47〕《徵稿啟事》，《婦女雜誌》，1915年第一卷第 1 期。
〔註48〕《懸賞徵集》，《婦女雜誌》，1917年第三卷第 2 期。

看，編者對讀者的定位也比較明確，「大部分是在校的大學生、中學生、中小學教職員、一部分大學教職員、軍官以及公務員等，總括來來說……不是純消費的學生，便是收入清廉的教職員、軍官及公務員等。」〔註49〕總的說來，主要讀者群是受過一定教育的中上層女性，當時《婦女雜誌》的定價是二角五分，價格偏中上，因此不少訂戶都是各地的女子學校圖書館以及城市的中產階級。雜誌主要在傳達一種生活方式，即女性用保守的姿態做到賢妻良母，這時期的徵文除上面提到的之外，其餘都是謎畫懸賞即猜謎語看圖說話等簡單的問答，對社會問題的討論也很少，重點在傳達一些女學方面的知識如如何持家等。雜誌刊登的篇幅上，小說專欄的稿件大約占三篇至五篇，總頁數有大概二十頁，佔總雜誌總篇幅的六分之一，基本與「社說」所佔的數量相同，不過比起家政、學藝、餘興等宣傳實用的欄目則相對較少。

綜合考察《婦女雜誌》的內容，多是向讀者提供、編譯一些家政知識，宣揚女子三從四德的保守思想。登載一些傳奇、小說、彈詞等作品，多採用文言文，面向為人妻為人母的傳統婦女。實際上，這個時期的《婦女雜誌》讀者與編者之間並沒有形成很好的互動，編者在單方向傳達思想，而這樣的傳達剛好迎合了一部分女學生、中小學教員的讀者，並以此保持了雜誌的固定銷量。雜誌也並沒有意圖利用徵文來表達理念，僅有的徵文只是一種消遣。時代的潮流也沒有在雜誌中體現，不過隨著五四新文化運動的展開，《婦女雜誌》的改革勢在必行，用徵文造勢、用話題吸引讀者是下一個時期《婦女雜誌》的突出特色。

二、革新期：「革命與激進」問題專號徵文

五四新文化運動時期，宣傳賢妻良母思想的《婦女雜誌》遭到了批判，羅家倫在《新潮》上發表《今日中國之雜誌界》甚至認為「《婦女雜誌》則專叫女人當男人奴隸的話……是人類的罪人。」〔註50〕在這樣的情況下，為了適應時代變化和讀者的新的需求，商務印書館改換策略，由章錫琛擔任主編，對雜誌進行改革。他接任主編之後，對整個雜誌進行了方向的調整，針對社會最熱點的問題展開談論，在女性問題上則宣揚婚姻自由、婦女解放等。雜誌的傳播方式上充分利用徵文、讀者俱樂部等擴大影響，吸引讀者。「1921 年

〔註49〕《讀者與編者》，《東方雜誌》，1934 年第三十一卷第 14 期。
〔註50〕 羅家倫《今日中國之雜誌界》，《新潮》，1919 年第一卷第 4 期。

1 月出版了《革新號》，革新後的雜誌，除文字儘量用白話之外，內容則大力介紹世界各國的婦女狀況和近代西方討論的各種問題……並經常命題徵文，展開專題討論，開闢通訊專欄與讀者對話，隨後又出了幾個專號，使原來死氣沉沉的雜誌面目一新。」〔註51〕

　　首先，雜誌在宣言中傳達自己的改革意圖，也對《婦女雜誌》進行了重新定位，1919 年 12 月五卷一號登載了《本雜誌今後之方針》一文，此文表明雜誌不再追求女性「賢妻良母」的價值取向，而是轉向對女性自我實現的宣導。從七卷一號開始，章錫琛正式上任。雜誌文章中的語言也從半文半白轉為全白話文。這標誌著《婦女雜誌》進入新的階段。「本志的主旨，固在謀婦女地位的向上和家庭的革新，而一方面，尤其在供給婦女界以新知識，希望能夠成一種家庭中有趣的讀物，藉此增進婦女讀書的興味。」〔註52〕其次，主編章錫琛在編輯形式上採取了新的舉措，如確保雜誌按期出版，降低定價的同時增加內容，注重於讀者的交流，對讀者的來信疑問都認真解答，還將一些讀者與編輯之間的交流內容設置為專欄專號，這顯然是一種間接的市場調查和雜誌推廣，除了開闢讀者文藝、自由論壇等，最突出的就是舉辦專題專號的徵文，在話題的選擇上，將關注點放在婚姻、兩性倫理等方面，這與前期《婦女雜誌》形成了很大的區別，「我們並不反對婦女治理家務，不過在近日之下，似乎許多關於我們所討論的話題，實比講家庭生活更有人注意，所以這些問題只好盡先討論一番。」〔註53〕與辦刊初期的忽略讀者需求不同，這個時期雜誌更敏銳地捕捉社會熱點，將青年人所關心的戀愛婚姻問題作為討論的對象，引起青年讀者的極大興趣，擴展和加深了內容，將讀者對象定位到更多的知識階級，比前期重視讀者與編輯之間的溝通互動，增設了「通訊」「讀者俱樂部」「通信」等欄目，及時傾聽和回饋讀者的建議和意見。同時，通過徵文來吸引讀者的關注，創設了許多有價值的專號徵文，統計如下：

〔註51〕 王湜華《開明書店章老闆——追懷章錫琛先生》，《20 世紀中國著名編輯出版家研究資料匯輯》，宋應離，袁喜生，劉小敏編，河南大學出版社，2005 年，第 511 頁。
〔註52〕 《婦女雜誌》，1921 年第七卷第 2 期。
〔註53〕 《編輯餘錄》，《婦女雜誌》，1922 年第八卷第 11 期。

時　　間	主　　題
1922 年第 8 卷第 4 號	離婚問題號
1922 年第 8 卷第 6 號	產兒制限號
1923 年第 9 卷第 1 號	婦女運動號
1923 年第 9 卷第 3 號	娼妓問題號
1923 年第 9 卷第 9 號	家庭革新號
1923 年第 9 卷第 11 號	配偶選擇號
1924 年第 10 卷第 1 號	十年紀念號
1924 年第 10 卷第 6 號	職業問題號
1924 年第 10 卷第 10 號	男女理解號
1925 年第 11 卷第 1 號	新性道德號
1925 年第 11 卷第 6 號	女學生號
1926 年第 12 卷第 1 號	美術專號
1926 年第 12 卷第 7 號	愛之專號
1927 年第 13 卷第 1 號	家事研究號
1927 年第 13 卷第 7 號	桐蔭讀物號
1928 年第 14 卷第 1 號	生活特號
1928 年第 14 卷第 7 號	婚姻號
1929 年第 15 卷第 1 號	淺識薄技號
1929 年第 15 卷第 10 號	婚前與婚後號
1931 年第 17 卷第 7 號	婦女與文學號

　　徵文刊出後，反響強烈，如十年紀念號徵文《十年之後的中國婦女》「這一冊十週年紀念號，實在齊與本誌以無上的光榮！內容的豐富和精美，定能邀諸位讀者的贊賞，可以無須贅述了。此次紀念號的徵文，共收到一百零六篇之多，因爲來稿命題相同的居多，所以所取的材料和所發的議論，大多數也都是大同小異，只得選擇比較的詳贍，及寄到較早的發表，此外尚有許多優美的文字，因力避相同之故，不得已概從割愛，希望應徵諸君原諒。」〔註 54〕職業生活號徵稿啓事刊出後，「這一回的徵文，我們的預料，以爲來稿決不

〔註 54〕　《婦女雜誌》，1924 年第十卷第 1 期。

會十分多，因為第一，覺得現在就職業的婦女還是少數，第二，更怕有職業的人沒有作文的餘暇，然後結果卻大大的出於我們的意外。不但寄來的稿竟到一百數十篇之多，而且篇篇都可說是十分完美，各有特殊的價值，這實在是本社歷次徵文以來未見的好成績。我們因此直到我國婦女在職業方面的發展，而婦女主義的前途，確是大可樂觀了。」〔註 55〕這個時期除去固定撰稿人之外，讀者的積極性很高，所收稿件豐富多樣，雜誌的發行量也很大，據統計，「前期《婦女雜誌》的發行量大概在 2000 份左右，改革之後則突破刷新以往的銷售記錄，最多的已經超過了 5000 份」〔註 56〕，編輯章錫琛也對雜誌充滿了期待，「在最近的幾年，《婦女雜誌》從我國的雜誌界中，表示空前的活躍，其發達的迅速，大有使人驚心駭目得奇觀，所加於青年男女的重大影響，自不必說，《婦女雜誌》黃金時代的出現，已經近在目前了。」〔註 57〕

不過，雖然參與者眾多，但讀者類別卻有不同，以男性知識階層居多，眾多普通的女性讀者反而沒有參與到話題的討論之中，「在改革方向上軌道的 1923 年，《婦女雜誌》曾以『我之理想的配偶』為題徵求過讀者的意見，從報導徵文結果的記事得以窺見當時《婦女雜誌》讀者們的一些面貌。此次的徵文，自 1923 年 8 月公告之翌月為期一個月間，共獲 155 名讀者的回應，此一回應徵數遠遠超越其他幾次的徵文，可謂再現《婦女雜誌》讀者層的重要資料。據瑟盧的統計結果，男女人數分別是 129 名及 26 名，換言之，83%的應徵者的年齡層，無論男女，皆以 18 歲至 24 歲最多；職業則以學生與教職員為主，皆為較有機會接觸新知的知識階層。」〔註 58〕這份統計可以看出女性的參與度比較低，而且普通女性群體讀者似乎對《婦女雜誌》的改變並不滿意，從《婦女雜誌》的編輯本意來說，「可以說是為女子們而編輯的，可惜讀者之中，竟以男子居大多數，而撰述者之中，女子尤其是非常之少。這幾乎使我們男子有霸佔婦女研究的嫌疑，是何等令人失望的事情。」〔註 59〕第七

〔註 55〕《婦女雜誌》，1924 年第十卷第 6 期。

〔註 56〕陳姵瑝《〈婦女雜誌〉（1915～1931）十七年簡史——〈婦女雜誌〉為何名為婦女》，《近代中國婦女史研究》，臺灣中央研究院近代史研究所，2004 年，第12 頁。

〔註 57〕《婦女雜誌的黃金時代》，《婦女雜誌》，1924 年第十卷第 11 期。

〔註 58〕陳姵瑝《〈婦女雜誌〉（1915～1931）十七年簡史——〈婦女雜誌〉為何名為婦女》，《近代中國婦女史研究》，臺灣中央研究院近代史研究所，2004 年，第12 頁。

〔註 59〕《編輯餘錄》，《新女性》，1926 年第一卷第 6 期。

卷第十二號《對於〈婦女雜誌〉的希望——徵文當選披露》中，集中刊登了讀者對雜誌的意見，有的讀者說：「希望多登教育的材料，以應讀者的需要。」〔註60〕有的則認爲「內容過於散漫，缺乏一貫的精神和獨一的特徵。」〔註61〕這其實從某方面反映了編輯理念與讀者接受程度之間的錯位，或者說，《婦女雜誌》成爲了知識分子探討五四時期女性解放問題的陣地，但是本來以女性爲讀者的雜誌卻失掉了這部分女性讀者群，究其原因，首先是「新思想」與「白話文」之間的錯位矛盾，改革後的《婦女雜誌》全部用白話，但在傳播上卻引起了讀者無法理解的困難，有讀者反映「白話文比文言文更難懂」〔註62〕另外就是讀者群與刊物定位之間的不對等，改版前，雜誌雖然沒有激進的思想，但可以說是比較穩健地發展，有固定的讀者群，這些女性將雜誌列爲家政參考書，改版後，更多的青年人參與其中，討論了很多超前的問題，這使得一部分讀者不能夠接受，所以只有再次改革，「我們時常接到一般讀者的忠告，都以爲《婦女雜誌》關於思想方面的文字在兩性關係的新世界上，固然建樹了偉大的功績，但關於常識方面、趣味方面的軟性讀物不免少了一點。」〔註63〕基於這樣的原因，雜誌再次轉向，「致使《婦女雜誌》完全成爲淺易平近的軟性讀物，適合於人人的趣味，不爲少數人所專有。」〔註64〕

三、低潮期：簡單話題徵文的「徵文雜誌」

所謂低潮期，是指《婦女雜誌》不再像上一個時期一樣，引領社會話題，處於社會討論的中心，而是處在一種平穩發展的階段。這一時期，是徵文主宰了整個雜誌的運營，徵文設計除了延續上一階段的專題專號正爲之外，又加入了月徵、季度徵、年徵，內容主體爲婦女讀者來稿。在本階段，《婦女雜誌》成爲了「徵文雜誌」，雜誌主體悉爲徵文，還多次出現出版延期及雜誌中錯漏字的現象。不過好在此時雜誌內容得到了大批普通婦女讀者的支持，由於之前內容在較多女讀者看來「歐化色彩較重」「白話比文言文尤其難懂」，還有讀者表示，雖然雜誌內容較多，信息量過大，難以把握，閱讀時有壓力。因此在杜就田的折衷辦刊路線下，此時的雜誌以低端路線得到了廣大文化層

〔註60〕《讀者來信》，《婦女雜誌》，1921 年第七卷第 12 期。
〔註61〕《讀者來信》，《婦女雜誌》，1921 年第七卷第 12 期。
〔註62〕竹友《我對本志的意見》，《婦女雜誌》，1925 年第十一卷第 1 期。
〔註63〕《第十一卷大革新計劃》，《婦女雜誌》，1924 年第十卷第 11 期。
〔註64〕《第十一卷大革新計劃》，《婦女雜誌》，1924 年第十卷第 11 期。

次中等偏上的女學生的支持，並保持了此前的銷量。完整的徵文設計、廣泛的參與人數、簡單的話題討論，這些使得徵文獲得了更多讀者的參與。下表是後期的徵文統計，從中可以看出雜誌運行的規律：

日　　期	徵文題目	徵文結果
第十卷第十二號徵文	第一徵文：我的母親（以二千字爲限） 第二徵文：三角戀愛的解決法 第三徵文：女學校日記 第四徵文：我的祭祖觀 第五徵文：我家的美肴	《我的母親》10篇（第一次徵文當選） 《三角戀愛解決法》5篇（第二次徵文當選） 《我的祭祖觀》4篇（第四次徵文當選） 《我家的美肴》4篇（第五徵文當選）
第十一卷第三號七月號徵文	甲：男女交際的現在及將來 乙：模範的新女子 丙：吾鄉的生產風俗 丁：我家的經濟狀況	《吾鄉的生產風俗》14篇 《我家的經濟狀況》4篇 《模範新女子》共5篇 《男女交際的現在及將來》共4篇
第十一卷第四號八月號徵文	甲：下層婦女的悲慘 乙：非常事件的經驗 丙：消夏瑣談	《下層婦女的悲慘》共12篇 《非常事件的經驗》共9篇 《消夏瑣談》共5篇
第十一卷第五號九月號徵文	甲：我的姊妹 乙：秋草與蟲音 丙：平常的夢 丁：我家的貓	《平常的夢》共6篇 《秋草與蟲音》共3篇 《我的姊妹》共6篇 《我家的貓》共8篇
第十一卷第六號十月號徵文	甲：中國的女偉人 乙：秋日的鄉村生活 丙：我的苦悶	《秋日的鄉村生活》共6篇 《我的苦悶》共10篇 《中國的女偉人》共6篇
第十一卷第七號十一月徵文	甲：我將怎樣做母親（父親） 乙：我家所受於鬼神的損害	《我將怎樣做母親（父親）》共12篇 《我家所受於鬼神的損害》共10篇
第十一卷第八號十二月號徵文	甲：對於本志的意見 乙：讀書隨筆 丙：社會美談 丁：兒童的故事	《社會美談》共8篇 《讀書隨筆》共3篇 《兒童的故事》共6篇 《對於本志的意見》共7篇——1925年第12期

日　期	徵文題目	徵文結果
十三卷六月號徵文	甲：盛暑中的生活 乙：怠惰自甘	《盛暑中生活》共 8 篇 《怠惰自甘》共 4 篇
十三卷八月號徵文	甲：沿舊俗不通世故 乙：慕歐風徒學皮毛	《慕歐風徒學皮毛》共 5 篇 《沿舊俗不通世故》共 8 篇
十三卷九月號徵文	甲：我的嗜好 乙：蟋蟀聲中的孤女	《蟋蟀聲中的孤女》共 7 篇 《我的嗜好》共 10 篇
十三卷十月號徵文	甲：父親寄來的家信 乙：秋燈下的勤勞	《父親寄來的家信》共 10 篇 《秋燈下的勤勞》共 8 篇
十三卷十一號徵文	甲：清貧的娛樂 乙：霜夜的鐘聲	《霜夜的鐘聲》共 8 篇 《清貧的娛樂》共 7 篇
十三卷十二號徵文	甲：豐年多嫁娶 乙：冬日的農婦	《冬日的農婦》共 7 篇 《豐年多嫁娶》共 7 篇

　　這些徵文題目傾向生活中的經驗，欣賞自然美和藝術品、家庭中的瑣事和美談，這雖然失去了中期一大批精英知識分子的關注，但卻吸引了思想認知水準有限的一批女性讀者，這個時候，《婦女雜誌》缺少女性自己的聲音的局面才得以調整，「二月號中，最值得注意的是去年登報徵求的物種特別徵文，即我的母親、三角戀愛解決法、女學校日記、我的祭祖觀、我家的美肴，都在這一號上發表，所發表的無一不是極精粹、極完美的作品，定能使讀者感到十分滿足的。」〔註65〕「在這專號上，除特約名家撰述外，並擬定許多題目，徵求女學校的教師、學生及一般關心女子教育者的佳作。」〔註66〕從讀者反映來看，可以說，這些徵文的運作保證了雜誌的稿件。以《婦女雜誌》第十六卷為例，一號、二號、三號、四號、六號三期的文章總是分別是 32、33、29、30、34，而徵文總數分別是：13、15、13、13、18，徵文佔據了總文章數的一半，可見讀者的參與是非常廣泛的，雜誌也耐心審稿，確保文章的按期發表，這使讀者和編者形成了良好的互動。

　　但凡有徵文發出，則這項徵文必然有其「導向」，有其期待效果，而徵文主體、雜誌風格則對讀者、徵文參與者起著引導建構作用，通過徵文題目的設定和規則的設置，向讀者傳達信息、滲透編輯和雜誌思想，讀者對這些徵

〔註65〕　《婦女雜誌》，1925 年第十一卷第 3 期。
〔註66〕　《婦女雜誌》，1925 年第十一卷第 3 期。

文的選擇回饋反映了他們對話題、對社會思潮的認同的思考。通過《婦女雜誌》的考察，從編輯一方來看，利用徵文反映社會思潮，吸收精英知識分子討論熱點問題是順應時代潮流，不過從讀者的角度，固定的讀者群也影響了雜誌的發展和走向，他們更關心的是輕鬆的話題，雜誌在選擇上也爲這部分讀者留下了空間，並且迎合讀者，達到徵文、選擇、刊登的穩健運行。

第三節　創造經典的努力：創造社、良友畫報、文協三種徵文研究〔註67〕

一、「創造社」文學獎金徵文

　　創造社在 1927 年發出徵文啓事，《創造月刊》的編輯之一王獨清在編輯後記中對此次徵文的緣起做了詳細的說明，徵文的出發點是想對創造社進行整頓，使其影響力擴大，同時給青年提供一個創作的機會，所以希望徵文可以達到此目的，「我們第一步的工程便是想招致現時的青年作家和我們攜手同行。但是我們都是在沙漠中遊行的駱駝，費盡了許多的心力，還尋不出幾株青蔥的樹影。不過我們決不失望，我們始終相信在我們這樣大的國家中，一定潛伏著有偉大的人才，同時我們承認我們現在所處的時代是一個最有意義的時代，處在這樣的時代若沒有認清時代的作家，那怕便是我們民族死滅的先徵！這樣，我們才決定了文學獎金的辦法：我們是想藉此能多招引些同志，同時也好藉此鼓舞青年作家去努力。」〔註68〕徵文本身就具有廣告性質，言辭上需要做到一定程度的誇大，但從中也不難看出徵文發起者對此次徵文的寄予的厚望和想要通過這種方式發現偉大作品的決心和雄心。同時，《洪水》週刊也登載了徵文啓事，並且再次強調了對青年人創作時代優秀作品的期許：「時局的混亂，與生活的不安使我們的文藝界陷入了死一般的消沉的狀態。文藝應該是時代的呼聲，尤其是應該是我們青年的熱誠的叫喊。現在這種消沉的狀態，我們決不可以任其久延，我們應該叫喊出來，從生活的煩悶

〔註67〕 本節參考了陳思廣的《現代文學史上的三次長篇小說徵文》(《新文學史料》，2010 年第 4 期)，此文首次將這三次徵文的小說從史料梳理和文本分析的角度進行了論述。本書試圖從徵文與經典的關係角度切入，與前一節的通俗雜誌徵文形成對比論述。

〔註68〕 王獨清《編輯後記》，《創造月刊》，1927 年第一卷第十期第 109 頁。

中狂吼疾呼，打破這種陰氣侵入的消沉，努力與萬惡的社會奮鬥。我們青年中間決不會絕無特殊的才能來表現自己，表現這個偉大的時代。我們希望我們年青的天才趕快起來，把我們要說的話，用藝術的手段，大膽地描寫出來，昭告我們的民眾。現在我們提出一種獎勵的方法，希望我們年青的朋友們大家起來參加，我們稍備獎金，略表我們酬勞的微意。」〔註69〕接著公佈了徵文細則，並且說明此文學獎金會繼續下去，「1、從今年起以後每年舉行一次或數次；2、第一次獎金定額共四百元，獎金凡三等共四名。其中一等獎一名二百元，二等獎一名一百元，三等獎二名各五十元。」「第一次徵文為長篇小說一篇，不限題，但以能表現時代精神者為合格，字數須在六萬字以上。」〔註70〕實際上這次文學獎金徵文活動只進行了一次。

徵文發出之後，編輯部陸續接到稿件的同時也遭到了質疑，如有人就對這次徵文的獎金設置提出疑問，認為獎勵的力度並不夠，「看創造社文學獎金的緣起，大概不外誘掖新進青年作家，努力文藝而已，用意很好，可惜我們看了應獎的規約，只覺得是創造社徵求文稿而已，算不得什麼文學獎金。規約上載明要六萬字以上的長篇為合格，第一名的獎金二百元，得獎後，可由創造社出百分之二十的版稅出版；所謂獎金不過是三元三角三分⋯⋯一千字的發表費，較諸郭沫若，郁達夫，張資平，在東方雜誌上拿五元一千字的發表費，相差還很多，這與普通徵文有什麼差別？我覺得明明白白說徵求文稿，乾脆許多，何必以『文學獎金』四個大字來眩人之目呢？」〔註71〕在當時，很多雜誌如《東方雜誌》《小說月報》都有介紹外國文學獎金的報導，這些獎金的數額都是很大的，所以質疑者才認為創造設的這個獎金設置規模不大，並沒有與平常的普通徵文區別開來，「況且創造社也不是 Dr, Alfred B.Nobel 有這麼多橫財來獎人家，徒然引人不好之感，何苦來呢？更何況誘掖新進作家，鼓勵後進作家的方法很多，何在乎獎而有金呢？」〔註72〕

面對這樣的質疑，《創造月刊》上也作出了回應，「可笑的是我們中國的社會，一件事體若是還沒有見人做過的時候，便要惹起許多無聊的誤會。文學獎金在國外固然到處都是，然後中國卻怕是一個創舉，因此便有人竟然把這件事作為他們創作的材料。其實這件事是最平常不過的，我們自信在我們

〔註69〕 《洪水》，1927 年第三卷第 34 期。
〔註70〕 《洪水》，1927 年第三卷第 34 期。
〔註71〕 《創造社的文學獎金》，《幻洲半月刊》，1927 年第二卷第 2 期。
〔註72〕 《創造社的文學獎金》，《幻洲半月刊》，1927 年第二卷第 2 期。

現有的能力以內，總算是替青年作家設想了許多了。那些謠言想來也是沒有人會去相信。」〔註73〕至於獎金數額，他們也表達了籌集的困難，「有的人說，我們應該只備獎金，不一定要作品由創造社出版，若是作品要由創造社出版，那麼獎金就應該多籌備一些。這話聽取似乎很對，其實事實上卻是很難做到的。第一須先知道我們自己就是些沒有餘裕的群集，我們很想大規模地去獎勵青年作家，但是你教我們從何處去籌辦呢？唉，諸君！你們要說我們底行事欠公道時，我們也願意承認，不過你們要知道在這種資本制度下，我們也沒有方法使我們公道，最還是我們一同去鬥爭，把這個萬惡的資本社會打破後，再來尋公道的所在。」〔註74〕徵文本來計劃是 1928 年四月截止，但由於編輯部的其他事務，《創造月刊》又在十一期發出了《文學獎金延期發表啟事》，啟事中說徵得稿件很多，並且有的小說有 15 萬字之多，「就只以這努力的成績來看，已經令人感著不顧割捨的情意了。」〔註 75〕「不過近來因為添了許多出版物，事物非常浩繁，委員會雖然已經組織成功，但怕再我們浩繁的事物中間，要去細心展讀青年同志們苦心創作出來的作品，在四月底決不能告竣，所以我們只有請大家予以諒解，我們要求把發表期間展限一月，我們預計五月底定可發表我們這次的成績。」〔註76〕

在徵文結果最終揭曉之前，《創造月刊》一般會在《編輯後記》中記錄徵文的過程，對稿件的整體評價，後記中言，「懸賞小說得共十四篇投稿，在量的方面不算為少，照理我們應該滿足的，但是內容能夠符合敝社的要求，能對中國社會作整理的批判的作品是沒有。周閬風君的《農夫李三麻子》及汪錫鵬君的《結局》，在表現出部分的社會的一點，比較其餘稿件符合敝社徵求的條件。此項當別有詳細的報告，這裡從略。」〔註 77〕在較短的時期內可以獲得 14 篇中長篇小說確實不算少，不過他們對作品的品質似乎並不十分滿意，最終在 1928 年 10 月 10 日刊出了徵文結果，審查委員包括張資平、王獨清、段可情、李初梨、傅克興、馮乃超。《懸賞徵文審查報告》中說：「應募稿十三種中，從形式及內容雙方的標準下只能選出兩種。能夠全部符合本社正為的條件的作品，很遺憾的，還是沒有。經審慎的討論的結果，決定下列

〔註73〕 《創造月刊》，1927 年第一卷第 10 期。
〔註74〕 《創造月刊》，1927 年第一卷第 10 期。
〔註75〕 《創造月刊》，1927 年第一卷第 11 期。
〔註76〕 《創造月刊》，1927 年第一卷第 11 期。
〔註77〕 《編輯後記》，《創造月刊》，1927 年第一卷第 12 期第 161 頁。

兩名當選。二等當選——汪錫鵬《結局》，三等當選——周闕風《農夫李三麻子》。」〔註78〕對於沒有徵得一等獎，編輯部認爲，「我們明白這個報告會使一部分的讀者不愜意，當選中缺去一等，原來不是我們希望的，但是，事實上，能夠充分滿足我們徵求的條件的作品還是沒有出現，我們這個辦法是萬不得已。同時我們在最近未來中，會有第二次徵文的計劃。我們希望每次徵文之內可以把二三個有爲的青年作家出現到社會裏來。」〔註79〕徵文啓事中並沒有闡明具體的題目，只是說反映當下社會即可，不過編輯部也對整個入選文章做了總結，認爲大多文章，「至於其他未得入選的傾向大抵因爲表現技術的未熟，同時流貫內部的，只是個人主義的 Sentimentalism。落葉和少年維特的煩惱深深支配著青年的心情，從審查的經過我們發現這結論。表現形式取日記或手箚體裁的傾向，不過是外面地說明這個事實。」〔註80〕

　　作爲此次最高獎項的獲得者汪錫鵬的《結局》，《創造月刊》給予了這樣的評價，「汪錫鵬君以多彩的筆觸描繪一女子的流離轉變的命運，配以變亂多端的時代背景之一角。從手法上看來，是成功的作品。同時，作者自身的告白也是很老實的，這篇只把時代的一角描寫出來，這就是說從側面觀看時代潮流的奔潮。取材和態度是制約作品只能否成爲偉大的一關鍵，對於我們這位前途璀璨的青年作家的藝術的素質，我們不能不希望他能再進一步認識社會的眞相。」〔註81〕細讀這篇獲獎小說，其內容也沒有超出「少年維特的煩惱」的範圍，主人公是東南大學學生章芷芳，她自己一直在堅持獨身主義和做個賢妻良母之間煩悶苦惱，後來因爲經濟原因到蘇州紫竹學校做教員。在蘇州，她與其同學之采來往密切，後因之采的介紹結識了在青年會工作的黃以仁先生，還因黃以仁的啓發加入國民黨，在與黃以仁的交往中，她似乎對自己的人生不再迷茫，而是找到了一種力量。不過她後來又與妓女五娘發生同性之戀，同時還與習同志曖昧不清，她在性中放縱自己，精神沒有依託，在嫉妒抑鬱之時終於等來了黃以仁要她去武漢的消息，但又不巧遇上大亂，黃卻不知去向，而章芷芳病倒在了旅館中。

　　《結局》在 1929 年由上海水沫書店出版，出版共印一千五百冊。《創造月刊》在第二卷第六期打出廣告「本社 1928 年懸賞徵文獲選的《結局》出版

〔註78〕　《創造月刊》，1929 年第二卷第 3 期。
〔註79〕　《創造月刊》，1929 年第二卷第 3 期。
〔註80〕　《創造月刊》，1929 年第二卷第 3 期。
〔註81〕　《創造月刊》，1929 年第二卷第 3 期。

了」，並附言：「這本書是本社 1928 年第一次徵文期中，在數百部著作之內，很謹慎的審查的結果所選出來的作品，技巧方面再最近的文壇上，確是一部成功的作品，內容描寫一個青年女子，在革命前後的種種，流離轉徙的經過，襯以變亂離奇的時代背景，文筆流利，別具風格，真是百讀不厭，這是因為作者以純客觀的描寫，老老實實，又自然又深刻，在現今文藝界，洵為不可多得之佳作。」〔註 82〕可以說，小說符合了徵文中所說的「反映社會現實」這以要求，章芷芳的精神狀態心裏活動可以說代表了大革命時期迷茫的青年人的狀況，他們想革命想實現自己的理想但時代卻又讓他們感到深深的無力，想徹底放縱自己，純粹享樂又不甘於此，內心的糾結時時折磨他們，對於女子而言，章芷芳更具有典型性，一方面想徹底獨身，尋求精神上的與眾不同與解放，另一方面內心確有成為賢妻良母的渴望，而經濟上的不夠獨立又加劇了這種矛盾心裏。甚至，性的問題又困擾著這批欲解放而不得的女子，毀滅自己，徹底沉浸在感官的刺激中又不符合他們的價值標準，但積極追求革命、追求獨立又面臨著種種的困難，所以整個小說的氣氛是陰鬱的，小說對人物心理變化的描寫是細膩的。正如有的讀者評論所說，「像《結局》裏面的主人翁芷芳那種女性的模型，在這個時代急激變革過程中的社會裏是易於為我們到處找得到的。這種女性，特別是在半封建式的小資產階級分子裏更顯其明。她們一方面因為舊家庭經濟的破落，男女觀念的轉移，不得不踏上社會裏找尋生活的補助。但一方面因為社會環境的黑暗，自身思想的未能徹底，又易於陷入頹唐或苦悶的境象。加之青春期的性的需求，社會制度的種種不良，實際生活與精神生活難得穩定與安慰，更為一切苦悶的來源。」〔註 83〕在這樣的情況下，「輾轉在這困苦的生之掙扎中，變態的思想和變態的行為就由此產生了。一是消極的厭世。一是積極的浪漫。由於厭世的思想便發生毀滅自己，自萌短見的蠢笨的事實。由於浪漫的狂放，便發生肉欲的弛縱，找尋官能上的刺激。」〔註 84〕

　　不管是藝術手法還是主題內容這都是一部較為優秀的小說，具有很強的時代性，對女性心理的描寫細膩而又大膽，寫出了時代女性內心的掙扎矛盾、對性的渴望享受和恐懼懷疑、對愛情婚姻的嚮往與焦慮，可以視作女性尋求解放道路的優秀作品。

〔註 82〕《創造月刊》，1929 年第二卷第 6 期。
〔註 83〕祝秀俠《結局》，《海風週報》，1929 年 5 月第 17 期。
〔註 84〕祝秀俠《結局》，《海風週報》，1929 年 5 月第 17 期。

　　另一部小說《農夫李三麻子》於 1929 年 8 月由上海江南書店出版，出版印 1500 冊。1932 年被國民黨以「鼓吹階級鬥爭」為理由查禁。小說講述了農民李三麻子受剝削受生活所迫參加革命，後被捕殺的故事，語言平實樸素，敘述平直簡單，作品呈現的農村氣息較濃，對李三麻子這一農民形象刻畫的較為成功，從小說中可以看出普通農民對於「革命」的理解。《創造月刊》給予這樣的評價，「周閬風君以樸素的手法描寫農村零落過程中的農民的憂鬱。手法上雖有多少未成熟的地方。然而農村生活的卷軸重以紆徐的拍子展開，對於他的取材的態度是我們所引為滿意的。我們希望他能夠再把農民的生活，感情及共通的他們的煩悶具體地表現出來。」〔註 85〕

二、「良友文學獎金」徵文

　　「良友文學獎金」由良友圖書印刷公司舉辦，作為一家民營出版公司，它出版過不少文藝類叢書，而其負責人趙家璧策劃主編的《中國新文學大系》是最早的現代文學選集，此次徵文即良友公司借出版「良友文學叢書」的時機策劃的活動，1936 年 1 月，《良友》畫報登載了這則徵文啟事——「良友文學獎金——五百元徵稿，規則如下：

　　　　本公司從事文藝書籍之出版事業，已數年於茲。除新文學大系，良友文庫，精裝文學書等外，馳譽已久之良友文學叢書，茲又續出第二集，發售半價預約。本公司特乘此時機，舉行第一次良友文學獎金，徵求創作長篇小說一部，特備獎金五百元賜予得獎之作者。得獎之作品，即列入良友文學叢書第二集內出版。茲特訂立簡章如下：一、除本公司職員外，凡中華民國之國民均得參加這次本公司舉行之征文競賽。二、本公司此次徵文，限定創作長篇小說，以從未發表者為合格。劇本，論文，散文，短篇以及翻譯作品一律不收。三、此次徵求之創作長篇小說最短須十萬字最長不得過二十萬字。所有來稿均須用有格稿紙繕寫清楚，訂成一冊，以免散失，稿本封面請書明書名，作者姓名，通信地址，全稿字數，全稿頁數等項。四、投寄徵文，請一律用掛號郵寄，並須附退件郵費。所有稿件請書明上海北四川路良友圖書公司良友文學獎處，凡面交或託人帶交者一律不收。五、自即日起收稿至本年五月三十一日截止，過期收

〔註 85〕《創造月刊》，1929 年第二卷第 3 期。

到者一律原件退還。六、此次徵文由本公司聘請著作作家五人擔任評判。評判人之姓名，待截止收稿後二日內於申報公佈之。七、所有參加此次徵文者之姓名在宣佈評判人之姓名時一同公佈於申報。八、截止收稿後由本公司分送各評判員輪流閱稿，每人均密封記分，以得分最多者為獲獎。九、此次徵文，額限一名，得獎者由本公司贈獎金五百元，並將得獎作品編入良友文學叢書第二集。初版本作者得抽版稅百分之五，再版百分之十，以實售書價作抽稅之標準。十、徵文揭曉期為十月十日，得獎者之姓名作品，均刊登於申報廣告。〔註86〕

啟事刊出之後，應徵者表示時間太過倉促，在短時間內完成長篇小說是有困難的，因此，良友公司遂在《申報》刊出徵文的延期啟事：「本公司曾乘機舉行第一次良友文學獎金，徵求創作長篇小說一部，原定收稿期遲為五月三十一日，過期一律退還。茲因截止收稿之時期已屆，而應徵者紛紛來函，謂時間局促，不能於規定期內脫筆，要求將截止日期延後數日，故特遵從來意，改為七月三十一日截止收稿，揭曉期改為十二月十五日，評判人之姓名，為避免麻煩計，將來與應徵結果同時發表於申報；其他規則與前定徵文辦法相同！如蒙索問徵文章程，函告即當寄奉。」〔註87〕最終的評選結果刊登在1936年12月15日的《申報》上：「本處自本年一月登報徵求長篇創作小說以來，共計收到來稿三十一部（參加徵文者之姓名已刊七月卅一日申報廣告），當由本處聘請蔡元培、郁達夫、葉聖陶、鄭伯奇、王統照諸先生評選，本擬於其中選定意識技巧皆臻相當完成者一名，贈與獎金五百元，但經評選者再三審閱，以為諸作皆未能達此標準，故決計改變原定辦法，將較有勝色之左兵先生所作之《天下太平》及陳涉先生所作之《像樣的人》選為第二名第三名，將全額獎金分為三百元二百元，以次分配，至於當選之作，原定編入良友文學叢書，現亦不能不改變原定計劃，單獨發行，得獎二君，另由本處專函通知。未取各稿，一星期內，掛號寄還。」〔註88〕至此，徵文結束。1937年3月，上海良友公司出版發行了《天下太平》和《像樣的人》兩篇小說，於1937年5月30日出版，封面書燙金字「良友文學獎金得獎小說」，各發行兩千冊。

〔註86〕《良友》，1936年第113期。
〔註87〕《良友文學獎金延期截稿啟事》，《申報》，1936年5月30日。
〔註88〕《申報》，1936年12月15日。

　　小說《天下太平》的作者左兵是一位在農村的教師，他希望通過此次徵文寫一部「第一要寫得大家看得懂，第二反映時代與社會情狀，要力求正確」〔註89〕的作品，「我以爲文學作品是大眾的進行號，只要能吹起來，看見了大眾的進行，已是大可快慰的事了。我從沒有做過一次喇叭手，吹一次進行號的機會，這次的機會，可不能放過的。」〔註90〕據良友的廣告中說，這部小說是「從許多應徵文稿中最先也是最後被評判先生認爲值得獲獎的一部」，作者以江南農村爲寫作對象，描寫了「中國近代史上最亂的一個時間，用最親密的筆調，描寫了他們的眞面目」，小說以一個農村出身的青年柯大福爲整個故事的中心人物，敘寫了這一批人物困頓的生活和對革命漠然的態度以及農村破敗凋零的景象。左兵對這部小說構想宏大，不過因爲徵文條例的限制沒有完成，「我本打算從五卅寫到目前，以二十萬字描繪農村在內憂外患交相煎迫之中陷於破潰之形相，並傳出革命勢力相乘地在大眾心理蔓延生根。只因爲那點事情我太熟悉了，一閉下眼來，那點人物的活動，叫我這支筆左右逢源的寫不盡，所以寫了十四萬字模樣……」〔註91〕評委中蔡元培這樣評價這部作品，「敘崇明三和鎮農村凋敝狀況，劣紳剝削手段，及國民黨到江蘇、清共時代各方面反覆無常態度，均有舉一反三之妙。方言亦表出特性。」〔註92〕這一時期，《大公報》也曾舉行過文藝獎金，所以評論者在談及「良友文學獎金」時通常將與之比較。常風在 1937 年 7 月寫了一篇關於小說的書評，認爲是一部失敗的作品，十四五萬字幾乎「只留下個概念」，即「概念化」的失敗作品。的確，作者在構建小說的結構時，鋪展過寬，所涉及的次要人物著筆太多卻又沒有對情節發展有任何作用，即小說人物不夠凸顯，整個結構過於鬆散。相比之下，陳涉的《像樣的人》在刻畫人物方面要深刻的多，蔡元培評論此小說，「閱陳涉所著《像樣的人》，描寫鄉間劣紳貪鄙殘忍之行爲，極深刻。」〔註93〕小說同樣以南方農村爲其描述對象，小說脈絡清晰，結構緊湊，可算一部優秀之作。

〔註89〕 左兵《〈天下太平〉校後記》，柯靈編《中國現代文學序跋叢書》，海南人民出版社，1988 年，第 858 頁。

〔註90〕 左兵《〈天下太平〉題記》，柯靈編《中國現代文學序跋叢書》，海南人民出版社，1988 年，第 856 頁。

〔註91〕 常風《棄餘集》，新民印書館，1945 年，第 30 頁。

〔註92〕 蔡元培《蔡元培全集》第十七卷，浙江教育出版社，1998 年，第 55〜56 頁。

〔註93〕 蔡元培《蔡元培全集》第十七卷，浙江教育出版社，1998 年，第 52 頁。

三、「文協」抗戰長篇小說徵文

　　抗戰時期，「如何」記錄這樣一個特別的時代，如何產生偉大的作品成了各方討論的議題，1938 年成立的「中華全國文藝界抗敵協會」（文協）在組織各種文藝創作活動的同時也用徵文這種形式徵集優秀的文學作品。1939 年 9 月，「文協」在《抗戰文藝》發表徵文通告，同時在《文藝陣地》1939 年第 4 卷第 1 期也刊登徵文啟事，徵求優秀的長篇小說：

中華全國文藝界抗敵協會徵文通告

　　徵文十萬字以上創作小說，中選者一部由本會組織專門委員會評選決定。

　　題材限於：（一）前線的戰鬥情勢，或（二）淪陷區域的生活動態，或（三）後方生產建設的進展過程。

　　中選者受獎金一千元。

　　收稿期二十九年三月底截止，送交或郵寄重慶郵箱六三五號，外地寄稿以發件郵章日期為憑。

　　評選決定後，除專函通知中選者外，另再登報通告，可能時並舉行給獎儀式，期限至遲不能在明年五月一日以後。

說明：

　　一、此次徵文，為本會受貴陽中央日報社，宜昌武漢日報社之託，獎金由兩社捐出，但評選責任完全在本會。

　　二、中選作品，除獎金外，版權仍為作者所有，但貴陽中央日報社，宜昌武漢日報有優先發表權，另送發表費，每月月終付出。

　　三、評選決定發表時，貴陽中央日報，宜昌武漢日報同時連載，連載期限不得超過三個月以上，連載完畢後，作者即可用單行本發賣，但得在封面上，封面包紙上注明「中華全國文藝界抗敵協會選定作品」字樣，並得贈送本會及兩報社共一百部。

　　四、如中選者意外，另有優秀作品，本會當設法表彰，幫助作者出版。

　　五、投稿者須另紙寫明姓名，發表時用的筆名，可靠的通信處，作品題名，及簡單的寫作經過附在文稿前面同時寄來，不得把姓名寫在文稿任何部分上面，郵寄包紙上須注明「應徵小說」字樣。

六、文稿須繕寫清楚，並加標點符號。

七、戰時交通困難，後方也不免受突襲的危險，作者須另留底稿，郵寄時須掛號。

八、收到文稿後不發回信，但落選的作品當分別寄還作者。〔註94〕

徵文圍繞抗戰主題，希望更大範圍內徵求到優秀的反映時代的作品，一年之後，《新華日報》（1940 年 12 月 19 日）登載《文協鼓勵創作，選獎小說兩部》一文，宣佈徵文結果「全國文藝界抗敵協會，前受貴陽《中央日報》，宜昌《武漢日報》之託，徵求評選抗戰長篇小說，茲已評選完畢，計共收到原稿 19 部，無一部中選者，原稿已一律退回，獎金仍由貴陽《中央日報》保管。惟有三部被選列爲上等，除其中一部已早由作者出版外，其餘 S.M 之《南京》，陳瘦竹之《春雷》兩稿，由該會各贈四百元，以資鼓勵。」〔註95〕 S.M 即阿壟，《南京血祭》雖然獲了獎，但因故「據說是太眞實了」〔註96〕未能出版。《抗戰文藝》開始宣傳《春雷》這部小說：「本書是一首素描的抗戰史詩，是一幅古樸的木炭畫，去年曾得中華全國文藝界抗敵協會徵求長篇小說的獎金，是抗戰文藝中難得的傑作。書中故事是抗戰以來日常發生的故事，人物是抗戰以來日常見到的人物，然後作者卻將每個人物寫到了靈魂的深處，而故事的演出也是從現實生活中一步一步逐漸展開，讀了之後使我們落淚，然而更使我們興奮。」〔註97〕徵文發起者希望的小說是抗戰大背景之下的人物情態，《春雷》在人物刻畫方面是比較成功的，但在對抗戰的反映上，「小說比較大的缺點，是作者對於戰爭並沒有經驗，所以寫到了自衛軍的組織和行動，便不十分有把握。」〔註98〕

以上三個徵文活動都可以歸爲試圖創造文學經典的努力，首先，徵文對問題的要求是長篇小說，這並不是一種人人都可參與的文體寫作，徵文發起方希望從廣大人群中找到未被發現的作家、優秀的作品；其次，評判者都是當時著名的作家，一方面是爲了宣傳徵文的廣泛性，另一方面也是對徵得作品藝術價值的高標準。前兩項徵文本身的設想是做成長期的有獎徵文，但由

〔註94〕《文藝陣地》，1939 年第四卷第 1 期。
〔註95〕《新華日報》，1940 年 12 月 19 日。
〔註96〕綠原《南京血祭・序》，寧夏人民從出版社，2005 年。
〔註97〕《抗戰文藝》，第七卷 4〜5 期合刊廣告。
〔註98〕《春雷》，《中央週刊》，1942 年 5 月第 39 期。

於種種原因都沒有繼續下去。通過徵文結果我們看出，其實並沒有徵文舉辦方非常滿意的作品，所以前兩者的徵文活動第一名都是空缺的，似乎缺少「驚人發現」的效果，可以說，用徵文來創造文學經典的嘗試並沒有達到預期的效果，這就提醒我們思考，徵文這種面向大眾的文學生產活動是否可以真正創造文學經典。通過這三個徵文我們看到，首先徵文活動要充分考慮到文學本身的創作規律，這三種徵文都是徵求長篇小說，相比較其他題材，長篇小說是更耗費精力的文體，徵文希望在一年甚至更短的時間內創作出一篇十幾萬字而且還要符合徵文要求的小說，這對普通的文學愛好者或者創作者是比較困難的，所以能夠徵得比較滿意的作品已經算是成功的徵文了。因此可以說，真正的文學經典是一個作家生命的體現，它很難以「命題作文」的徵文形式被發掘出來，加之征文又不僅僅是單純的文學創作，它還涉及到商業、政治以及文學流派之間的微妙關係，一篇作品很難被客觀公正地對待，如良友徵文涉及到了商業的考慮，文協徵文中《南京血祭》又有政治的因素，所以這些作品因各種原因並沒有產生很重要的影響。因此，從這個意義上講，徵文這種文學生產方式是「反經典」化的。

第三章　抗戰時期的有獎徵文與文藝大眾化

　　二十世紀中國文學發展的關鍵字中，「文藝大眾化」是個不能繞開的詞語，從時間跨度上講關於這個問題的爭論探討一直持續存在，跨越了整個二十世紀中國文學的發展歷程，從對文學的影響上來看，每一次的討論都會讓我們更清晰地看到中國文學的走向以及發展性質。並且，「文藝大眾化」的論爭，不僅僅涉及文學本身的問題，更是和政治問題糾纏在一起，更多反映了當時整個社會對於文學的影響。文藝大眾化的緣起可以追溯到晚清時期小說的興起和白話文的提倡，梁啟超的「新民說」「小說界革命」是這項啟蒙性質的文藝大眾化最重要的體現，五期時期的提倡白話文，宣導「人的文學」「平民文學」也是文藝大眾化的典型特徵。到了二十世紀二十年代末期，「革命文學」的論爭又開啟了文藝大眾化的新階段，如何通過文學的大眾化使人民群眾走上革命的道路成了論爭的核心問題，之後知識分子就「文藝大眾化」問題圍繞《大眾文藝》《北斗》等雜誌展開了三次集中論爭。

　　「文藝大眾化」的基本完成可以說是在三四十年代，抗戰時期達到高潮，「完成」意味著它作為一項文化體制、文學言說策略有了標誌性的官方發言、文件和事實。就其歷史發展軌跡而言，不同的階段有不同的問題指向，如開始的啟蒙性質、發展過程中的革命性質以及後來的救亡意義。但其中有些問題卻一直處於未完成的狀態，甚至陷入到更複雜的理論糾葛。如，作為提倡文藝大眾化的知識分子，他們的身份問題，是啟蒙中的「導師」身份，還是深入大眾，用大眾的語言與他們達成一片，如此一來，知識分子的主體性又

在哪裏體現，大眾指的是誰？是學生青年還是工人階級普通勞動者？最重要的一點，文藝大眾化如何實踐？什麼樣的文學作品可以體現文藝大眾化，或者，怎麼樣讓大眾有機會有能力創作出他們自己的「文學」？這些問題在三四十年代的文藝界成了集中討論的問題，而在這樣的語境下，我們更可以看出「有獎徵文」活動的意義。

第一節　解放區文藝大眾化與集體寫作的發展

一、「文藝大眾化」問題的發展演變

縱觀整個中國現代文學的發展，我們可以說，文學的「大眾話語」呈現一個生成、發展、凸顯直至完成的過程，從晚清、五四知識分子自覺的啟蒙姿態啟發民眾到三四十年代的革命文學與官方話語的集體運作，大眾話語呈現不同的發展態勢。與其他文學思潮一樣，每一次關於大眾問題的討論都與社會關係、政治變革糾纏在一起。晚清開始，隨著甲午戰爭、戊戌變法的失敗，知識分子在反思國家命運的同時也把目光投注到了普通民眾身上，開始思考「新民」的意義，流亡日本的梁啟超發表了《十種德性相反相成義》、《國民十大元氣論》等文章，著重分析探討中國國民性問題，如指出國民性中的「怯懦」「愚昧」「乏獨立之德」「無自由之德」等等，既然國民性的弱點存在，但國家民族的未來又離不開普通民眾的參與，那麼「新民」、「啟蒙」的話語自然而然就產生了，知識分子作為導師的身份來啟發民眾，自此，「啟發民智」成為啟蒙思潮中的中心指向。文學也就隨即成為了啟發民智的重要工具，這其中最典型最重要的當屬梁啟超的「小說界革命」，關於晚清小說的興起與啟蒙民眾的關係研究著述頗豐，本書第一章也有涉及，在此不再贅述，總之，以梁啟超為代表的這一批晚清啟蒙知識分子將小說作為啟蒙民眾的工具，雖與政治功利性有很大的關係，但確實提升了小說的地位，拉近了小說與普通民眾的關係。

把文學作為啟蒙的工具是文學功能的轉變，而文學本身也面臨調整，首先是語言的變革，即文言與白話的革新。1897 年裘廷梁的《論白話為維新之本》一文，指出「白話為維新之本」「白話行而後實學興」〔註 1〕，只有用白

〔註 1〕裘廷梁《論白話為維新之本》，《蘇報》，1897 年 6 月 17 日。

話文取代文言文，普通民眾才有可能掌握獲取文化知識參與文學啓蒙的語言工具。在實踐層面則是出現了許多專門刊登白話文的報紙刊物，如《安徽俗話報》（陳獨秀主辦）、《京話日報》（彭翼中主辦）等等。這些報刊的主要讀者對象是普通民眾，「現在各種日報旬報，雖然出得不少，卻都是深文奧義，滿紙的之乎者也矣焉哉字眼，沒有多讀書的人，哪裏能夠看得懂呢？……所以各省做好事的人，可憐他們同鄉不能夠多多識字讀書的，難以學點學問，通些時事，就做些俗話報，給他們的同鄉親戚看看。」〔註2〕白話報紙期刊出現之後受到了廣泛歡迎，「擔夫走卒居然有坐階石讀報者」〔註3〕。一些粗略識字的人可以直接閱讀報刊，「而完全不識字的人則是通過別人的講報等口述形式間接接受。《大公報》就曾報導過一些粗識文字者挑選白話附刊中的簡易文章，高聲朗讀給不識字的人。」〔註4〕晚清白話報刊的發行受眾面廣，引起了晚清作家知識分子對於文學語言改革的重視，白話遂成為文學創作的工具。如果說晚清關於文學、小說、白話文言的討論還是在舊文學的範圍之內，那麼五四新文化運動中的知識分子以其激進的姿態，在對舊文學的批判中樹立自己的態度，從根本上否定了文言文，將白話文上升為文學表達的主要形式。普通民眾一方面成為了作家的表現對象，另一方面也成為現代文學的接受者，文學與普通民眾的關係開始正式成為廣泛討論的話題。正如胡風所言，「新文學運動一開始，就向著兩個中心問題冀中了它的目的。怎樣使作品的內容（它所表現的生活眞實）適合大眾底的生活欲求，是一個；怎樣使那表現內容的形式能夠容易地被大眾所接受──能夠容易地走進大眾裏面，是又一個。這是文學運動的基本內容，也是大眾化問題的基本內容。」〔註5〕

　　五四時期的「文學民眾化」是和其社會思潮密不可分的，尤其是「民主」「自由」「平等」等思想已經深入知識分子的思想之中。在知識分子的諸多言論中都可見對於這一問題或隱或顯的論述，但集中探討「文學民眾化」問題是源於俞平伯的《詩底進化的還原論》和朱自清的《民眾文學談》兩篇文章。「1921年10月，朱自清在上海的《時事新報》的『雙十增刊』上發表了《民

〔註2〕安徽俗話報《發刊詞》，《安徽俗話報》，1904年第1期。

〔註3〕《警鐘日報》，1904年11月7日。

〔註4〕李孝悌《清末的下層社會啓蒙運動（1901～1911）》，河北教育出版社，2001年，第25頁。

〔註5〕胡風《大眾化問題在今天──提付商討的綱要》，《胡風評論集》（中），人民文學出版社，1984年，第12頁。

眾文學談》一文，在比較全面地論述民眾文學的基礎上否定了文學走向全部民眾化的可能性。俞平伯不同意朱自清的觀點，發表了《與佩弦討論『民眾文學』》進行商榷。1922 年 1 月，《文學旬刊》開設了『民眾文學的討論』專欄，從而擴大了『文學民眾化』論爭的範圍。」〔註6〕這次論爭主要集中在三個問題上：民眾是指哪些人？文學能否走向民眾？文學怎樣走向民眾？

　　「文學民眾化」首先面對的問題是哪些人是民眾，文學要表達哪些人的生活？從知識分子開啓啟蒙話語之時，這就是他們一直考慮的問題，以《新青年》雜誌為例，前期《新青年》將對象鎖定在「青年人」身上，雜誌大量發表關於如何改造青年的文章，也有許多關於各地青年的調查報告，而 1919 年之後的《新青年》轉向「勞工神聖」，將注意力重點放在普通工人身上，認為他們才是社會的主要力量。「文學大眾化」論爭中，俞平伯首先提出了他關於「民眾」的分類，認為，「所謂民眾，實在包含著很廣大，從僅識字的，農人，工人，貴夫人們直到哪些自明文采風流的老先生。雖他們有些目空一切，未必肯承受我們所賜的高號，但我們卻認定他們是我們所謂民眾底一分子。」〔註7〕他一再強調，要救濟的不是「生計上的窮人」，而是「知識上的窮人」，所以說，俞平伯的分類不是以階層為標準，朱自清對此卻以為需要有一個統一的階級標準，他提出「我們所謂民眾，大約有這三類：一，鄉產間的農夫，農婦……二，城市裏的公認，店夥，傭僕，婦女，以及兵士等……三，高等小學高年級學生和中等學校學生、商店或公司底辦事人、其他各機關的低級辦事人、半通的文人和婦女。」〔註8〕朱自清的說法代表論爭中大多數人的觀點，也比較符合當時中國的社會情況。雖然對於「民眾」有了相對統一的認識，但是對於文學能否民眾化，參與討論的人卻爭論不休，這種態度其實持續在整個現代文學過程中，每當知識分子認為文學可以民眾化、可以寫普通大眾、普通大眾可以參與寫作時，他們內心深處的精英意識總是提醒他們文學和民眾到底可不可以融合，這種矛盾的最終解決還需政治力量的參與，當然，這是實踐層面的解決，知識分子的矛盾態度卻始終存在。

〔註6〕郭國昌《二十世紀中國文學的大眾化之爭》，百花洲文藝出版社，2006 年，第31 頁。

〔註7〕俞平伯《民眾文學的討論》，《時事新報·文學旬刊》1922 年第 26 期。

〔註8〕朱自清《民眾文學的討論》，《朱自清全集》（第四卷），江蘇教育出版社，1996 年，第 37～38 頁。

　　文學民眾化論爭中，朱自清認為文學可以民眾化，只是要創作屬於民眾的文學，他重新界定民眾文學的概念：「民眾文學有兩種解釋：一是民眾化的文學，以民眾的生活理想為中性，用了誰都能懂得的方法表現。凡稱文學，都該如此；民眾化外，便無文學了。二是為民眾的文學，性質也和第一種相同；但不必將文學全部民眾化了，只須在原有文學外，按照民眾底需要再行添置一種便好。」〔註9〕也就說是，表現民眾生活的文學並不一定是民眾文學，因為文學必須有這方面的抒寫，而真正的民眾文學是「為民眾」創造的文學，按照他們的標準、他們可以閱讀和理解的標準創作的文學樣式。朱自清在這裡其實是將「文學」與「民眾文學」並列而論，根據讀者身份和審美趣味區分了兩種不同的文學，即適合於少數人的「高雅文學」與適合於民眾的「民眾文學」，兩者之間並無調和之必要，並行發展即可。針對這一問題俞平伯則試圖在這兩者之間找到結合點，他以詩歌發展為例，指出詩歌發源於歌謠，而歌謠就是從民眾中而來，只是後來詩歌才貴族化，因此，新文學作家要做的就是要讓低俗的民眾歌謠和高雅的文人詩歌相融合，「從胡適之先生主張用白話來做是，已實行了還原第一步；現在及將來的詩人們，如能推翻詩底帝國，恢復詩底共和國，這便是更進一步的還原了。」〔註10〕他還進一步強調「藝術本來是平民的」，全部文學都要平民化。當然，在文學民眾化思潮中，影響比較大的是周作人的《平民文學》，他側重區分的是貴族文學與平民文學在精神上的「真摯與否，普遍與否」。雖然周作人主張文學的「平民的精神」，但他更進一步強調文學自身的審美趣味以及獨立價值，因此他提出「平民的貴族化」這一說法，「文學家雖然希望民眾能瞭解自己的藝術，卻不必強將自己的藝術去遷就民眾；因為據我的意見，文藝本身是著者感情生活的表現，感人乃其自然的效用，現在倘若捨己從人，去求大多數的瞭解，結果最好也只是『通俗文學』的標本。不是他真的自己的表現了。」〔註11〕從這段話中我們看出周作人其實對文學民眾化是持懷疑態度的，藝術家沒有必要去遷就民眾，仍然要堅持自己的藝術感覺。

　　理論探討是一方面，他們還從實踐層面提出了文學民眾化如何操作，其實早在20年代初，知識分子就提出過「民眾戲劇」的討論，也創立了「民眾

〔註9〕 朱自清《民眾文學談》，《朱自清全集》（第四卷），江蘇教育出版社，第25頁。
〔註10〕 俞平伯《詩底進化的還原論》，《詩》，1922年第一卷第一號。
〔註11〕 周作人《詩的效用》，《自己的園地》，河北教育出版社，2002年，第20頁。

戲劇社」，但是其活動範圍仍然是知識分子內部的商討和實踐，並沒有實踐民眾的參與，而他們所招收的團員大多是學生，整體範圍並不廣泛。到文學民眾化的爭論中，各方都提出了實現文學民眾化的具體手段，如俞平伯提出怎樣才能創作出符合民眾要求的文學，「(一) 不可開門見山，不可截然有止；正面說，就是有頭有尾。(二) 不可用術語及外來語，去完成他們心目中的文從字順。(三) 不可蘊藉含蓄；因爲他們底神經有些麻木，不容易感受和平的刺激。(四) 不可用教訓話頭。我們只要用深刻的寫實手段，使他們不自覺地來受教，已足夠了。」〔註 12〕俞平伯著重點在於民眾文學要通俗、直白並且趣味性強。在語言上要直白，要用「白話」，甚至可以使用方言，這樣方可眞實再現民眾的現實生活。朱自清也強調作家要體貼民眾，但同時要保持作家自己的獨特個性。在實踐層面，朱自清提出了「蒐集與創作」兩種方法。蒐集民眾讀物，然後將其進行修改，「取他們舊有的材料，舊有的形式而爲之改作，乘機賦以新的靈魂。」〔註 13〕不僅如此，他們還認識到，「要有些人能演，能說，能唱，肯演，肯說，肯唱，才能完成我們的民眾文學運動。」〔註 14〕所以說，文學民眾化不僅僅是文學本身的問題，更多的是社會問題，是一項結合了經濟、政治、文化的綜合性運動，通過社會制度的改造，才有可能讓普通民眾和文學眞正聯繫在一起。文學民眾化需要提高民眾的整體素質、需要改變作家高高在上的姿態，還需要用嚴肅文學對民眾加以引導，是一項複雜的文學運動。

雖然五四知識分子的探討與實際操作還有很大的距離，但是文學與民眾已被納入重點討論的範圍，民眾與文學究竟該如何放置，也還在等待更恰當的時機和社會條件。晚清和五四對這一問題的探討可以看作是文學大眾化的第一個階段。如果說晚清的討論更多是政治意義，那麼五四則更看重文學的思想意義。晚清更多的是從民族危機的出發點探討「新民」以及文學作爲啓蒙的手段，而五四文學大眾化的討論社會基礎更加充分，五四新文化運動在思想和社會現實上改變了中國社會固有的階層，用「自由、民主、科學」的思想來審視文學，決心用文學改變整個民族的精神狀態，建立文學與普通大

〔註12〕俞平伯《民眾文學的討論》，《時事新報・文學旬刊》，1922 年第 26 期。
〔註13〕葉聖陶《民眾文學的討論》，《時事新報・文學旬刊》，1922 年第 27 期。
〔註14〕朱自清《民眾文學的討論》，《朱自清全集》(第四卷)，江蘇教育出版社，1996 年，第 43 頁。

眾之間新的關聯式結構。晚清時期，下層民眾雖然受到了廣泛關注，但仍被認爲是「引車賣漿之徒」，白話文雖然得到提倡，但仍受到輕視，到了五四，知識分子主動提出要成爲民眾之中的一員，用民眾的視角去體驗他的生活，用民眾的語言來表達。可以說，五四在晚清文藝大眾化的基礎上更進一步。而直到 20 世紀 20 年代末 30 年代初的「革命文學論爭」，這一問題又從不同的深度和廣度上被再次討論。

　　一個詞語一個概念的變化，往往是背後思想動態的改變，而 30 年代由「文學民眾化」到「文學大眾化」的名稱變化很好的說明了這一點。革命文學論爭期間，從「民眾」到「大眾」的轉換恰好表現了這一時期文學走向民眾的政治意識形態特徵和階級屬性。社會思潮的變動是這一時期文學思潮發展的直接推動力，正如曹聚仁總結所言，「我們在三十年後，回看這一歷程（指文學大眾化），有著思想革命的痕跡，也有著社會革命、政治革命的痕跡；彼此之間，相互影響，而薈集在政治社會革命這一主要浪潮上。因此，新文學運動的紀程碑，也和 1927 年國民革命的政治運動有了關聯。」〔註15〕1927 年大革命失敗之後，創造社、太陽社等文學社團的成員齊聚上海，醞釀推出「革命文學」的口號，並與五四作家魯迅、周作人、茅盾、郁達夫等展開了論爭。「革命文學」提倡者就文學大眾化問題提出了不同於五四文學革命時期對文學、文學的功能、文學的階級性的認識。他們首先要解決的問題是，革命文學到底是什麼。李初梨在《怎樣地建設革命文學》中指出，「革命文學……應當而且必然地是無產階級文學……無產階級文學是：爲完成他主體階級的歷史的使命，不是以觀照的──表現的態度，而以無產階級的階級意識，產生出來的一種鬥爭的文學。」〔註16〕這段話表現了革命文學的性質、創作主體以及文學的階級性三個問題。早在革命文學論爭之前，「無產階級文學」的探索已經被提及，一些早期的馬克思主義者如鄧中夏、惲代英、蕭楚女等在基於對五四新文學的批評基礎上，提出要建立無產階級的文學，而茅盾的《論無產階級藝術》則明確指出，要「拋棄了溫和型的『民眾藝術』這名兒，而換了一個頭角崢嶸，鬚眉畢露的名兒──這便是所謂『無產階級藝術』。」〔註17〕錢杏邨甚至指出「阿 Q 的時代已經死去」「要迎接無產階級文學時代的到

〔註15〕曹聚仁《文壇五十年》，東方出版社，1997 年，第 207 頁。
〔註16〕李初梨《怎樣地建設革命文學》，《文化批判》，1928 年第一卷第 2 期。
〔註17〕茅盾《論無產階級藝術》，《文學週報》，1925 年第 172 期。

來」〔註18〕。這些表述無疑表明了無產階級文學已在革命時代被證明了它存在的合法性，文學在這裡成爲無產階級完成它的歷史使命的工具，文學的功能被定義在參與政治實踐的工具性層面上。作爲革命中的主要力量無產階級，文學作爲其意識形態的表徵，必須成爲他們解放事業的宣傳工具，那麼，知識分子必須讓位於無產階級，不管是文學的表現內容，還是作爲創作主體。

既然無產階級的合法性已經確立，而文學又有這樣的功能，那麼要求文學與普通大眾相結合就是自然而然的邏輯推論。因此，在文學的創作上，革命文學要求「作者的意德沃羅基的修養及用語的接近大眾……作家要以藝術底力量來啟示讀者大眾，使一般意義退後及低下底大眾，向著革命的途徑前行。」〔註19〕總體觀察這一時期文學大眾化的文學作品，比較典型的是「革命＋戀愛」形式的小說，如蔣光慈的《野祭》，洪靈菲的《流亡》，再有就是描寫工農武裝鬥爭的作品，如蔣光慈的《短褲黨》，陽翰生的《暗夜》等。儘管這些小說在當時引起了一定的反響，但是茅盾認爲還是沒有達到文學大眾化的要求，「『新文藝』沒有廣大的群眾基礎做地盤，所以六七年來不能長成爲推動社會的勢力。現在的『革命文藝』則地盤更小，只成爲一部分青年學生的讀物，離群眾更遠。」〔註20〕不可否認的是，儘管這些作品對革命文學做了有益的探索，但仍存在概念化、公式化的問題，所有參加文學大眾化問題論爭的人在理論探討上似乎有了明確的概念和框架，但是具體到文學作品始終認爲沒有產生眞正的藝術性強而又讓老百姓喜聞樂見的作品。所以林伯修在1929年再次用明確的「普羅文學底大眾化」的概念來強調這一點，指出「普羅文學的大眾化，就要不僅在文字上力求淺顯易懂，而且要把握普羅的『意識』，用他們的意識去觀察和記錄這個世界。」〔註21〕之後，左翼文學界就文學大眾化的寫作問題又展開了討論，如，錢杏邨的《中國新興文學中的幾個具體問題》，幹釜的《關於普羅文學之形式的對話》，潘漢年的《文藝通信》，爲了解決文學大眾化創作中存在的問題，他們指出，「要打破神秘的象徵的歐化的筆致」，要採用短小的大眾容易理解的故事體裁。這在以後的文學大眾化發展過程中得到了突出表現。

〔註18〕錢杏邨《死去了的阿Q時代》，《太陽月刊》，1928年第三期。

〔註19〕沈起予《藝術運動底根本概念》，《創造月刊》，1928年第二卷第3期。

〔註20〕茅盾《從牯嶺到東京》，《小說月報》，1928年第十九卷第10號。

〔註21〕林伯修《一九二九年急待解決的幾個關於文藝的問題》，《海風週報》，1929年第12期。

綜合考察這一時期的文學大眾化，這一思潮的發起動因是政治運動的推動，而論爭中對於文學、文學功能的認識都是建立在政治目的的基礎之上，雖然論爭還是在知識分子內部進行，但政治的因素越來越多，至於文學大眾化的真正實現，魯迅先生則指出「多作或一程度的大眾化的文藝，也固然是現今的急務。若是大規模的設施，就必須政治之力的幫助，一條腿是走不成路的，許多動聽的話，不過文人的聊以自慰罷了。」〔註22〕知識分子討論的再激烈，但最終的實現還是要靠政治力量來助推。梳理文學大眾化的發展演變讓我們更清晰地看到這一文學思潮是如何發生且進一步明確化、政治化，至於這其中對文學認識的深淺，以及對文學本身發展的阻礙還是新的探索，不可能用簡單的對錯來衡量。它對文學在這樣的社會環境下如何發展，如何放置做了各種嘗試，知識分子的這種焦慮，對寫作的焦慮，對文學與大眾的關係的矛盾探討可以讓我們進一步看清文學發展的脈絡。

二、抗戰時期文藝大眾化的新問題

繼革命文學論爭之後，30 年代初期，「左聯」先後進行了三次關於文藝大眾化的討論，1930 年 2 月至 5 月，以《大眾文藝》雜誌為中心，徵求稿件，討論舊形式與新形式的運用以及文藝通俗化問題，1932 年，以《北斗》雜誌為中心徵文，就大眾文藝的語言形式、創作方法藝術價值等問題進行了討論，1934 年又圍繞文學拉丁化和大眾語言問題進行了第三次討論。這些討論進一步深化了文藝大眾化的問題，不過直到抗日戰爭爆發之後，文學大眾化才進入了一個嶄新的階段，抗戰時期關於「民族形式」的論爭使得文藝大眾化規範化和系統化，毛澤東《論新階段》以及《在延安文藝座談會上的講話》也使文藝大眾化進入一體化的階段，而之後關於文學大眾化的探討幾乎都是以詮釋毛澤東的講話為出發點的。經過政策的規定，作家寫什麼，怎麼寫，以及採用何種形式創作都得到了細緻規定，文藝大眾化政策和實踐中得到全方位的貫徹。

1938 年，中華全國文藝界抗敵協會在其會刊《抗戰文藝》的「發刊詞」中指出，抗戰時期，「我們要把整個的文藝運動，作為文藝大眾化的運動，使

〔註22〕魯迅《文藝的大眾化》，《魯迅全集》（第七卷），人民文學出版社，1981 年，第 350 頁。

文藝的影響突破過去的狹窄的智識分子的圈子,深入於廣大的抗戰中去。」〔註
23〕可以看出,文藝大眾化成了抗戰時期文藝的總原則,以群甚至強調,這個
時期,「文藝大眾化並不是一項特殊的工作,文藝沒有大眾與非大眾之分」〔註
24〕說到文藝,必須是大眾的。解放區的文藝大眾化討論是以文學的「民族形
式」論爭展開的。1938 年 11 月,《解放週刊》發表了毛澤東的《論新階段》
一文,文中提及「洋八股必須廢除,空洞抽象的調頭必須少唱,教條主義必
須休息,而代之以新鮮活潑的、爲老百姓喜聞樂見的中國作風和中國氣派。」
〔註 25〕之後,針對「中國作風和中國氣派」展開了文學「民族形式」的論爭,
文學的「民族形式」到底指的是什麼?究竟什麼可以代表中國作風和中國氣
派,不難看出,這其實是有著政治的指向,那就是在爭奪政權話語權的過程
中,誰代表著「中國」,只是這種指向通過文學論爭的方式體現出來,更加隱
晦也更加明確地表到了文學與政治的關係。有的討論者如蕭三、柯仲平以五
四新文學革命以來的新文學爲否定的對象,認爲所謂的「民族」形式,其實
就是指民間的爲老百姓理解和明白的舊形式,這些舊形式才可以體現民族的
氣派,因爲這是由固定的經濟、地理特徵和文化傳統造就的。具體形式比如
民間的唱本、彈詞、大鼓詞、民間劇團等等。也有參與討論的如孫犁、何其
芳等認爲民族形式不應否定五四新文學,而應做到新文學與民間形式的融
合。這些討論各持己見,並沒有對民族形式達成一致的意見。直到 1942 年 5
月,毛澤東《在延安文藝座談會上的講話》發表,文藝大眾化的討論進入了
第二個階段。毛澤東明確指出,文學大眾化「就是我們的文藝工作者的思想
感情和工農兵大眾的思想感情打成一片。」〔註 26〕文藝大眾化開始作爲一項
文藝政策被確定下來,由此,中共開始陸續制定各項文藝政策,發動群眾參
與文學運動,如《中央宣傳部關於執行黨的文藝政策的決定》(《解放日報》
1943 年 11 月 8 日),《中共中央晉察冀分局關於阜平高街村劇團創作的〈窮人
樂〉的決定》(《晉察冀日報》1945 年 2 月 25 日),《冀魯豫區黨委宣傳部關於
春節文化娛樂工作的指示》(《冀魯豫文學史料》)。同時,不少文藝工作者、

〔註23〕 《抗戰文藝》,1938 年第一卷第 1 期。
〔註24〕 以群《關於抗戰文藝的活動》,《文藝陣地》,1938 年第一卷第 2 期。
〔註25〕 毛澤東《中國共產黨在民族戰爭中的地位》,《毛澤東選集》(第二卷),人民
出版社,1991 年,第 534 頁。
〔註26〕 毛澤東《在延安文藝座談會上的講話》,《毛澤東選集》(第三卷),人民出版
社,1991 年,第 81 頁。

作家也對中共的文藝政策進行了適時解讀，文學創作作爲一項運動被熱烈地展開，而「徵文」這種面向大眾的方式很好地解決了文學作品的來源問題，可以說，文學怎麼寫，寫什麼，讓哪些人來寫，寫了讓哪些人來閱讀這一生產、流通、消費的過程被規定了下來。

　　中共文藝政策希望更多的民眾參與到文學運動中來，解放區各個地區的文藝協會、宣傳部、文藝部通過徵文來調動群眾的創作積極性，他們希望在群眾中發現作家，收集文學作品，因此文學創作者主要包括工農群眾，還有一部分來自國統區的「小資產階級」，按照毛澤東講話中的要求，作家的思想感情要與工農兵群眾相通，所以作家在目前以工農兵爲文學創作主體和接受主體的情況下，要自覺轉變自己的立場和階級感情，轉換的方法是「向工農大眾學習，學習他們的語言，學習他們的勞動觀念，學習他們的鬥爭精神，就必須按照工農大眾的面貌來改造自己。」〔註 27〕甚而，要讓工農大眾來當作家的文學顧問，文學創作的過程變成了：從民間聽取素材──傾聽工農大眾的講述──根據大眾的意見寫作──完成之後念給工農大眾聽──若民眾不懂則根據其意見修改──群眾滿意後定稿。以此觀察，這已經不是嚴格意義上的文學創作，而作家的創作也失去了獨立性和自主性，作家如何寫，如何感受完全成了程序化的操作，且還要聽取文化程度較低、缺乏文學修養的工農大眾的意見，「作家的職能也不再是創造者和宣導者，而是一種人力手段。它記錄群眾的經驗，然後再回饋給他們。由於在文學作品的創作過程中群眾的參與受到鼓勵，寫下的文本將變得不純，因爲不斷的修改成爲常規，卻又不允許獨出心裁。尤其是，意識形態和大眾化的要求，使個人獨到的觀點──既作爲作者品格的拓展，又作爲一種藝術特色──幾乎完全無法表現。」〔註 28〕

　　因此文學的基本體裁，經過融合和改造的民間形式成了主要方式，如周揚所言「現在已經不再是簡單地『利用舊形式』了，而是對民間形式表示真正的尊重，認真的學習，並且開始對它加以科學的改造，從這基礎上創造新的民族形式出來。」〔註 29〕這些舊形式、民族形式的討論不拘一格，而最終

〔註 27〕林默涵《略論文藝大眾化》，《大眾文藝叢刊》，1948 年第 2 期。

〔註 28〕【美】李歐梵《文學潮流──走向革命之路》，【美】費正清主編《劍橋中華民國史》（下卷），上海人民出版社，1992 年，第 674 頁。

〔註 29〕周揚《談文藝問題》，《周揚文集》（第一卷），人民文學出版社，1984 年，第503 頁。

的落腳點放在了秧歌劇和街頭詩上面，這是解放區文藝大眾化最主要的文學創作方式。「在群眾中，秧歌成了極廣泛的多樣形式：有的是歌，有的是歌舞，有的是小歌劇，有的是無歌的劇，但又不同於話劇，還有的是活報。」〔註30〕「秧歌劇是一種熔戲劇、音樂、舞蹈於一爐的綜合的藝術形式，它是一種新型的廣場歌舞劇。秧歌劇是一種群眾的戲劇，它必須以廣場爲主，就是說它在廣場中央演出，如同一座圓形的舞臺，四面向著觀眾，演出的簡便和觀眾的接觸又是最直接最親密的。」〔註31〕這種直觀的文學表達方式使得文藝普及面非常廣，就算是文化程度很低的工農兵也都可以明白和接受。至於街頭詩，更是廣泛推廣，在「講話」之前已經在解放區廣爲流傳，不少作家認爲新文學運動中的詩歌離大眾太遠，而現在的街頭詩才眞正來源於鮮活的民間，才可以有不竭的創作源泉。這種詩歌形式，比民謠創作自由，比詩歌簡短，非常受工農大眾歡迎，引起了創作高潮。而各種類型的徵文活動傾向於徵求這種秧歌劇和短詩，更加促進了創作。至於語言，則是廣泛採用口語方言，力求通俗易懂。

　　縱觀整個 20 世紀文學的發展，「文學運動每推進一段，大眾化問題就必定被提出一次。這表現了什麼呢？這表現了文學運動始終不能不在這個問題上面努力，這更表現了文學運動始終在這個問題裏面苦悶。特別因爲日本帝國主義者底壓迫侵略，一天天地加進，厲害，文學底教育的功能更強烈地被讀者要求，更敏感地被作家自己感到，這苦悶就來得更深更廣。文學上的許多努力因爲不能找出這個問題底活的聯繫，有時候甚至於現出了慌張失措的情形。」〔註32〕胡風這段話說出了文藝大眾化的幾個重要問題，尤其是對於抗戰時期的文藝運動，由於抗戰的推動，文學大眾化適時完成了大眾話語理論的構建，這其中政治的因素是主要促成因素，卻給文學帶來了巨大的改變，什麼是文學，什麼是文學創作，作家的立場和姿態在這個時期都有其特定的內涵。一方面，中共的政治運動和策略構建了文藝運動的格局和方針，使得文藝文學喪失了其獨立性和自主性，另一方面，作家對自我的規約也是矛盾

〔註30〕張庚《解放區的戲劇》，胡采主編《中國解放區文學書系・文學運動・理論編》，重慶出版社，1992 年，第 1220 頁。

〔註31〕周揚《表現新的群眾的時代》，《周揚文集》（第一卷），人民文學出版社，1984年，第 442 頁。

〔註32〕胡風《大眾化問題在今天──提付商討的綱要》，《胡風評論集》（中），人民文學出版社，1984 年，第 13 頁。

複雜的，雖然許多作家參與了這場文學的建構，適時解讀了中共的文藝政策，但是，他們是否真正認同這種文學的表現樣式，是否要徹底改造自己的思想，要將文學的標準下滑至普通大眾的認同，這些不能用簡單的是非來回答的問題充分說明了作家、知識分子也在思考在抗戰這樣民族存亡的大背景下，文學將怎樣找到自己的位置。只是這種思考在文藝大眾化的浪潮中已然不是重點。文藝大眾化的推廣和最終成功實踐可以說是以喪失個人為代價的，在這種運動中，我們可以說創作豐富，作品數量眾多，湧現出了一批無名的文學創作者，但是至於是誰這都不重要，重要的是追求一種集體的創作，集體的文學繁榮。

三、個人的隱退：集體寫作與徵文

　　文藝大眾化要達到的目的是使文藝不僅僅是作家、知識分子的專利，更多的是成為大眾參與社會、參與文學創作的主體。在抗戰時期的眾多文藝政策和徵文活動中，一方面寄希望通過這樣的方式從民眾中發現作家發現人才，只是效果並不顯著，另一方面則是不求個人的突出，只追求參與的廣泛，或者是眾多的參與者集體創作一類或一種文學即可，這種集體出智慧、集體的力量是不斷被強化的。「集體創作是與個人創作相對而言的寫作方式，是一種以組織化、群眾化和民主化面目出現的寫作方式，它雖然還保留了個人創作的痕跡，但在根本上是以抹煞個人主體意識為標記，因而它在本質上不只是一種群體性文藝生產方式，更是一種意識形態化寫作方式。」〔註33〕「集體寫作」是抗戰時期出現的典型的文學創作模式，從宏觀上講，以延安文藝為代表的解放區文學其實就是一種具有集體化想像邏輯的「文學大生產運動」，一系列的文藝運動就是這種邏輯的表徵，如街頭詩運動、戲劇運動、群眾寫作運動、新秧歌運動等等，而具體區分，集體寫作可分為兩種，一種是一部文學作品由多人完成，並且在寫作的過程中廣泛徵求意見，不斷修改，最終成型，比較有代表性的如話劇《血祭上海》、《保衛盧溝橋》、《白毛女》、《為誰犧牲》等；另一種就是徵文性質的集體寫作，以參與者多、稿源豐富為其最重要的特徵，且最終編纂成書籍或叢書。

〔註33〕袁盛勇《延安時期的集體創作——作為一種意識形態化寫作方式的誕生》，《中山大學學報》，2005 年第 3 期，第 52 頁。

以徵文為表現形式的集體寫作，最早出現在 1936 年的《紅色中華》雜誌，雜誌宣導「給家鄉寫一封信」，內容如下「號召，號召，號召：朋友們，你們要寫信到白區約你們的朋友嗎？為了擴大抗日反賣國賊的運動，消除白區群眾對蘇區紅軍的誤解，促進蘇區和白區群眾抗日反賣國賊的團結，本報特號召凡在白區有親戚朋友的同志，都至少寫一封信給他們，信內除寫自己的事情外，要多寫黨與蘇維埃的抗日討賣國賊的主張與蘇區的情形（紅軍勝利、政治制度、生活狀況、經濟建設等）給白區的親戚朋友知道⋯⋯」〔註34〕從嚴格意義上講，這並非真正的文藝徵文，但其已規定了徵文的內容、要求，可算作集體型文藝創作徵文的發端，並且不難看出這其中的政治意圖，號召大家將蘇區的狀況告知給白區的家人朋友，造成政治上的優勢。幾乎與此同時，1936 年 8 月 5 日，毛澤東、楊尚昆給各部隊和參加長征的同志發出電函徵稿，擬編輯出版《長征記》一書，電函指出：「現有極好機會，在全國和外國舉行擴大紅軍影響的宣傳，募捐抗日經費，必須出版關於長征記載。為此，特發起編製一部集體作品。望各首長並動員與組織師團幹部，就自己在長征中所經歷的戰鬥、民情風俗、奇聞軼事，寫成許多片段，於九月五日以前匯交總政治部。事關重要，切勿忽視。」〔註35〕並一再強調「現因進行國際宣傳，及在國際國內進行大規模的募捐活動，需要出版《長征記》，所以特發集體創作，個人就自己所經歷的戰鬥、行軍、地方及部隊的工作，擇其精彩有趣的寫上若干片段。文字只求清通達意，不求鑽研深奧，寫上一段即是為紅軍做了募捐宣傳，為紅軍擴大了政治影響。來函請於九月五日以前寄到總政治部。備有薄酬聊表謝意。」〔註36〕

徵文的意圖很明顯，一是為了進行國際國內的宣傳，擴大紅軍的影響，二是為了給紅軍抗日籌集資金。據參與者回憶，徵文結集出版後打算由斯諾帶出國印售，擴大影響，用來募捐。徵文設立了《長征記》編輯委員會成員，其中有丁玲、徐特立、成仿吾、徐夢秋。「從八月開始徵稿，到了十月底收到的稿子有二百篇以上，以字數計，約五十餘萬言。寫稿者有三分之一是素來從事文化工作的，其餘是『桓桓武夫』和從紅角、壁報上學會寫字作文的戰士。」〔註37〕從這段話判斷，組織者非常欣慰參與者的廣泛，有絕大部分作

〔註34〕《紅色中華》，1936 年 2 月 16 日。

〔註35〕毛澤東《毛澤東新聞工作文選》，新華出版社，1983 年，第 37 頁。

〔註36〕毛澤東《毛澤東新聞工作文選》，新華出版社，1983 年，第 37～38 頁。

〔註37〕丁玲《關於編輯的經過》，艾克恩編，《延安文藝運動紀盛》，文化藝術出版社，1987 年，第 15 頁。

者都是來自普通大眾，「他們粗糙質樸地寫出他們的偉大生活、偉大現實和世界之謎的神話，這裡粗糙質樸不但是可愛，而且必然是可貴。」〔註38〕丁玲對這項工作保持了高度的熱情，「它會使我感動，我對這些偉大的事蹟驚奇，我越看它越覺得自己生活經驗不夠。」〔註39〕她被稿源的豐富所震撼，「從東南西北，幾百里、一千里路外，一些用蠟光洋紙寫的，用粗紙寫的，躺到了編輯者的桌上。」〔註40〕總結這部書時她說，「這部破世界紀錄的偉大史詩，終於在數十個十年來玩著槍桿子的人們寫出來了，這是要使帝國主義的代言人失驚的，同時也是給了他一個刻骨的嘲弄。」〔註41〕

　　除此之外，比較大型的同主題集體創作如「中國的一日」、「蘇區的一日」、「五月的延安」、「晉察冀一日」、「偉大的一年間」、「偉大的兩年間」、「冀中一日」、「邊區抗戰一日」等。這些徵文大多都結集出版，影響深遠。徵文本身已經有了價值立場和判斷，大眾通過徵文主題的引導性，用看似客觀的筆觸描寫自己的生活，實則已經被帶入到預設的情境中。這些集體創作不僅有宣傳功能，也有教育功能，大眾通過選擇、寫作、觀察其他人的寫作來審視自己的生活狀況，將個人的行為主動加入到徵文發起者所規定的集體生活中，同時，也讓大眾更加明確「蘇區」「延安」「中國」「冀中」的指涉意義，喚醒他們的集體意識。

　　另外一種徵文形式就是在報紙上專門設立欄目，如1942年9月27日，《解放日報》特地闢出「街頭詩」專欄，並請詩人艾青為其欄目寫了《展開街頭詩運動》，文中，詩人以激情、跳躍的詩一般的語言熱情讚頌街頭詩：「勞動者是文化的創造人，革命的目的之一，就是要把文化從特權階級奪回來，交還給勞動者，使它永遠為勞動者所有。把詩送到街頭，使詩成為新的社會的每個成員的日常需要。假如大眾不需要詩，詩是沒有前途的。讓老百姓在壁報上看見他們所瞭解的話，看見他們所知道的事情，讓老百姓歡喜詩。讓老百姓從壁報上讀到自己的名字。詩原是屬於他們的，一切藝術原是從勞動開始而又屬於勞動的……讓詩站在街頭，站在公營銀行和食堂中間。讓詩和老

〔註38〕丁玲《關於編輯的經過》，艾克恩編《延安文藝運動紀盛》，文化藝術出版社，1987年，第15頁。
〔註39〕丁玲《文藝在蘇區》，《解放》，1937年4月15日，第一卷第3期。
〔註40〕丁玲《文藝在蘇區》，《解放》，1937年4月15日，第一卷第3期。
〔註41〕丁玲《關於編輯的經過》，艾克恩編《延安文藝運動紀盛》，文化藝術出版社，1987年，第15頁。

百姓發生關係──像銀行和食堂同老百姓發生關係一樣。」〔註 42〕《新華日報》《解放日報》也有文藝專欄，專門刊登內容生動有趣、與老百姓生活密切相關的文章。這些欄目的開闢以及作家的撰文宣傳，為文藝的普及造勢、也使得徵文最大範圍宣傳這種文藝思想，為寫作者提供更多更廣的寫作平臺。

我們可以這樣認識徵文型的集體寫作，首先，其徵文主題非常簡單，「長征記」「中國的一日」「五月的延安」，從題目可看出，對寫作內容要求非常寬泛，長征中的任何故事、生活中的一天、在延安的生活，門檻很低，標準非常好把握，這對於普通大眾來說寫作起來相對容易，只是需要「真實記錄」即可，這使得參與者極其廣泛；其次，徵文活動追求的是影響，是數量，在編輯以及後來編纂者、研究者的口中，這些徵文活動最令人震撼的是稿件的數量之多，動輒幾十萬字、來稿幾百篇，大城市、邊緣小鎮、貧窮的農村都有人參與，甚至可以說它的意義不在於寫什麼和怎麼寫，關鍵是有人來寫和什麼人來寫；再次，它帶有強烈的意識形態話語，我們看徵文的發起者，除「中國的一日」是鄒韜奮、茅盾作為組織者，其他的幾個大型徵文，如《長征記》是毛澤東親自規定內容、設計徵文，「五月的延安」是邊區政治部組織部影響下的文協發起，蘇區的一日同樣是文協發起，「偉大的一年間」是中共冀中區六地委發起，「偉大的兩年間」是中共冀中區七地委推動組織，而「冀中一日」則是由冀中區軍政委負責。所以說，解放區的文藝創作、文學表達都是在黨政機關的領導和規定下進行的，作家則根據這些指示和規定來編輯選擇合格的稿件。

一部文藝作品有作者、作品、讀者三個結構流程，但是在這些徵文中，作者和讀者有一部分是重合的，寫作的是普通大眾，而編輯出版之後，徵文發起者希望閱讀者也是大眾，這可以使得大眾感受到集體的力量，感受到自己是集體中的一員，個人被納入到了整個抗戰、整個中共領導下的文藝創作浪潮中，同時，作為被定性為「小資產階級」的作家和知識分子閱讀這些叢書之後，可以更好地感受到普通勞苦大眾的生活，從感情上、理性認識上改變自己的寫作。在這裡，徵文中，「作者」的獨立個性被弱化，「我」的敘事角度被忽略，「我」的感受和生活要融入到整個集體「我們」的生活中，這樣才獲得認同感，我們的延安、我們的中國、我們的冀中、我們的蘇區，「『我們』代表的不僅是一種集體的，多數的力量，更是真理、

〔註 42〕馬以鑫《中國現代文學接受史》，華東師範大學出版社，1988 年，第 288 頁。

信仰，具有道德的崇高性。在以後抗日戰爭的血與火中，在一切都被毀滅的廢墟上，『我們』更成爲無所依傍的個體生命的精神歸宿，顯示出一種神聖性⋯⋯於是『我』在被『我們』所接納（融化）中，既感到了群體生命的崇高，又獲得了一種安全感。『我』向『我們』的靠攏（皈依）就這樣成爲時代的大勢所趨。『我們』體的話語也成爲一種時代追求。」〔註43〕若從微觀上細讀這些徵文作品，其內容充滿了生活氣息，確如評委們所言「質樸」，但其努力要靠近或者說套用文藝政策的痕跡也很明顯，不少作品都將思想走向落實到了中共的領導正確、文藝政策領導符合大眾等等。即使如此，只要普通大眾與文藝政策之間達到很好的互動，也就實現了文藝大眾化的建構。

第二節　解放區的徵文活動分析

一、解放區文藝徵文的設定方式與發展

　　通過對抗戰時期文藝大眾化問題的梳理可以看出，文藝大眾化在理論論證上、政策規定上獲得了它的合法性，在實踐過程中，自文藝大眾化提出以來，各方一直在探索其實現方式，具體到抗戰時期的解放區〔註44〕，有獎徵文是最普遍，效果最好的手段，這些徵文一般以各種雜誌、文協組織、黨政機關發起等徵文通告的形式刊出。以下是《解放日報》、《新華日報》代表性的徵文方式：

五四青年文藝獎金徵文啓事

　　一、爲鼓勵青年文藝創作，提高青年文藝作品水準，本會特設「五四青年文藝獎金」，每年舉行一次。

　　二、凡初學寫作之文藝青年皆可應徵。

　　三、應徵作品定爲反映邊區實生活之短篇小說，敘事詩，獨幕劇三種。以未發表者爲限。

〔註43〕錢理群《〈大眾文藝叢刊〉研究》，《二十世紀》1997 年 4 月，總第 40 期，第104 頁。

〔註44〕特指抗戰爆發之後，中共領導的區域，具體包括陝甘寧、晉綏、晉察冀、晉冀魯豫，以及山東、華中、華南、東北部分地區等。

四、來稿經本會之「五四青年文藝獎金評閱委員會」負責評定，各取三名，分別贈予獎金。

五、獎金總額爲三千元，每種各一千元，第一名六百元，第二名三百元，第三名一百元。

六、第一次徵文自一九四二年「五四」起，至一九四三年二月底截止。「五四」揭曉。

七、來稿請用稿紙繕寫清楚，標明字數，附通信地址及眞姓名，寄邊區政府文化工作委員會「五四青年文藝獎金評閱委員會」收。

陝甘寧邊區政府文化工作委員會〔註45〕

本刊發起七七徵文啓事

抗戰四週年紀念就要來到了。四年來，在我們敵後抗日根據地，新的生活和新的人物在逐漸的誕生著，發展著。這對於我們文藝工作者與文藝愛好者們，該是一塊多麼豐美的新地；這對於我們生長在這塊土地上的一切工作者們，該是一件多麼值得歌頌的史績。

現在，爲了迎接我們民族抗戰節日，本刊特發起「七七徵文」，凡以文藝手法，反映現實的各種文字。如小說、報告、詩歌、散文、隨筆、速寫、雜感以及其他各種小型創作，均所歡迎。我們熱情地期待著文藝工作者與愛好者們的新作，我們熱情地期待著一切實際工作的參與者，創造者們親自動手來寫！內容充實、新鮮、生動，是我們的主要希望。

徵稿日期，從現在起至七月十五號止，稿件每篇最長不超過過三千字，本刊當擇優陸續發表，並酌致薄酬。來稿請注明「應徵」字樣，直接寄交「新華增刊社」。〔註46〕

另外，其他雜誌也開展了各種形式的徵文活動，以《紅色中華》雜誌爲例，自其1931年創刊以來，就不斷徵求民間的群眾作品，1933年8月31日發出通告，徵求群眾自己創作或收集的「革命的山歌、小調」，爲了推動革命詩歌深入到工農兵群眾中去，9月27日又刊出「徵求革命的詩歌」徵文，

〔註45〕《解放日報》，1942年5月15日。
〔註46〕《新華日報》（華北版），1941年6月5日。

並計劃在十月革命節前編印《革命詩集》。其實早在 1929 年，在紅軍第四軍第九次代表大會上，毛澤東就親自草擬了文藝政策，「提示各政治部負責徵集編寫表現群眾情緒的各種歌謠」〔註 47〕，規定了文藝運動的方向，這些徵文是文藝政策實施，由徵集到的歌謠、詩歌編成的《革命歌謠集》中，收錄了蘇區人民創作的歌謠六十五首，編者認為，「我們也知道這些歌謠，在格調上說來是極其單純的；然而，它是農民作者自己的言語做出來的歌，它道盡農民心坎裏要說的話，它為大眾所理解，為大眾所傳誦，它是廣大民眾所欣賞的藝術。」〔註 48〕借由《紅色中華》的影響力，各個文藝組織也發起徵文，1936 年 3 月 13 日，中華藝術教育委員會在《紅色中華》上刊登啟事，徵求蘇區內的各種藝術作品，如歌曲、戲劇、活報、京調、小說、繪畫等，同年 6 月 3 日，「人民抗日劇社」也徵求各種劇本和歌曲、土調，並說明「凡是經過審查後有小部分修改尚可表演的各種戲劇作品一律給予報酬。」1939 年，晉察冀邊區的西戰團《詩建設》編輯部發起「一千首詩創作運動」。比較有影響力的當屬繼《長征記》之後的《紅軍故事》徵文，這是由中國工農紅軍總政治部發起的，「希望各部隊各機關的工作同志仍以寫長征記的踊躍精神來參加，多多寫作。」《新華日報》《解放日報》也都刊出小型徵文廣告，「文藝欄歡迎下列稿件：反映戰爭，反映邊區生活，內容有積極性的速寫，報告，詩歌，小說，漫畫，木刻，短劇等作品。文藝的論文，書評，作品評介，讀書雜記以及關於文化思想的有鬥爭性的雜文等。」〔註 49〕「徵稿：我們計劃徵求下列稿件，一、大眾文藝，小說，革命的故事，農村的故事，歌謠，笑話，木刻，連環畫等。大眾知識：科學知識，邊區政治常識，地理常識，打仗的常識。作品採用，按章致酬。」〔註50〕這些徵文都詳細規定了徵文標準和格式、字數，如《紅軍故事》要求內容是：戰鬥的記載、紅軍領袖的個人的英勇故事、與危險困難鬥爭的部隊和個人、戰鬥和生活中的趣事，文字要通俗活潑，且材料不要平庸瑣事，要有教育意義。

〔註 47〕汪木蘭、鄧家琪編《蘇區文藝運動資料》，上海文藝出版社，1984 年，第 377頁。
〔註 48〕汪木蘭、鄧家琪編《蘇區文藝運動資料》，上海文藝出版社，1984 年，第 389頁。
〔註 49〕《解放日報》，1942 年 6 月 13 日。
〔註 50〕《解放日報》，1942 年 6 月 21 日。

　　除普通徵文之外，利用設立文學獎金來征求藝術作品也是解放區文藝大眾化實踐中很重要的表現形式，爲了鼓勵文學創作，各個地區不斷發出各種形式的文學獎勵條例，如《中共晉察冀中央局開展邊區文藝創作的決定》中強調要獎勵文學作品，晉察冀軍區政治部也在《關於開展部隊文藝工作的決定》中指出要獎勵優秀的文藝作品，中共西北局通過決議規定「獎勵藝術活動中最有成績者」。有了政策的規定和鼓勵，各種文藝獎金陸續產生，有短期的，有長期的，參與部門從文聯到報刊到政治部、文化部等，這些獎金對於文藝大眾化的推動有著巨大的作用，有了這些固定文藝獎金的推動和引導，也帶動了其他文學運動的發展，如「窮人樂」話劇運動、街頭詩運動等等。比較有影響力的文藝獎金徵文如下表所示：

解放區有獎徵文一欄表

徵文題目	所在區域	時間	徵文內容	徵文效果及其他
「五四」中國青年節文藝獎徵文	陝甘寧邊區	1941年6月	設文藝類、戲劇類、美術類、音樂類四大獎項，各兩個等級。	共收到稿件150餘件，獲獎作品20件。1942年5月《解放日報》又刊登徵文啓事：應徵作品定爲反映邊區實際生活之短篇小說、敘事詩、獨幕劇三種。
「五四」文學藝術獎徵文	膠東	1943年8月	設報告文學、速寫隨筆、話劇、小調劇、詩歌、雜耍、歌曲、繪畫、木刻、漫畫、水彩畫12種。	收到各類作品600餘件，獲獎作品56件。
「五月」「七月」文藝獎金徵文	山東、山東省文協主辦	1944年8月	設戲劇、報告文學、詩歌、新聞通訊、歌曲、繪畫、木刻七項。	獲獎作品69件，戲劇《過關》《豐收》，詩歌《弟弟的眼淚》，報告文學《南北岱崮保衛戰》比較有影響力。另有「八月」徵文，獲獎作品有《聖戰的恩惠》《鐵牛與病鴨》《十字街頭》。
「七七七」文藝獎金	晉綏	1944年5月	設有戲劇、散文、圖畫、歌曲四項。	共收到稿件106件，獲獎作品29件。爲紀念「七七」事變七週年而設。

徵文題目	所在區域	時間	徵文內容	徵文效果及其他
魯迅文藝獎金徵文	晉察冀邊區文聯、魯迅文藝獎金委員會	1941 年	對文學、音樂、美術、戲劇等作品設有季度獎、年度獎	
「七七徵文」啓事	晉冀魯豫地區，由《新華日報》(華北版)「新華增刊」設立	1941 年 6 月	小說、報告、詩歌、散文、隨筆、速寫、雜感以及其他各種小型創作	
軍民誓約運動徵文	晉察冀邊區文聯、魯迅文藝獎金委員會	1942 年	爲粉碎日寇「三次治安強化運動」和開展軍民誓約運動而舉辦	共收到作品 50 餘件
政治攻勢文藝獎徵文	晉察冀邊區文聯、魯迅文藝獎金委員會	1942 年		
鄉村文藝創作徵文	晉察冀邊區文聯、魯迅文藝獎金委員會、北嶽區文聯	1943 年	短篇小說、報告文學、童話、散文、牆頭小說、話劇等	共收到作品 696 件，其中除音樂作品 20 件、繪畫作品 2 件外，其他都是文學作品。
晉冀魯豫邊區文教作品獎	晉冀魯豫邊區政府	1946 年 7 月〜12 月	設教材、劇本、散文、小說、故事、傳記等，表揚抗戰史詩，反映邊區各種建設成績，爲群眾所喜愛，有對外宣傳意義者爲合適。	各地應徵作品，冀南占四分之一，太行占百分之五十以上，太嶽不足四分之一，得獎作品共 120 件。作家趙樹理的小說獲特等獎，得獎金八萬元。其餘每人得三千元至兩萬元不等。獲獎作品中群眾創作占四分之一。
「群眾文娛創作」獎徵文	晉冀魯豫邊區	1946 年	設劇本、短篇小說等。	共計收到 540 件，附印推廣的 10 種，得獎的 139 件，集體創作的占百分之四十七多。

徵文題目	所在區域	時間	徵文內容	徵文效果及其他
北方大學藝術學院創作徵文運動	晉冀魯豫邊區	1947年	設秧歌劇劇本、話劇劇本、活報劇劇本、彈詞、鼓書、快板、洋片。獎金共五萬元。	歌詞 160 首、歌曲 118 首、秧歌劇 30 個、話劇 20 個、快板劇 3 個、活報劇 2 個、短歌劇 9 個、彈詞 3 首、大秧歌舞 1 個、洋片一套共 30 幅。

說明：此表的部分資料來源為：1.《山東解放區文學概要》，山東人民出版社，1983
　　　年。2.《蘇區文藝運動資料》，上海文藝出版社，1984 年。3.《山西革命根據地
　　　文藝資料》，北嶽文藝出版社，1987 年。4.《抗日戰爭時期延安及各抗日民主
　　　根據地文學運動資料》，山西人民出版社，1983 年。5.《延安文藝運動紀盛》，
　　　文化藝術出版社，1987 年。

　　這些文學獎金的設置是在特定的歷史條件下的選擇，不少文藝獎金都希望每年舉辦一次，或成為季度獎、年獎，但由於戰爭的影響以及名目繁多，一個獎項還沒有完整舉辦，另外的獎項又不斷設置，所以絕大多數文藝獎金其實就進行了一次，最多的也就三次，後來就不了了之。有的獎項出了徵文，但是後續發展也沒有報導，有多少徵稿，獲獎多少也沒有史料可查。整個徵文活動呈現的局面是，宣傳廣泛、參與人數多、稿源豐富，但佳作很少，類型作品居多，不過徵文的本意也不在此，只要做到了宣傳作用，徵文的目的就達到了。所以，徵文的發起首先是中共文藝政策的體現，獎項設置與文藝政策的高度一致。如，對於《解放日報》的徵文，毛澤東曾親自批示徵文辦法及標準：「《解放日報》第四版徵稿辦法：（一）《解放日報》第四版稿件缺乏，且偏於文藝，除已定專刊及由編輯部直接徵得稿件之外，現請下列同志負責徵稿：荒煤同志：以文學為主，其他附之，每月 12000 字。江豐同志：以美術為主，其他附之，每月 8000 字，此外並作圖畫。張庚同志：以戲劇為主，其他附之，每月 10000 字。柯仲平同志：以大眾化文藝及文化為主，其他附之，每月 12000 字……（二）各同志擔負徵集之稿件，須加以選擇修改，務使思想上無毛病，文字通順，並力求通俗化。（三）每篇不超過 4000 字為原則，超過此字數者作為例外。（四）如每人徵集之稿件滿 12000 字者，可在第四版一次登完。但編輯部可以調劑稿件，分再兩天或三天登完，並不用專刊名目。」〔註51〕在這裡，文學創作分配到人，字數也要達標，且內容都是

────────────────

〔註51〕毛澤東《毛澤東新聞工作文選》，新華出版社，1983 年，第 101 頁。

通俗易懂的文藝大眾化文章，同時，對於文學體裁也作了規定，認為戲劇與新聞通訊是當時最重要最適合的文學表現形式，「在目前時期，由於根據地的戰爭環境與農村環境，文藝工作各部分中以戲劇工作與新聞通訊工作最有發展的必要與可能。其他部門的工作雖不能放棄或忽視，但一般地應以這兩項工作為中心。內容反映人民感情意志，形式易懂易演的話劇與歌劇，已經證明是今天動員與教育群眾堅持抗戰，發展生產的有力武器，應該在各地方與部隊中普遍發展。報紙是今天根據地幹部與群眾最普遍、最經常的讀物。報紙上迅速反映現實鬥爭的長短通訊，在緊張的戰爭中是作者對讀者的最好貢獻，同時對作者自己的學習與創作的準備也有很大的益處。」〔註52〕本書統計了幾個重要文學獎金徵文的獲獎作品中文學體裁的分類，如下表：

獎項	獲獎作品總數	戲劇	散文	圖畫	歌曲	詩歌類
「七七七」文藝獎金	29篇	12篇，其中話劇2篇，秧歌劇4篇，其他各類舊劇6篇	5篇，包括小說、通俗故事、報告文學、速寫和童話	6篇，年畫和連環畫各3篇	6首	
「魯迅」文藝獎金鄉村文藝創作	158篇	26篇，話劇9篇，秧歌劇12篇，其他各類舊劇5篇	散文27篇，詩歌、歌謠58篇	一套連環畫	7首，表現解放區生活	舊詩文對聯27首
「五四」文藝獎金	54篇	獲獎18篇，話劇3篇，小調劇5篇，鑼鼓劇5篇，雜耍5篇	獲獎作品20篇，報告文學10篇，速寫隨筆10篇	8幅，木刻3幅，漫畫4副，水彩畫1幅	5首	3首
「五月」「七月」文藝獎金	73篇	獲獎作品29篇，話劇17篇，秧歌劇及雜耍12篇	報告文學3篇，新聞通訊3篇	17幅，木刻2幅，單幅畫7幅，連環畫8套	16首	3首

　　從上表可以看出，戲劇、散文、繪畫、歌曲幾乎是每個文學獎金都設置的條目，「七七七」文藝獎金中，戲劇幾乎占到了一半，「五月」「七月」文學

〔註52〕《中共中央宣傳部關於執行黨的文藝政策的決定》，《解放日報》，1943年11月8日。

獎金中，戲劇大概占到了三分之一，而戲劇中的秧歌劇又占到話劇的一半，所以說文學獎金的徵文中，大多傾向於對戲劇的推廣和發展，從戲劇的種類上分，話劇這種文學類型在解放區並不占主要地位，但形式短小、精悍、通俗、故事簡單、手法不多的秧歌劇卻被廣大群眾接受和理解，並被大量創作，在不少作家的回憶中，他們都是到民眾的生活中去瞭解秧歌劇的創作，通過調查訪問集體創作，「我們的工作方式是到一個地方先進行調查訪問的工作，看看這裡有些什麼工作需要配合，有些什麼勞模需要表揚。另外還有一部分人去進行藝術上的調查訪問，看看這裡有什麼老藝人，有什麼特殊的藝術；並且立刻向他們學習，記錄他們所唱的歌，蒐集他們所口述的秧歌本子。經過了這樣一番調查之後，就連夜趕編一些適合當地情況的新節目在秧歌中間來演出。」〔註53〕這些秧歌劇都是結合當時農民的實際情況，具有很強的現實性，如「七七七」文藝獎金中獲獎作品《王德鎖減租》，是「為了配合當地的減租運動而寫成的」〔註54〕，「五月」「七月」文藝獎金的獲獎作品《豐收》則是為了宣傳「變工隊的好處」。創作者很清楚自己的讀者對象是工農兵大眾，「七七七」文藝獎金獲得者馬烽就很明確地說，「我寫作，心目中的讀者對象就是中國農民及農村幹部，至於其他讀者喜歡不喜歡讀，我不管，只要我心目中的讀者對象樂意看，樂意聽，我就滿足了。」〔註55〕

另外，這些徵文、文學獎金徵文都規定了固定的稿酬和獎金，當時解放區的生活是極其艱苦的，在這樣的情況下，部分稿酬的獎勵可以說是對寫作的極大激勵。「來稿一經刊登，將給予相當物質報酬」（《紅色中華》報），「入選作品均給酬金，以資鼓勵」（《蘇區的一日》徵文），「準備現金薄酬，酬勞寫稿的同志們」（《五月的延安》徵文），「來稿採用後，酌致現金或物質報酬」（《紅軍故事》徵文）。另外還有如晉察冀邊區文聯等「懸賞徵求藝術作品」這樣的徵文標識。這些徵文中的獎勵有物有錢，物酬方面會獎勵生活必須品如毛巾、筆記本、紙張、鉛筆、肥皂等，稿酬雖然沒有設定具體的數目，但已經給徵文參與者不小的鼓勵。其他一些文學獎金則是明確標出獎金的數額，並且以各種形式來獎勵文學創作，如1941年5月，太行區文聯召開第二

〔註53〕張庚《回憶延安魯藝的戲劇活動》，《中國話劇運動五十年史料集》（第三輯），中國戲劇出版社，1985年，第11頁。

〔註54〕馮牧《敵後文藝運動的新收穫》，《解放日報》，1945年5月6日。

〔註55〕馬烽《中國農民與文學作品》，《馬烽文集》（第8卷），大眾文藝出版社，2000年，第217頁。

次理事會，決定發起 5 月份創作活動，「並籌 100 元爲獎金；評委會給予甲等獎獎金 40 元，乙等獎獎金 20 元，所發獎金係中央領導同志捐贈。」1942 年 1 月，陝甘寧邊區劇協召開執委會，討論了上年劇作的評判及獎金問題，4 月，晉冀魯豫政府爲開展文化運動，決定設立文化獎金，「每年暫定爲 15000 元（太行區 7000 元，冀南區 4500 元，太岳區 3500 元）」〔註 56〕。陝甘寧邊區音協設立聶耳創作獎金，對於優秀歌曲作品「給予獎金 500 元」。1943 年 11 月，山東省政委會通告獎勵實驗劇團新創作的《過關》和國防劇團新創作的《群策群力》兩劇，認爲它們是近年來「戲劇創作中比較成功的作品」，「決定各給獎金一千元，以資鼓勵。」〔註 57〕1944 年，西北局文委召開會議，總結延安各劇團、秧歌隊下鄉經驗。會議經到會同志交換意見，提出受獎秧歌、戲劇共 31 個，其中一等獎劇碼有《血淚仇》、《模範城壕村》《逼上梁山》《拉壯丁》《慣匪周子山》等。1945 年 1 月，延安群英會舉行發獎典禮，「文藝界獲甲等獎者有汪東興、吳印咸、古元、王大化等 16 人，獲乙等獎者有賀敬之等 19 人，另外，西北戰地服務隊、中國民歌研究會、平劇院、棗園文工團、聯政宣傳隊等獲團體獎」〔註 58〕。1945 年 7 月，陝甘寧邊區綏德分區地委宣傳部發佈文藝創作獎，「發出文藝創作獎金 43 萬元，其中戲劇類得獎 24 個，小形式和雜耍類得獎 19 個，美術類得獎 8 個」〔註 59〕。以上獎金可以看出解放區爲推動文藝大眾化運動不遺餘力，通過名目繁多的獎勵最大範圍地發動群眾。

如此一來，正因爲徵文的題目簡單易操作，並且還有稿酬的吸引，所以才使得每一個徵文的來稿都非常豐富，參與人數眾多，例如，1941 年 6 月，延安各界紀念五四中國青年節籌備委員會發起「五四中國青年節獎金徵文」，在很短的時間裏，就收到來稿 150 餘篇（其中文藝類 97 篇，戲劇類 12 篇，美術類 18 篇，音樂歌劇 20 篇）。鄉村文藝創作徵文，三個月的時間共收到稿件六百九十六篇，應徵者共有五百，「其中小學教員占一半，文教會員、村劇團幹部和在鄉的、敵佔區游擊區的知識分子占百分之四十，小學生占百分之二，文救小組和村劇團的集體創作占百分之三，其他各級幹部二十多人，並

〔註 56〕陳蘭英等主編《山東省文化藝術志資料彙編》，山東省文化廳《文藝志》編輯室編印，1984 年，第 84 頁。
〔註 57〕馬以鑫《中國現代文學接受史》，華東師範大學出版社，1998 年，第 278 頁。
〔註 58〕馬以鑫《中國現代文學接受史》，華東師範大學出版社，1998 年，第 281 頁。
〔註 59〕馬以鑫《中國現代文學接受史》，華東師範大學出版社，1998 年，第 281 頁。

有一個農民和一個縣抗聯的伙夫同志。」〔註60〕1943年，膠東地區組織的「五四」文學藝術創作大競賽，徵文發出後，編輯部這樣形容稿件情況：「稿件雪片似地飛來，數量空前，不僅來自軍隊，來自機關，來自學校、工廠、農村、俱樂部，而且來自敵佔區，有全部十分之二的作品是經過敵佔區作者秘密包裹，通過敵人的層層封鎖，才郵寄過來。來稿又以小學教師的為最多，好些小學教師以很厚的『寫作集』寄出；也有好些農村俱樂部熱情地集體投稿。不少業餘的優秀的新作者紛紛湧現。徵文競賽中，報告文學、速寫隨筆、話劇、小調劇、鑼鼓劇、詩、雜耍、歌曲、木刻、漫畫、水彩畫等十來種文藝形式均以業餘作者獲獎為主。」〔註61〕更有甚者，冀中區在1942年曾發動「冀中區創作徵文」，稿件多到用大車拉；北嶽區在1943年的群眾創作徵文時，收到作品近700件，其中很大部分是劇本，入選作品158篇，並有農民自製的油彩和「瓢琴」。規模最大，影響深遠的「中國的一日」徵文，到最終截稿，以字數計不下六百萬言，以篇幅計，在三千篇以上，受其影響的「冀中一日」徵文最終成稿也有三十萬字。

參與人數廣，來稿數量多，成了徵文津津樂道的事情，這其中，有多種多樣的民間藝術如小調劇、鑼鼓劇等，也有報告文學、各種漫畫、木刻、連環畫，內容非常豐富，這一時期似乎成了文學創造的繁榮期，全民參與，全民創作，歷史上沒有一個時期能像這樣，文學成了人人都可以操作的一種情感表達形式。在文學獎金的委員會成員以及徵文的評委中，我們看到有一些作家參與其中，如「中國的一日」的發起者鄒韜奮、茅盾，「五四」青年文藝獎金和《紅軍故事》徵文評委中的丁玲，這些作家都曾撰文高度評價了這些徵文活動，如茅盾為《中國的一日》徵文撰寫《關於編輯的經過》，文中甚至發出這樣的讚歎「倘使環境改善立刻能開放燦爛的比現在盛過數倍的文藝之花。」〔註62〕丁玲在主持《紅軍故事》徵文時也對其規模表示震撼，但是從他們的文字中，我們體會到的不僅僅只是一種驚喜和震撼，還有懷疑和不確定，文學到底該如何寫，這樣的大規模徵文，讓工農兵參與其中，是不

〔註60〕 張學新、劉宗武編《晉察冀文學史料》，天津社會科學出版社，1989年，第294頁。

〔註61〕 陳蘭英等主編《山東省文化藝術志資料彙編》，山東省文化廳《文藝志》編輯室編印，1984年，第50頁。

〔註62〕 茅盾《關於編輯的經過》，茅盾主編，《中國的一日》，上海書店，1936年9月，第6頁。

是文學發展的可能和抗戰時期文學發展的道路？他們在評論這些徵文時有個共同點，那就是從宏觀上對其規模持肯定態度，其評論文字運用誇張，「驚喜」「震撼」「文藝的希望」「文學的未來」，但很少或幾乎不對個別文章加以評論，也不從藝術手法或純文學評論的角度來展開，從根本上，他們對這些文章的藝術水準是不認同的，但又無法全部否定這種方式，他們也對如何記錄這個時代有諸多的疑問和不確定，丁玲的一段話很好地反映了這個時期許多作家的心態：「他（指毛澤東）給我們的印象是比較喜歡中國古典文學，我很欽佩他的舊學淵博。他常常帶著非常欣賞的情趣談李白，談李商隱，談韓愈，談宋詞，談小說則是《紅樓夢》。但他在文藝工作上，卻再三要求我們搞大眾化……我以爲，毛澤東以他的文學天才，文學修養以及他的性格，他自然很比較欣賞那些藝術性較高而沒有什麼政治性的東西。自然，凡是能流傳下來的藝術精品都會有一定的思想內容。但毛主席是一個偉大的政治家、革命家、他擔負著領導共產黨，指揮全國革命的重擔，他很自然地要把一切事務，一切工作都納入革命的政治軌道。在革命進程中，責任感使他一定會提倡一些什麼，甚至他所提倡的有時也不一定就是他個人最喜歡的，但他必須提倡它。」〔註63〕

　　丁玲這段話可以說是意味深長，一方面說明了「文藝大眾化」的合理性和歷史必然性，另一方面其實也側面表達了自己的觀點，她其實並不認爲文學可以這樣大範圍地用徵文的方式實現它的繁榮，而只是特殊條件下的特殊手段和方法而已。但無論如何，文學獎金的設置、評獎以及作品的推廣都是一套完整的文學生產流水線，對其進行分析也可見出當時文學如何被定義，評委們評出的獲獎作品到底是怎樣的寫作形態，不同的文學獎金是如何規範著文學的發展。

二、個案分析：「七七七文藝獎金」與「魯迅文藝獎金」

　　上文提到的眾多文藝獎金中，不少獎項都是虎頭蛇尾，眞正做到由發出徵文啓事、收集稿件、評獎排名、撰文宣傳、到最後編輯成冊這幾個流程的並不多，原因是戰爭時期諸多事情處於混亂狀態，很多徵文無法順利進行，或者進行了一期之後就被打斷，不少稿件也無法順利送至編輯部。1942 年的

〔註63〕丁玲《延安文藝座談會的前前後後》，艾克恩編《延安文藝回憶錄》，中國社
　　　　會科學出版社，1992 年，第 49、56 頁。

「五四」青年文藝獎金原本設置是每年舉辦一次，但也是只進行了一次。另外，不少獎項純粹是因時而設，是根據當時的戰爭任務而設計的徵文啓事，目的是讓大眾瞭解當時的政治形勢，達到教育群眾的目的。其徵稿初衷都是要反映當下的形式，如邊區的掃盲、衛生、植樹以及減租鬥爭、參加變工隊等等，所以特殊時期一過，獎項也就失去了其存在的意義，因此我們看到有些如1947年北方大學藝術學院的「創作運動懸賞獎」等不少獎項後續報導並不多。相對而言，比較完整具有代表性的是1944年的「七七七」文藝獎金，每個環節都有適時報導，通過這一獎項的分析，對其獲獎作品的討論，我們可以更細緻地看出這一時期文學獎金設置的特點，而獲獎作品也向我們展示了當時大家理想中的大眾文藝是怎麼樣的形態特質。1944年，抗戰日報首先推出文藝獎金徵文啓事，如下：

「七七七」文藝獎金緣起及辦法

毛主席在延安文藝座談會的講話，已經正確地爲我們指出了文藝創作的方針。本會爲了深刻紀念抗戰七週年，同時爲了熱烈響應毛主席的號召。特舉辦「七七七」文藝獎金，以爲宣導希望我晉綏邊區文藝界同志互相勉勵，在思想上，在文藝創作上來一個徹底的改變，堅決貫徹毛主席的方針，爲紀念抗戰七週年，爲贊揚廣大工農兵群眾英勇史績而創作，特頒佈「七七七」文藝獎金辦法如下：

獎金作品種類和名額：第一類：小説報告文學——甲等一名獎金三千元，乙等二名獎金各二千元，丙等三名獎金各一千元。第二類：劇本歌曲（劇本包括話劇、梆子、鄘鄠、秧歌及新型歌劇）——甲等第一名獎金三千元，乙等二名獎金各二千元，丙等三名獎金各一千元。第三類：連環圖畫、年畫——甲等第一名獎金三千元，乙等二名獎金各二千元，丙等三名獎金各一千元。

創作要求：（一）在内容上，應以今年根據地的三大任務：對敵鬥爭、減租生產、防奸自衛爲總的方向，題材必須以工農兵爲主要對象，並須貫徹毛主席「組織起來」的精神。在一定題材裏，希望能把組織前和組織後的生活對比寫出。（歷史題材的作品，符合以上精神者，亦歡迎。）（二）在形式、語言、構圖、音調上，必須力求通俗，能爲工農兵群眾懂得。不通俗者不取。凡適合以上要求者，無論新作或舊作，一律歡迎。

截稿和公佈時間：（一）凡應徵稿件，必須於本年五月底至六月半寄到本會（呂梁文化教育出版社王修同志收轉），以便先期交評判委員會審閱評判。（二）凡入選稿件，除於七七紀念日公佈，按等發給獎金、登報表揚外，並由本會商得作者同意，爲之出版。（三）不列等的作品中，如有出版價值者，本會願出相當稿費收買，爲之出版。

本會聘請評判委員會如下：林楓、呂正操、張平化、張稼夫、汪小川、周文、王修、蕭揚、杜心源、亞馬、樊希騫。

「七七七」文藝獎金委員會

二月二十五日〔註64〕

徵文啓事發出五個月之後，文藝獎金委員會又刊出了延期啓事，「本會原定『七七』紀念日公佈當選作品，截至現在止，收到的應徵作品已不少，但因多數交來過遲，致一時稿件擁擠，而各評判委員在此時工作異常繁忙，不及一一詳細審閱；爲了評選愼重，必須有較充分時間。其次，現有應徵作品中，有當選可能或尚可發表者，內有若干須寄還作者再加修改或潤色，使成爲頗完善的作品，因此稿件往返需時日。爲了這兩個原因，本會特決定將獎金作品展期至『九一八』紀念日正式公佈，並將收稿截止期移至八月十五日。倘望各作者鑒諒，如有尚在寫作中的作品，均可源源寄來本會。此啓。」〔註65〕直到1944年9月18日抗戰日報才正式刊出獲獎作品，題爲《毛主席文藝方針下邊區文藝的新收穫——「七七七」文藝獎金獲獎作品公佈》：

「七七七文藝獎金」委員會，自公佈徵文啓事以來，應徵者甚爲活躍。該會原定於「七七」七週年紀念日公佈獲獎作品，因種種原因，曾宣佈展期於本日（九一八）公佈。該會計收到戲劇五十三篇，散文四十三篇，詩、歌曲、唱詞等十件（歌曲多爲團體應徵，每件包括十餘首不等），圖畫十七件，共計一百二十三件，該會評判委員會，曾先後舉行二度會議，擇其較優者，反覆加以評判。關於歌曲，由該會臨時聘請的五位專門從事音樂工作的同志一再評議，然後提交評判委員會作最後評判。其評判標準：第一，是政治內容，即是否正確反映當前晉綏邊區的三大任務和實際生活；第二，是夠

能夠普及;第三,技術的好壞。在評判過程中,發現劇本一類,可
當選者較多,爲使不有遺漏,以資鼓勵起見,該會遂決定將劇本獎
金名額擴大一倍,即甲等二名,獎金各三千元,乙等四名,獎金各
二千元,丙等六名,獎金各一千元。至歌曲一類,應徵者亦不在少
數,但水準一般都差不多,無甚特出者,該會經愼重研究,選出六
首較好者,不分等級優次,一律各給獎金一千元。至於散文類,因
無最優作品,故甲等從缺。茲將各類獲獎作品列後:

一、戲劇類

甲等:《大家好》(新型秧歌劇)華純、劉五、郭瑞、韓國集體創作
　　　。華純執筆。楊戈作曲並編曲。

　　　《王德鎖減租》(一名《減租生產大家好》)(郿鄠)西戎、孫
　　　謙、常功、盧夢集體創作。

乙等:《新舊陽光》(歌劇)董小吾、楊戈等集體創作。楊戈執筆。
　　　董小吾、安春振、楊戈、蕭紀作曲。楊戈編曲。

　　　《甄家莊戰鬥》(話劇)嚴寄洲作。

　　　《張初元》(一名《新屯堡》)(山西梆子)馬利民作。

　　　《開荒一日》(郿鄠)嚴寄洲作。

丙等:《三個女婿拜新年》(新型秧歌劇)王炎作。安春振作曲並編
　　　曲。

　　　《提意見》(新型秧歌劇)王千羊、項軍作。

　　　《打得好》(話劇)成蔭作。

　　　《大家辦合作》(道情)常功、胡正、孫謙、張朋明集體創作。

　　　《勞動英雄回家》(新型秧歌劇)王炎、劉錫琳作。劉錫琳、
　　　李桐樹、楊戈作曲。劉錫琳編曲。

　　　《訂計劃》(郿鄠)丁之、文非作。

二、散文類

甲等:缺。

乙等:《新與舊》(小說)李欣作。

　　　《張初元的故事》(通俗故事)馬烽作。

丙等：《轉移》（報告）孟繁彬作。

　　　《解救》（速寫）周元青作。

　　　《侯圪坦和他們的少年隊》（童話）胡海作。

三、圖畫類

甲等：《農家曆》（年畫）陳嶽峰作。

乙等：《日軍守備隊的生活》（木刻連環畫）李少言作。

　　　《勞動英雄回家》（年畫）李濟遠作。

丙等：《鋤頭與槍桿》（連環畫）徐冰作。

　　　《女人家的好營生》（年畫）李濟遠作。

　　　《溫象拴》（連環畫）趙力克作。

四、歌曲類

《黨在敵後方》唐成銀作詞，安春振作曲。

《七月的太陽》崔明鑒作詞，安春振作曲。

《四季變工》劉星漢作詞，張朋朋選曲填詞。

《變工好》徐穎作詞曲。

《婦女要生產》馬琰作詞，常蘇民作曲。

《兒童團歌》石丁作詞，楊戈作曲。

　　　　以上各類獲獎作品，該會定於日內一一向作者致送獎金，並將作品送請各作者，或清稿、或加注、或修正後送回，即交呂梁文化教育出版社出版。以上作品，出版機關均有刪改權。〔註66〕

至此，「七七七」文藝獎金徵文結束，接著，抗戰日報發表《「七七七」文藝獎金公佈之後》的社論，同時不少作家陸續發表關於得獎作品的評論，如《敵後文藝運動的新收穫——讀晉綏邊區「七七七」文藝獎金》（馮牧），《肯定新現實的作品——看了「七七七」文藝獎金獲獎作品後的一些粗淺意見》（希騫），《對於〈大家好〉的評論》（盧夢），《談〈大家好〉》（馬貽艾），《關於〈王德鎖減租〉》（楊戈），《〈大家辦合作〉評介》（西戎）等。社論中高度評價了這次徵文活動，「這是在毛主席的文藝方針下，我敵後文

〔註66〕《抗戰日報》，1944 年 9 月 18 日。

藝運動的一個很大的收穫」〔註67〕，對於得獎作品，「在內容上，都能符合於邊區的政治任務，切合邊區群眾的生活，在形式上、技術上，大都能普及，爲群眾所喜聞樂見，且多樣化。」〔註68〕文章強調最多的是文藝作家可以從群眾中來的問題，文藝不再是少數人的專利，「寫《轉移》的孟繁彬同志，和寫《張初元故事》的馬烽同志，據說都僅僅住過小學，也並未專門研究過文藝……技術雖然粗糙，但內容逼眞，仍不失爲有意義的作品。」〔註69〕因此，不但要提供更多的給工農大眾創作的機會，而且最好要互助，運用集體寫作的方法，「『七七七』文藝獎金委員會，將成爲經常性得組織，於每年七月七日舉行一次文藝獎金，今後並要增加工農作者一項。」〔註70〕《肯定新現實》一文認爲這次得獎作品具有以下特點，即，「寫了農民」「有著濃厚的戰鬥特別是戰鬥氣氛」「團結、氣氛與教育」「積極地發展與生長的氣氛」，文中以五四新文學爲座標，指出新文學革命沒有實現的任務在這一時期實現了，即最大程度地使文學接近百姓，至於作品的藝術性高低，「『陽春白雪』是高於『下里巴人』的，《雷雨》、《子夜》是比《大家好》、《新與舊》要高的多。但晉西北演出《雷雨》之後，士兵和民眾有許多地方不能瞭解。這些作品新鮮活潑，雅俗共賞，感動人的力量是很大的（尤其是戲）。比之坐在苦雨齋中，細品苦茶、談龍談虎，自我消遣，而愈鑽愈迷，以至盡說鬼話，自以爲不沾人間煙火味……其感染性大萬萬倍。」〔註71〕可以說，在評論者眼中，獲獎作品達到了藝術性與政治性結合的目標，符合徵文標準且應作爲以後評獎作品的典範之作。

以戲劇類獲得甲等獎的《王德鎖減租》爲例，我們可從內容、語言特點、人物塑造等方面看出這類獲獎作品的寫作模式。人物設置方面，主人公王德鎖是一個有著被改變的潛力但是有些懦弱的普通農民，他對當時的政治形勢並不清楚，自己的生活有了改變，但他仍然對這些持懷疑態度，認爲這一切都還會回到以前被剝削的地位——這正是當時典型的農民形象，是黨需要改造和發展的對象，除此之外就是頑固地主（趙卜喜）、開明地主（劉日新）、

〔註67〕《「七七七」文藝獎金公佈以後》，《抗戰日報》，1944年9月20日。

〔註68〕《「七七七」文藝獎金公佈以後》，《抗戰日報》，1944年9月20日。

〔註69〕《「七七七」文藝獎金公佈以後》，《抗戰日報》，1944年9月20日。

〔註70〕《「七七七」文藝獎金公佈以後》，《抗戰日報》，1944年9月20日。

〔註71〕希騫《肯定新現實的作品——看了「七七七」文藝獎金獲獎作品後的一些粗淺意見》，《抗戰日報》，1944年11月3日。

受過教育的農民（張保元、丁丑）以及宣傳黨的政策，引導農民的幹部形象。王德鎖是村裏受剝削很嚴重的農戶，他性格樸實憨厚但又懦弱，其妻李氏潑辣開朗，對新政策極其擁護且一直說服王德鎖要敢於爭取自己的利益。但是第一次減租之後，王德鎖又悄悄地將租子送還給地主，因為他害怕八路軍離開村子之後地主對他進行倒算，「聽人說八路軍不會久站，這消息人人都在言傳，若要是恢復了以前局面，我看你減了租怎麼辦？」「如今的世事天天在變，變得好變得壞不保險。作事情要有遠見，不要只顧眼跟前。減租事兒我自由主見，你那邊再莫要多言。」〔註72〕他甚至認為做人要講良心，覺得自己的生活已經得到了基本的保證，不該對地主如此殘忍，當然，最後經過工作組的耐心開導，打消了王德鎖徘徊觀望的心態，他大膽地去地主家拿回了自己的租子。此劇可以說很成功地塑造了這些人物類型，將農村中的幾種典型人物抓的很準確並且非常具有生活氣息，這主要體現在語言的運用上，每個人物的出場都以快板來做一段自我描述，如二流子趙栓兒一出場，「走家走，西家串，我是張家溝的大懶漢，每天起來四處轉，晌午爬起睡夜半。溜勾子，耍賴皮，賭博騙人的本事樣樣齊……說我懶，我真懶，老人留下十坰地賣的賣來典的典，五坰典給我趙大叔，又租回來種了穀，糞不上，草不除，由它長成個一塌糊。」〔註73〕這些明白通俗易懂且又極具鄉村特色的語言，經唱出之後，很具有感染力，深受群眾喜愛。雖然入選的作品由於體裁的不同語言風格有差異，但是通俗卻是普遍要求。如獲散文類乙等獎馬烽的作品《張初元的故事》，其語言和很具有代表性，「他從小就是受苦受罪，熬煎大的，俗話說，雇到的徒弟買到的馬，由人家喂來由人家打，在那荒山野林裏，伴著不會說話的牲畜過活，牲畜吃的炙胖炙胖的，人卻餓成個黃蠟蠟的。掌櫃的不把他當人看，一說話二瞪眼，開口就罵，伸手就打；那陣子，小孩孩，哭了的比尿了的還多呵……」〔註74〕文中充滿了山西農民口語風格的詞語，這種作品所產生的示範作用是抽象的理論無法替代的。同樣的效應，趙樹理的《小二黑結婚》為代表的小說發表後，晉冀魯豫解放區在1946年評他為「文教作品獎金」特等獎。隨後《人民日報》在1947年發表了社論，號召作家「向趙樹理方向邁進」，因為趙樹理的作品雖然政治性很強，但在創作中卻深諳群

〔註72〕西戎《西戎文集》，山西人民出版社，2001年，第1178頁。
〔註73〕西戎《西戎文集》，山西人民出版社，2001年，第1138頁。
〔註74〕馬鋒《張初元的故事》，晉綏邊區呂梁文化教育出版社，1944年，第10頁。

眾心理，且選擇了「活在群眾口頭上的語言」〔註75〕，以「群眾聽不聽得懂爲前提」，可以說是政治性與藝術性的完美結合。

另外，獲獎作品在內容上要體現一種轉變和變化，即農民在被教育前和被教育後的區別和受到的洗滌，《王德鎖減租》中，在被教育之前，王德鎖是儒弱的，對政治形勢是懷疑的，不相信自己的生活和地位可以得到根本的變化，不相信八路軍可以眞正地尊重農民，但經過村幹部的說服之後，其思想發生了改變，成爲了一個進步的農民形象。在另一部獲獎小說《新與舊》中這種轉變的痕跡更加明顯，主人公「二排長」由一個「沒有拿過槍、不識字的」對政治一竅不通的粗人變成了一個眞正的軍人，從這種轉變來歌頌黨的領導對根據地生活的根本改造。

從設定徵文標準到徵文過程到最後的宣傳我們可以看到文學獎金的設置對徵文的影響，內容上，要與大眾的生活緊密相連，人物之間的關係以及矛盾設置要簡單且易解決；語言上更要貼近大眾，說唱結合，通俗易懂，要直觀。綜合而言，思想上的政治功利性和體式通俗性的結合是獲獎作品的最大特點。經過這樣一個完整的評獎過程，文學獎金徵文對文學的引導也就完成了，而獲獎的文藝作品也成了以後進行文藝徵文倣仿的對象，如此，文藝大眾化在不斷推進中壯大和完善。

各種文學獎金的命名中，每種名稱都有其不同的指稱和意義，「七七七」是紀念七七事變，它側重的是對戰爭與民眾的關係的思考，「五四」文藝獎金則傾向對青年創作的鼓勵，而「軍誓盟約」「政治攻勢」很顯然是爲宣傳政治運動而設定的徵文。另外還有一種文藝獎金形式，就是以人物命名，如「李議長文藝獎金」「魯迅文藝獎金」等。其中，比較被重視的當屬魯迅文藝獎金。1936 年魯迅逝世之後，不管是民間還是官方都展開各種形式的紀念魯迅先生的活動。1936 年 10 月 22 日，「中國共產黨中央委員會、中華蘇維埃人民共和國中央政府，爲追悼魯迅，致電國民黨中央南京政府，提出過魯迅先生華生以其犀利的文章偉大的人格、救國的主張、正直的言論，爲國華民族解放而奮鬥。其對於我中華民族功績之偉大，不亞於高爾基之於蘇聯。今溘然長逝予以身後之殊榮，以慰死者而赤來茲，敝黨敝政府已決定在全蘇區內實行：設立魯迅文學獎金十萬元……設立魯迅文學基金，獎勵革命文學。」〔註76〕

〔註75〕《向趙樹理方向邁進》，《人民日報》，1947 年 8 月 10 日。
〔註76〕《紅色中華》，1936 年 10 月 28 日。

雖然這個獎金與建國後的魯迅文學獎沒有關係，但可以看做是它的一個先聲。只是電文中提到的魯迅文學獎後來並沒有後續報導，解放區晉察冀邊區的魯迅文藝獎金也不是從這個發展而來，而是由晉察冀邊區文學藝術界聯合會魯迅文藝獎金委員會成立的。據資料顯示，1940 年 7 月 25 日，中華全國文藝界抗敵協會晉察冀分會正式成立，在此次會議上，討論建立魯迅研究會以及設立魯迅文藝獎金，並選舉成仿吾、沙可夫、鄧拓、丘崗、田間、劉肖蕪、周而復、邵子南、劉平、韋明、魏巍、羅立斌、王林、葉正萱、何洛、何乾之、康濯等為執行委員，並推選沙可夫、田間、魏巍、何洛、康濯等 5 人為常務委員。如此便有了魯迅文藝獎金的設立，1941 年 8 月 15 日，《晉察冀日報》曾報導說「邊區文藝運動自文協成立一年以來，已有很大的開展，魯迅文藝獎勵委員會，獎金現在已籌妥。」〔註 77〕其實，魯迅文藝獎金委員會先是屬於「文救會」（晉察冀文化界抗日救國會，1938 年成立）後來才由文聯管理，之後在 1942 年的 5 月公佈了第一批獲獎作品，同時也修訂了《給獎條例》，將給獎範圍從只限文字作品到戲劇、音樂、舞蹈、朗誦以及藝用器材的創制，明確指出選取的作品須有新民主主義現實主義的精神，入選作品出發給獎金外也為介紹出版。

　　魯迅文藝獎金除了自己徵文頒獎之外，還與其他組織一起發起如「政治攻勢文藝獎」、「軍民誓約徵文獎」、「鄉村文藝創作徵文獎」。這個獎項的關鍵字是「魯迅」，獎項本身的產生是為了紀念魯迅，其預設的評判標準是「新民主主義現實主義精神」，從得獎作品來看，一類是指導型的文章，如孫犁的《區村連隊文藝寫作課本》，柳茵的《文學與文學批評》，邵子南的《創作論》。以孫犁的作品為例，這篇是《冀中一日》徵文之後的關於如何寫作的文藝理論文章，文中就如何寫作從描寫、語言、概括和組織、主題和題材、進修幾個方面論述了在抗戰這樣的大時代下如何創作。其對象是普通大眾，孫犁強調，這是一本通俗的講如何寫作的文章，並不是文學概論，所以要「通俗、結合邊區現實、偏重『怎樣做』。」〔註 78〕通過這篇文章以及其他獲獎的文學作品，我們可以看出，魯迅文藝獎金與其他如「七七七文藝獎金」的

〔註77〕《晉察冀日報》，1941 年 8 月 15 日，期間還成立了魯迅研究會，隸屬晉察冀日報社，主要負責人是何乾之，委員為周巍峙、田間等。魯迅文藝獎金委員會沒有說明其委員有哪些，但從它的隸屬情況可以推測基本有文協晉察冀分會以及魯迅研究會的成員。
〔註78〕孫犁《孫犁文集》（理論卷），百花文藝出版社，2002 年，第 148 頁。

不同之處在於，它對作品的文學性有了更高的要求，強調文學的藝術性，但是這個高又不能高到以作家的標準來要求創作者，如果說「七七七文藝獎金」可以簡單概括爲文通字順且符合徵文精神的話，那魯迅文藝獎金可以說是選擇了一種中間狀態。孫犁的文章中對魯迅的論述可以視爲魯迅文藝獎的潛在標準，他說，「魯迅……不斷和舊社會、封建思想、前清遺老、洋場惡少、虛僞假面的人戰鬥。因爲他把人民所願的看成自己的所願，把人民所憎的看成自己的所憎，因爲他最後看出世界上最有前途的人是無產階級，於是老當益壯、鬥爭到死……是因爲這樣，魯迅成爲了這樣的作家。」〔註79〕因此，所謂的「新民主主義現實主義精神」即是要繼承魯迅的鬥爭精神。基於魯迅本身文學上的成就，這個獎項必然對藝術水準有一定的要求。以田間的《鼠》和魏巍（即紅楊樹）的《紅楊樹》爲例，這兩首長詩中，詩歌不再如其他獎項的獲獎作品那樣平鋪直敘以及多用白話俗語，而是用象徵的手段，前者以反面形象「鼠」，後者用正面形象「黎明鳥」，內容都是反映邊區生活，但詩中少用直接的呼喊，情感沉雄高昂又不失內斂含蓄。這是其他文藝獎金所不具備的。評獎之後，文協以及魯藝也對其作品進行了宣傳，如戲劇作品《把眼光放遠一點》（冀中火線劇杜集體創作，胡丹沸執筆）「以令人信服的眞實生活和巧妙的藝術結構，贏得了廣大群眾的喜愛，演遍了邊區各地。1944年西戰團（筆者注：即西北戰地服務團，成立於 1937 年，1945 年編入延安『魯藝』，主要負責人爲丁玲、周巍峙、吳奚如、王澤江）回到延安演此劇，轟動了延安。」〔註80〕

　　通過對「七七七」文藝獎金和「魯迅文藝獎金」的個案分析可以看到，不同的文藝獎金徵文設置了不同的評價標準，雖然都是在文藝大眾化的文學思潮之下，以「七七七」文藝獎金爲代表的大多數文藝徵文注重文學的普遍和通俗性，要求大眾參與、文學性要求偏低，「魯迅文藝獎金」強調自己對文學的指導意義，在文本選擇上對作品的藝術水準要高。總之，這些文藝獎金指導和帶動了解放區的文學動向，是實現文藝大眾化的重要工具。

〔註79〕孫犁《孫犁文集》（理論卷），百花文藝出版社，2002 年，第 20 頁。
〔註80〕晉察冀革命文化史料徵集協作組編《晉察冀革命文化藝術大事記》，花山文藝出版社，1998 年，第 116 頁。

第三節　抗戰時期其他地區的徵文活動分析

一、國統區的「蔣夫人文學獎金」徵文與「茅盾文學獎金」徵文

　　從文藝政策的推行與實踐角度來觀察，以徵文爲主要形式，解放區的文藝政策從客觀上實現了自己的目的，同時也不斷在國統區推廣和傳播。這個時期，國民黨的文藝政策以「三民主義」爲指導思想，也推出了具體的文藝寫作方針，如張道藩在《我們所需要的文藝政策》中提出的「六不五要」（不專寫社會黑暗、不帶悲觀色彩、不表浪漫的情調、不寫無意義的作品、不表現不正確的意識；要創作我們的民族文藝、要爲最受苦痛的平民而寫作、要以民族的立場來寫作、要從理智裏產作品、要用現實的形式），從政策中看出，規定可以說對文學創作進行了細緻入微的詳細要求，按照這樣的要求，文學創作似乎可以成型，但再細讀這些規定，似乎說盡了創作的要求，但又難以落實，什麼是正確的意識，何爲不帶悲觀的色彩，而民族形式更是一個更大更難定義的命題，這些都只停留在政策的解讀而沒有文學作品的支撐和落實〔註81〕。對於張道藩本身而言，他自己的文學創作以及在官方文藝政策之外他對文學的認識中，我們同樣可以看出這樣的矛盾，一方面他在這樣的政策規定中表明文藝創作對文學規範的可能性，另一方面他又強調文學是從心靈出發，他自己的畫作、戲劇創作也深化了這一點。所以說，相比解放區轟轟烈烈的「文學大眾化」運動，張道藩的文藝政策顯得無行動力和可行性。同時，中央宣傳部還推出了《獎勵與限制》《中央宣傳部三民主義文藝獎金審議委員會通告》：「三民主義文藝獎金辦法業經中央常會第二二七次會議通過茲依該辦法第六項之親定連同徵集作品辦法公告如下：三民主義文藝獎金辦法一、中國國民黨中央執行委員會爲獎勵發揚三民主義之理論及文藝之優良著作起見特設置三民主義文藝獎金二、受獎作品之範圍如左：甲：關於理論方面者：凡闡揚總理遺教總裁言論本黨革命歷史革命先烈事件本黨政綱政策或有俾於建戰建國之優良小說戲劇（包括電影劇本）詩歌繪畫雕塑音樂（包含

〔註81〕對於《我們所需要的文藝政策》的解讀，本書參考李怡先生《含混的「政策」與矛盾的「需要」——從張道藩〈我們所需要的文藝政策〉看文學的民國機制》（見中山大學學報，2010年第5期）一文，文章認識到了張文表述的含混與矛盾，其中思想的流變反映出了張道藩這樣的官僚知識分子在價值觀念上的自我矛盾，也折射著三民主義思想與集權政治的矛盾性結構。

樂譜及歌詞）通俗讀物屬之三、獎金數額每年暫定為國幣五十萬元遇必要時得增加之此類獎金之分配以關於理論著作與文藝作品各占百分之五十為原則但如其類作品多於其他一類時得按照實際需要酌情增加之四、獎勵方式分左列各種：甲對於已發表之作品經徵集審查合格者發給獎金……」〔註82〕條例中詳細規定了受獎細則，但對於作品要求卻只有一句話「凡闡揚總理遺教、總裁言論，本黨革命歷史革命先烈事件、本黨政綱政策或有俾於建戰建國」，我們可以說這個規定帶有強烈的意識形態性質，但卻對文學創作實踐指導不大。解放區的徵文，徵文要求雖然也是一種政治觀念的傳播，但對創作可以用「怎麼寫都可以，寫什麼都可以」來概括，這種似無規定但規定在無形中的宣傳策略取得了很大的成果，是「三民主義的文藝」無法達到的。

在國民黨文藝政策解讀的代表性刊物《文化先鋒》《文藝先鋒》中，共進行了兩次徵文、一次對中正文學獎金的宣傳。第一次題目兩刊均有登載，題目為「文化先鋒：民族文化之建立與使命；文藝先鋒：我理想中的民族新文藝」〔註83〕，徵文對象面向「高中以上學生及一般讀者」，獎勵「兩刊各取一二三三名除第一名各獎三千元第二名各獎二千元第三名各獎一千元並請中央文化運動委員會獎給獎狀。三名一下之優秀作品酌贈本刊。前三名如有特殊價值的量情形轉介教育部學術審議委員會或三民主義文藝審議委員會議獎。」〔註84〕第二次是「中央文化運動委員會為紀念本黨建黨五十週年，特發動徵求，國父孫中山先生傳記」，徵文中認為「我們需要寫出一本最偉大的國父孫中山先生傳，這已是無數萬人的呼聲了」，但是「一方面是國民渴望讀這樣一本書，一方面是作家想寫而又不敢寫這樣一本書」，所以「中央文化運動委員會便把握時機，登高一呼，徵請全國作家來完成這件不朽的事業。」〔註85〕具體要求是「用文學的手法來處理歷史的題材」，語言方面「不僅不要文言，而且也不要歐化的白話，希望全國作家能藉寫這本書的機會，創造一種典型性的國語，以結束若干年來的文白之爭。」〔註86〕字數要求三萬到八萬，獎勵「預定錄取三名，第一名，獎十萬元，第二名，獎七萬元，第三名，獎五萬元。這種最高的榮譽，本來無法以金額懸賞，將來作家在精神上的收穫，

〔註82〕《文藝先鋒》，1943 年第三卷第 2 期。
〔註83〕《文藝先鋒》，1944 年第一卷第一、二期合刊。
〔註84〕《文藝先鋒》，1944 年第一卷第一、二期合刊。
〔註85〕《文藝先鋒》，1944 年第一卷第一、二期合刊。
〔註86〕《文藝先鋒》，1944 年第一卷第一、二期合刊。

一定遠過於獎金的千萬倍，因爲，國父是永垂不朽的，而作家之名，亦將因此偉大的著作而不朽。」〔註87〕除此之外，文藝先鋒還報導了關於中正文化獎金的情況，「上海市文化運動委員會主辦中正文化獎金三十七年度文藝獎訂定，徵求短篇小說與報告文學，題材以描寫或報導匪區情形，反映當地人民的思想和生活，痛苦與奮鬥爲中心，參加應征人無任何限制，每一個作者都可以將其作品。」〔註88〕不過，這兩次徵文都沒有後續報導，影響並不大。除此之外，國民黨教育部以及其他組織另發起了不同類型的徵文。

1944年8月26日國民黨中央文化運動委員會爲設置優良劇本年獎在《中央日報》刊登「徵選劇本啓事」。國民黨中央教育部在1938年向全國進行的抗戰劇本徵求：「本部爲獎勵劇本並使一般民眾對抗戰建國有深切認識起見，特公開徵求有利於抗戰建國之話劇歌劇優良劇本，以備戲劇界公演只用。」〔註89〕此次徵文由教育部直接出面，可以說是級別最高的一次徵文，爲了擴大影響，《中央日報》特意爲此加強宣傳，配文如下「教育部獎勵劇本創作……茲悉各方應徵者十分踴躍，有遠自上海、香港及南洋投稿者，足見戲劇界對於抗戰劇運之注意，聞此項徵稿，期限三月底截止，一待期滿，即行交付審查。」〔註90〕對於劇本創作內容，教育部也作了詳細規定：「1、闡明國家民族利益高於一切，提高人民爲國家民族效忠之信念者。2、鼓勵各界同胞化除一切成見，徹底精神團結，統一意志，擁護領袖，擁護政府，實現抗戰建國之國策者。3、暴露日寇之暴行及其野心者。4、說明全面長期的抗日戰略，以堅定人民最後勝利之信心者。5、提倡生產建設節約獻金國民兵役，義務勞動，出錢出力以增強抗戰力量者。6、表揚忠烈剷除漢奸，消滅苟安與頹靡思想，以鞏固後方者。7、其他有激勵民心裨益於抗戰建國之壯烈史績或有益於世道人心之現代故事者。」〔註91〕

徵求工作完成之後，教育部隨即組織專家進行評獎，「劇本分初選、復選、終選三個部分，參加初選和復選的人員有11人，分別是：余上沅、曹禺、趙太侔、洪深、黃作霖、陽翰笙、王平陵、王冶、朱雙雲、舒舍予、盧翼野，其中，前七人爲話劇評委，後四人爲歌劇評委。初選從162份應徵稿件中選

〔註87〕 《文藝先鋒》，1944年第一卷第一、二期合刊。
〔註88〕 《文藝先鋒》，1947年第十二卷第六期。
〔註89〕 《教育部徵求抗戰劇本啓事》，《中央日報》，1938年12月19日。
〔註90〕 《中央日報》，1939年3月16日。
〔註91〕 國民黨中央教育部檔案，中國第二歷史檔案館，卷宗號5－11977。

出 37 份參加復選，復選中有 21 份最終進入終選。終選則由教育部部長張道藩負責，最後獲獎的作品是沈蔚德的《新烈女傳》（獲獎後更名《民族女傑》）、潘傳烈《自由的兄弟》、謝不凡《通緝書》、彭斯基《國家至上》、陳啓肅《生死線》、邱楠《聖戰曲》、蕭斧《大風》、向培良與陳啓和的《夜》、徐春霖《轟轟烈烈》、李樸園《三將軍》。」〔註 92〕獲獎作品公佈之後，許多劇團就要求上演這些劇，所以說，這是一套完整的體系，從公佈徵文到選取作品，最後公佈演出加強宣傳。

　　從以上幾個徵文我們看出，首先徵文內容主題宏大，或者是民族形式討論，或者是孫中山傳記，其次，針對人群不固定，讓中學生參與關於「民族形式」這樣的問題討論顯然過於宏大，而撰寫國父傳記這一徵文對於國統區和解放區的作家來說又帶有政治上的複雜性，所以這兩次看似正規的徵文並沒有獲得好的結果，資料顯示也沒有後續報導。利用政治人物作為題材和題目的徵文比較完整的當屬「蔣夫人文學獎金」徵文，據此我們可看出其徵文的特徵。

　　「蔣夫人文學獎金」是由重慶的婦女指導委員會發起的，首先在 1940 年3 月 8 日的重慶《中央日報》刊出，之後《大美週刊》（1940 年 3 月 31 日）、《湖南新運》（1940 年第一卷第 4 期）也刊登了這份徵文。宋美齡在《告參與新運婦女委員會文藝競賽諸君》中表明了這次徵文的目的，「藉此鼓勵女界青年熱心於寫作」，中央日報也肯定了這次徵文的意義，指出這次在戰爭背景下發起的徵文，可以將女性從兒女情長的「小主題」上升到抗戰的「大主題」，還打算將蔣夫人文學獎金設置永久獎金，有文藝、科學其他著作的各種獎金，年選或季選，使女作家源源不斷地產生。具體徵文細則如下：

蔣夫人文學獎金簡則

（一）定名：為「蔣夫人文學獎金」。

（二）宗旨：以獎勵婦女寫作及選拔新進婦女作家為宗旨。

（三）金額：總額三千二百元正。

（四）徵文種類共分兩類：（甲）論文：凡關於婦女問題，婦女工作，婦女修養，婦女運動等研究著述。（乙）文藝創作（小說戲劇等）以在抗戰中的婦女生活，婦女運動為中心題材。

〔註92〕國民黨中央教育部檔案，中國第二歷史檔案館，卷宗號 5－11977。

（五）作者資格限於三十歲以內之女性，未曾出版單行本著作者。

（六）錄取名額及獎項：甲乙兩級，各取第一名一名，每名給獎金
　　　五百元，第二名各取二名，每名給獎金二百五十元，第三名
　　　各取三名，每名給獎金一百二十元，第四名各取四名，每名
　　　給獎金六十元，（如不合給獎標準者，該級廢取名額，寧缺毋
　　　濫，或改給其他獎品。）

（七）字數：甲種每篇五千至一萬字。

（八）報名：願應徵者，須於今年六月底以前，向婦女知道委員會
　　　文化事業組報名，由該組編定，交稿應填號數，來函通知，
　　　報名時須填真姓名，年齡，籍貫，學歷經歷，應徵種類（甲
　　　種或乙種）及通訊位址，並繳最近二寸半身相片兩張，如再
　　　報紙及刊物上發表作品者，並寫明該項作品之名稱及發表之
　　　刊物與時間。

（九）截稿期限，二十九年八月底截止，交稿時，稿面上只寫號數
　　　，不書姓名，並且密封。

（十）評判特聘作家七人至十一人，組織評批委員會評定之。

（十一）揭曉，二十九年雙十節。

（十二）版權，凡錄取作品之版權，婦女指導委員會所有，未經錄取
　　　　之稿件，一概負責退稿。

（十三）地址：報名及交稿，請寄重慶曾家岩，求精中學內，婦女知
　　　　道委員會文化事業組。交稿時，稿末寫明「應徵蔣夫人文學
　　　　獎金」。〔註93〕

接著，《大美週刊》又刊出了關於獎項的評委會成員：「《蔣夫人文學獎金評定委員會聘定》，蔣夫人文學獎金評判委員會，茲已聘定委員會十人，主任委員由冰心擔任，錢用和任秘書。評判委員分兩組，論文組為陳布雷、錢用和、羅家倫、吳貽芳、陳衡哲，文藝組為謝冰心、郭沫若、蘇雪林、朱光潛、楊振聲。全部稿件已開始初審。」〔註94〕一年之後，徵文結束，據冰心回憶，應徵者有五百五十二人，收到應徵文卷有三百六十本，經過初審之後，保留

〔註93〕《中央日報》，1940 年 3 月 8 日。
〔註94〕《讀書通訊》，1941 年第 20 期。

一百二十本，稿件如蘇雪林先生所言：「……所閱稿子中盡有佳作，思想之高超，題材之豐富，結構之美滿，技巧之純熟，雖抗手一般老作家，亦無愧色，可見新文學前途自有希望。」〔註95〕最後，《時事週報》、《婦女新運》和《大美週刊》都刊出了這次徵文的獲獎結果：

蔣夫人文學獎金徵文揭曉

蔣夫人文學獎金徵文揭曉，於本年七月二日已在報端登載。現為徵文專號讀者便於查核起見，特再將得獎者姓名及應徵文題，次列於左：

論文　第一名　陳廷俊　婦女修養

　　　　第二名　王文錦　文藝中的女性

　　　　　　　　潘毓琪　我國青年婦女的心理健康問題

　　　　　　　　趙蓉芬　時代婦女應有的自覺和解放

　　　　第三名　李鴻敏　從中國婦女在禮法上的今昔地位以瞻其解放的前途

　　　　　　　　阮學文　從我國教育史的分析談到我國婦女運動的將來

　　　　　　　　蔡愛璧　家庭教育史上的兩個基本問題

　　　　　　　　范祖珠　中國新女性與民族文學

　　　　第四名　饒藹林　戰時家庭婦女生活之改進

　　　　　　　　廖志恪　論婦女工作者之修養

　　　　　　　　郭　俊　工作與教訓

文藝　第一名（無第一名標準分數，故缺）

　　　　第二名　朱瑞珠　晨星

　　　　　　　　朱桐先　賣歌女

　　　　第三名　蕭　鳳　達可兒

　　　　　　　　高鍾芳　除夕

〔註95〕冰心《評閱述感》，《冰心文選——佚文卷》，福建教育出版社，2007 年，第67 頁。

　　　第四名　石　　傑　劉大媽

　　　　　　錢玉如　恒河

　　　　　　桂　芳　新的生路

　　　　　　潘佛彬　扣子〔註96〕

對於此次獲獎作品，冰心專門撰寫了《評閱述感》，她指出這些作品的優點在於「自己親切的生活環境的敘述」「本地風光的描寫」「抗戰意識的增進」，但在題材、技巧、文字方面卻存在著「太偏重英雄主義」「愛寫理想的事物，不求經驗」「缺少剪裁」〔註97〕等不足。「蔣夫人文學獎金」，從其名稱看，「蔣夫人」宋美齡對參加徵文的女性作者有著不同的意義，它代表的獨立的女性，參與社會的責任感，所以她們在作品中會有意無意地去表達這種概念。徵文中要求是與抗戰有關，因此在內容上大多表現戰爭中女性的自覺與獨立，獲得文藝類第二名的《晨星》與《賣歌女》，前者是一篇小說，主要敘寫了外籍女士「雷諾」在中國的經歷，經過七七事變、八一三事變，她看到了中國人「全民族的怒吼」，「我明白這古國又得為歷史創造空前偉大的一頁」〔註98〕，於是決定留在中國在學校幫助學生。後者是一篇話劇，主要內容是講述幾位青年男女在日本侵略之時，與其周旋鬥爭。《劉大媽》則敘寫了劉大媽能不避眾議，率領婦女黑夜護送傷兵的故事。抗戰意識在獲獎作品中都得到了表達，但卻存在著為抗戰而寫抗戰的痕跡，創作者描寫了大時代中的大事，如戰場、間諜等，但這些都帶有過多的想像，無經驗而使作品流於空泛。

　　值得一提的是，在國統區另一項徵文是「茅盾文藝獎金徵文」，這是為紀念茅盾先生壽辰所設置，不過只舉行了一次，「茅盾先生五十壽辰，經各方捐獻二十萬元，作為『茅盾文藝獎金』，特委託敝社同人代為徵選，茲擬定簡則條例如下：1、獎金暫定二十萬元。2、徵文擬以取材農村生活之短篇小說，速寫，報告為限。3、字數以五千字左右為宜，最長不得超過一萬字。4、截止日期，本年十月底。5、獲獎名額——五名至十名，獎金平均分配。6、當選者除致送獎金外，發獎或出版時之稿酬仍歸作者所有。7、當選稿件先在《文藝》《文哨》雜誌上發表。8、評選委員：老舍、章靳以、楊晦、馮乃超、馮

〔註96〕　《婦女新運》，1941 年第三卷第 2 期。
〔註97〕　冰心《評閱述感》，《冰心文選——佚文卷》，福建教育出版社，2007 年，第68～69 頁。
〔註98〕　《婦女新運》，1941 年第三卷第 2 期。

雪峰、印荃麟、葉以群。9、來稿請寄重慶《文藝雜誌社》《文哨月刊社》均可。」〔註 99〕關於此次文學獎金的緣起，據茅盾回憶「會上，有一位正大紡織染廠的陳鈞（陳之一）先生委託沈鈞儒和沙千里律師將一張十萬元的支票贈送給我，指定作爲茅盾文藝獎金。事後我聽說，這筆獎金是陳鈞在董老的授意下捐贈的。我把獎金交給文協，希望用來獎勵青年作家……後來，由於各方面的捐贈，獎金增加到三十萬元，共徵集了青年作者的作品 105 篇，由評選委員會評選出甲等三名，乙等兩名，丙等三名。其中一位甲等獎的獲得者田苗，就是我在唐家沱認識的那位高中學生胡錫培。」〔註 100〕最終，獲甲等獎的作品有徐疾的《興文鄉疫政印景》、田苗的《互替的兩船夫》、木人的《豐收》；獲乙等獎的有溫士揚的《會議》、李俞的《還政於民記》；獲丙等獎的有生群得《農村的一角》、夏培靜的《麼店子》、汪文孫的《風波》。甲等獎獎國幣 4 萬元，乙等獎獎國幣 3 萬元，丙等獎獎國幣 2 萬元。這些作品分別發表在《文藝雜誌》《文哨》《青年學習》等雜誌上。這次徵文以鼓勵青年創作爲目的，是文人之間的一次文學交流活動，有文學前輩扶持新進作家的意味，只是所產生的作品影響不大，此次徵文並沒有產生重要的影響。

二、「孤島」與淪陷區的文學徵文

　　抗戰時期，孤島和淪陷區的徵文活動雖不像解放區和國統區那麼頻繁和系統，但仍有各自的特色，孤島的徵文活動較少涉及政治內容，民間組織的幾次以雜誌爲依託的徵文，徵文內容簡單、輕鬆。而淪陷區的徵文往往被認爲是日僞當局的政治活動的組織部分，不過仍產生了一些不錯的文學作品。孤島主要圍繞《西風》和《萬象》兩本雜誌展開徵文活動，淪陷區有「華北文藝獎金」以及《中國公論》、《新民報半月刊》等徵文。

　　《西風》雜誌 1936 年 9 月由黃嘉德、黃嘉音兄弟與林語堂創辦，到 1949 年 5 月上海解放而終刊，共 118 期，由上海西風月刊社發行，其宗旨爲「譯述西洋雜誌精華，介紹歐美人生社會」。作爲一種民間私營刊物，《西風》讀者眾多，雜誌欄目廣泛，按照《西風》編輯的自我定位，他們設定雜誌的功能是翻譯和介紹西洋雜誌文字，同時也給中國雜誌一個標準，但因其求全，反而使它的特點模糊不清，《西風》欄目極其廣泛，如有冷眼旁觀、雨絲風片、

〔註99〕《新華日報》，1945 年 8 月 3 日。
〔註100〕茅盾《茅盾全集》（第三十五卷），人民文學出版社，1984 年，第 539 頁。

專篇、長篇連載、婦女家庭、傳記、軍備戰爭、社會暴露、名人雋語、西書精華、筆花、卡通等等，這些大雜燴的實際使其「專譯西洋雜誌文字」的初衷變得不明顯。而內容上除了林語堂的文章及翻譯佔據長篇連載，再加上「徵文當選」中的徵文、「冷眼旁觀」中的短評、「西風信箱」中的來往信函等等，譯述西洋雜誌文字其實占很少一部分。不過也正是這種面向大眾、讓廣大讀者參與的徵文方式使得《西風》成爲當時期刊市場上炙手可熱的雜誌。《西風》第十九期，西風社以「爲實踐提倡西洋雜誌文體」爲名舉辦徵文，設立的題目如「瘋人的故事」、「私生子自述」、「我的家庭問題」、「我所見之低能兒」，內容無所不包。該刊三週年之時，從第 37 期開始連續五期刊載《西風月刊三週年紀念現金五百元懸賞徵文啓事》，規定題目爲「《我的……》，舉凡關於個人值得一記的事，都可發表出來，字數五千字以內。第一名獎金五十元，第二名獎金三十元，第三名獎金二十元，第四名至第十名除稿費外，並贈《西風》或《西風》副刊全年一份。」〔註 101〕1940 年 4 月，徵文完成，揭曉成果，據統計共有 685 篇文章應徵，佳作頗多，「執筆者有家庭主婦、男女學生、父親、妻子、舞女、軍人、妾、機關商店職員、官吏、學徒、銀行職員、大學教授、教員、失業者、新聞記者、病人、教會及慈善機關工作人員、流浪者、囚犯等，寄稿的地方本外埠、國內外各地皆有，社會上各階層、各職業界、各方面、各式各樣的人差不多都有文章寄給我們，可見會寫文章或想寫文章的並不只限於文人學者，同時也可以顯示《西風》已經漸漸侵入了社會的各階層」〔註 102〕。不過來稿數量龐大，內容龐雜，也給評獎造成了一定的苦難。編者宣稱「是以內容、思想、選材、文字、筆調、表現力量、感想、條理、結構等條例爲準則，以定去取的。」〔註 103〕編委會決定在十個中選名額之外，另外定出三個名譽獎。名次獎一次是「《斷了的琴弦（我的亡妻）》（水沫）、《誤點的火車（我的嫂嫂）》（梅子）、《會享福的人（我的嫂嫂）》（若汗）、《誰殺害了姐姐（我的姐姐）》（綠波）、《殘惡的交響曲（我的妹妹）》（家懷）、《淘氣的小妮子（我的同窗）》（魯美音）、《無邊的黑暗（我的回憶）》（方菲）、《結婚第一年（我的妻子）》（吳訥孫）、《我做舞女（我的職業生活）》（凌茵）、《孤寂的小靈魂（我的妹妹）》（連德）。榮譽獎爲：《困苦中的奮鬥（我的苦學生

〔註 101〕《西風》，1939 年 9 月第三十七期。
〔註 102〕《西風》，1940 年 4 月第四十四期。
〔註 103〕《西風》，1940 年 4 月第四十四期。

活）》（維特）、《我的第一篇小說（我的小說）》（郭南山）、《天才夢（我的天才夢）》（張愛玲）。」〔註104〕之後獲獎作品集結出書，取名《天才夢》。

　　這次題目簡單、內容廣泛的徵文活動意義頗大，《結婚第一年（我的妻子）》的作者吳訥孫就是後來的臺灣著名小說家鹿橋先生，最重要的是產生了張愛玲認可的「處女作」《天才夢》，據張愛玲回憶，「寫了篇短文《我的天才夢》，寄到已經是孤島的上海應徵，沒稿費，用普通信箋，只好點數位數，受五百字的限制，改了又改，一遍遍數得頭昏腦脹。務必要刪成四百九十多個字，少了也不甘心，不久我又收到全部得獎名單，首獎題作《我的妻》，作者姓名我不記得了。我排在末尾，彷彿名義是『特別獎』也就是等於西方所謂『有榮譽地提及』（honorable mention）。」〔註105〕「首獎」《斷了的琴弦——我的亡妻》作者水沫來自上海，推測可能是個筆名，文章在《西風》第四十四期上與評選結果一起刊出，是作者在愛妻去世後的第二十天所作，聲情並茂，感情深摯，思念殷殷，是一篇感人的悼亡之作。不過與張愛玲意向奇特才華橫溢的《天才夢》確實不能相比，一個二十歲的女孩語出「生命是一襲華美的袍，上面爬滿了蝨子」令人驚奇。總體來說，此次徵文達到了徵文發起者「企圖在我國雜誌界灌進一些新力量」的初衷，題目難度不大，參與人數多，且產生了經典之作。

　　隨著戰爭的發展，《西風》雜誌將自己刊物的特色與時代主題密切結合，陸續推出復刊徵文和九週年紀念徵文。「西風自創刊以來，即以提倡西洋雜誌文體爲職志。歷次徵文，投稿者均甚踊躍。茲值復刊紀念，特擴大徵文範圍，辦法如下：題目：（一）《險遇》（描寫戰時逃難遇險經過，須以親身經驗或目睹之事實爲根據，每篇請勿超過五千字）（二）我所得的教訓（把你的人生經驗中得到最深刻的教訓敘述出來，以作讓人的借鑒。每篇請勿超過三千字。）（三）他是一個好教師（在這抗戰建國期間，許多人都說教育水準低落，教員濫竽充數，但是我們相信國內一定也有很多好的教師，雖在經濟情形極度窘怕之下，還是諄諄不倦循循善誘地用新的教學方法去教導青年。我們希望受到恩惠的學生，會把他們良師的性格，教學的新方法，詳細地描寫出來，以作其他教師的參考。應徵者把所記的教師的眞姓名和地址通知我們，我們

〔註104〕《西風》，1940 年 4 月第四十四期。

〔註105〕張愛玲《憶〈西風〉——第十七屆時報文學獎特別成就獎得獎感言》，《中國時報》，1994 年 12 月 3 日。

當寄贈發表該文的西風，以表敬仰。每篇請勿超過三千字。）稿酬：發表稿件每千字至少奉薄酬二百元，特優稿件稿酬從豐。」〔註 106〕從徵文條例中可以看出，即便是在抗戰中，其徵文的要求仍然是以普通生活爲主題，寫身邊的故事，抗戰成爲了可有可無的大背景。直到九週年紀念才明確提出徵求《抗戰中的一個故事》：「西風創刊九週紀念　現今萬元懸賞徵文啓事　西風創刊以來，轉瞬將及九年，在中國這九年正式內憂外患交相侵迫的時期。我國的半壁大好河山，淪陷在敵人的鐵蹄下了，沿岸的海口被封鎖，凡不願做順民的，扶老攜幼大批從淪陷區遷徙到自由區來，西風也因爲不願再敵僞的勢力範圍下苟延殘喘，忍痛停刊了兩年多，總而言之，這抗戰的九年，正式我國的多事之秋，也是每一位中國國民的多事之秋，在這全國上下爲自由而抗戰的期間，可歌可泣的事實，一定很多，值得記錄下來，以反映我們這個光榮的抗戰時期的一定也不少。因此，我們願意乘這西風創刊九周紀念的機會，本著提倡西洋雜誌文體的職志，來發起這個徵文，辦法如下：

　　（一）題目：抗戰中國的一個故事

　　　　凡是與抗戰時期有關的事實，不論是個人的，家庭的，機關的，團體的，以至國家的，只要能夠反映中國的抗戰，或抗戰時期中國生活的一部分者，都歡迎寫出，如前線將士艱苦作戰的實況，得人的殘暴野蠻，傀儡媚敵的醜態，逃難的苦況與險遇，貪官污吏土豪劣紳的魚肉人民，教育家、文化界鬥士與公務人員的艱苦生活，奸商的囤積居奇興風作浪，以及農工商學各界各種職業部門的生活情形，都可以選爲材料。題目可以自由選定，題材必須以事實爲根據，內容要翔實動人，要寫的使讀者讀過以後會頭腦更爲清醒。總之，要製成一份對讀者有益的，衛生的，可口的，營養豐富的精神糧食。

　　（二）字數限五千字以內。

　　（三）期限：自即日起至民國三十四年九月三十日止。外埠以郵戳爲準。

　　（四）資格：凡自由中國的西風讀者，均有應徵資格。

　　（五）手續：來稿請用有格稿紙單面繕寫清楚，並於稿端注明作者姓名地址職業年齡，來稿請寄「重慶神仙洞街一八八號西風徵

〔註 106〕《西風》，1944 年 10 月第六十九期。

文編輯部」，稿件請自留底稿，不論錄取與否，不論附郵與否，概不
退稿。

（六）獎金：第一名獎金一萬元，第二名獎金五千元，第三名
獎金三千元，並各贈西風全年一份，第四名至第十名按每千字五百
元致贈稿費，並各贈西風半年一份，其餘錄取文字，概奉稿費每千
字至少五百元。」〔註107〕

此次應徵文章，在重慶的時候收到一百五十四篇，回上海的時候又收到四十
三篇，一共是一百九十七篇。中選第一名的獎金，原來規定一萬元，因為物
價波動，遂改為五萬元。獲獎作品為：

第一名　工作在敵人的刺刀下　文修　四川北碚
贈獎金五萬元，西風月刊全年一份

第二名　龍之帆　森子慧　上海市
贈獎金四萬元，西風月刊全年一份

第三名　姍姍　史鶴琴　雲南下關
贈獎金三萬元　西風月刊全年一份

第四名　恩平和我　麗芳　四川潼南

第五名　戲劇人生　朱棣　陝西寶雞

第六名　匪窟餘生記　何經恕　四川北碚

第七名　為了祖國　魏詠泉　四川李莊

第八名　倔強的孩子　林紓　四川納雞溪

第九名　老瘋婆　高揚　四川北碚

第十名　無名英雄　莊非　緬甸

與此同時，鑒於之前《我的……》徵文的影響和效果，在徵求抗戰題材的同
時，在《西風》第79、81、82、83期上仍然在發起類似題目為「我的職業生
活」、「如果我是」的徵文活動，且獲獎作品都會在雜誌上刊出。「我的職業生
涯」獲獎的十六篇文章後集結成書《空遊》。所以，《西風》雜誌的徵文總體
話題輕鬆，整個評獎有始有終，即便是名不見經傳的作者也都給予版面刊登
獲獎作品，這使《西風》雜誌形成了固定的讀者群。就算是抗戰這樣的大主

〔註107〕《西風》，1945年7月，第七十八期。

題也被定義的容易操作題目簡單，從獲獎作品來看，大多是感情眞摯、文風樸實的小品散文，不寫大話題，只是描寫大環境下小人物的個人境遇和感受，這也代表了抗戰時期孤島人物的生存狀態。

　　與《西風》雜誌徵文類似的是《萬象》雜誌，《萬象》在創刊號中就設立了「學生文藝獎金徵文」，力圖挖掘文藝新生力量，爲學生創建平臺，鼓勵創作。徵文內容「以純文藝爲主體，包括創作小說，譯作小說，報告文學等，以語體文爲限，每篇不得超過五千字。」徵文題目沒有再做具體規定，《萬象》每期都會刊登徵文來稿中兩至三篇優秀作品，對激勵當時青年文學愛好者創作起了一定的推動作用。

　　在日僞統治下的華北淪陷區的文藝情況，一方面是日僞當局爲了宣傳其政策而成立各種組織，加強對文藝的領導和控制，另一方面一些進步作家則努力宣傳他們的文學主張，不僅發起各種文學論爭，同時利用徵文推動一些優秀作品的產生。1942 年在日僞控制下，文藝活動方面成立了華北作家協會〔註108〕，但此組織因「冀贊」第五次治安強化運動，策劃與日本、「滿洲國」之間的文化交流，派遣會員參加大東亞文學者大會而備受詬病，不過由它推薦的「華北文藝獎金」、「大東亞文學賞」獲獎作品，卻多是與當局的政策關係不大的優秀之作。爲了建立所謂的「新文學」，敵僞政府設立「大東亞文學獎金」，各種刊物相繼以「徵文」的辦法刺激創作，以期培養出一批爲他們服務的所謂「新進作家」。「徵文」規模最大的是 1944 年初由「華北作家協會」主辦、以武德報社爲後援的所謂「發揚中日同盟條約、大東亞宣言精神大徵文」。其口號爲「全作家文學報國」。這次徵文，從 1944 年 1 月 1 日起，至 5 月底截止，共有獎金八千元，獲選作品分別在《中國文學》、《國民雜誌》、《民眾報》刊載，並向 1945 年度「大東亞文學獎」推薦。「評選」結果：小說，正選無，副選《滹沱河上》（永靖）；詩歌，正選《大東亞歌》（雷聲），副選《中日同盟歌》（郭青萍），劇本，正選《咆哮著大地》，副選《瞬間》（陳峋）；電影腳本，正選《故鄉》（廉伯平）。這次徵文因有明顯的政治要求，因而爲愛國人士所不願參加。

〔註108〕「華北作家協會」由柳龍興任幹事長，張鐵笙任副幹事長，幹事有：辛嘉、呂寄、白村、徐冽、張城宇、袁南星、顧湛。該協會建立後發展了一批會員，發刊物，出版書，並召開了「決戰文學者大會」。其機關刊物爲《華北作家月報》，每期有「會報欄」，發表會務動態、會員出版消息、會員動靜、入會名單。他們派沈啓無、陳綿、張我軍、徐白村，柳龍光、蔣義古等六人出席了所謂「大東亞學者大會」。

　　1942 年 10 月，在「第五次治安強化運動」期間，《中國公論》舉辦主題徵文，徵文啓事爲「爲建設華北完成大東亞戰爭，第五次治安強化運動已行展開，本刊爲協力治運以盡輿論天職，特舉行徵文，以爲實踐初步，尚希海內作家，共濟時難，同抒讜論，此啓。」〔註 109〕具體要求是以白話爲主，論文、小說的字數在五千至一萬字之間，詩歌以寫實爲主，擬評出論文小說各一篇，新詩兩篇。兩個月後，該刊發表「本刊治運徵文當選特輯」，編者言雖然來稿衆多，但並沒有十分滿意的作品，最後只好不分等次地選了四篇，分別是論文《鄉村自衛及其對策》，小說《轉》（吳方成）、詩歌《醒》（韓武）、《還鄉》（魏達義），這幾篇的藝術水準並不高，主要是爲日僞的宣傳口號做注腳，配合整治活動而寫。類似的還有《新民報半月刊》從 1942 年開始設立的「每期獎金」小說，起初沒有政治要求，只說徵文對象是文藝青年，每篇一七千至一萬字爲限，入選獎金爲二十元，後來獎金有所增加，有二十五元、三十元，同時也對作品提出了政治上的要求，即「還希多多賜寄有關建設大東亞的題材的作品爲荷」「題材方面以有關復興中國，建設東亞，灌輸參戰意識爲限」〔註 110〕從 1942 年度刊登的徵文來看，獲獎作品主要分爲三類，一是婚戀小說，如《賣血》（第四卷第 1 期）、《火災》（第四卷第 3 期）、《飄零》（第四卷第 7 期）、《生之誘惑》（第四卷第 8 期），一是反映城鄉現實生活的作品，如《火灶上》（第四卷第 2 期）、《荒原》（第四卷第 10 期）、《夕陽》（第四卷第 11 期），還有一類就是以詮釋當局的政治主張和軍事活動的作品，如《馬達的悲歌》（第四卷第 5 期）、《歸來》（第四卷第 13 期）、《遙遠的風沙》（第四卷第 19 期）、《殉職》（第四卷第 18 期）。前兩類作品一定意義上反映了當時以文藝青年爲代表的部分人在戰爭背景下苦悶和絕望的情緒，尤其第二類揭示了社會底層各式人物的喜怒哀樂，頗有特色，但第三類的牽強附會政治政策的痕跡過於明顯，編者將它們定位爲「時代的文藝作品」，但其實並無太大的社會意義。

　　利用徵文產生出優秀作品的當屬《國民雜誌》的小說徵文，1942 年 2 月，《國民雜誌》第二卷第 2 期刊出「本刊大型徵文啓事」，以 1500 元獎金徵求兩部 10 萬字的長篇小說，「以鼓勵作者寫作的勇氣，振興華北文藝界的長篇小說創作。」內容要求「描寫目前中國民衆的眞實生活」。1943 年 1 月第三卷

〔註 109〕《中國公論》，1942 年第八卷第 1 期。
〔註 110〕《新民報半月刊》，1943 年第五卷第 6 期。

第 1 期徵文結果發表，在 100 多部來稿中，天津作者楊鮑（即楊大辛）的小說《生之回歸線》獲正選，宣化貫洋（劉延甫）的《新生》獲副選。1943 年 8 月，《國民雜誌》第三卷第 8 期刊出第二次長篇小說大型徵文啟事，要求內容與第一次相同，結果，天津作者關永吉的長篇小說《牛》獲正選，如水（范琦）的《海濱的憂鬱》獲副選，並在 1944 年 1 到 7 月的《國民雜誌》第四卷的 1 至 7 期連載了關永吉的小說。

　　在戰爭這樣的大背景下，由於政治勢力所劃分成的解放區、國統區、淪陷區，其政治政策必然會反映在對文藝、文學的要求上，文學在這裡一方面成為了一種工具，但同時自身也在政治的背景下探索發展中。徵文這樣一種由發起者、創作者共同推進、交流的方式，很好地反映了各個地區的文學狀況，也為徵文發起者的宣傳提供了最有效的手段。

　　解放區無疑是徵文最廣泛、手法最多、參與人數最廣且政治與文藝結合的最自然密切的地區，文藝協會、文聯、政治部、組織部、文化部，這些部門都參與了文藝徵文，形式豐富，有針對全國的「一日」徵文，不拘題材，不拘體裁，不拘字數，寫什麼都可以，什麼都可以寫，有關於某主題的如軍民誓約運動、紀念七七事變、紀念五四，也有利用名作家效應的「魯迅文藝獎金」。從政治宣傳，政治對文學的直接干預來講，解放區將「文學」的標準定義為反映現實、民眾理解，一系列的徵文給大眾營造了一種人人都可創作的意識，而大眾的積極參與也證明了文藝政策的成功。徵文發起者與參與者都達到了其目的，發起者宣傳了政治政策，這種宣傳的態度是溫和的，是以「文藝大眾化」為最高指標的，徵文參與者沉浸在人人都可參與文學創作的氛圍中，積極迎合發起者的徵文標準，獲獎機會高、標準低又再度加強了徵文的順利進行，這也就是解放區徵文稿源極其豐富的原因。同樣是以政治宣傳為目的，國民黨的徵文卻偏於嚴肅，徵文規定宏觀、主題宏大，常用「黨國意識」「民族形式」「建國策略」這樣似有要求但卻難以把握的題目。從徵文題目就可看出，徵文發起者其實並沒有將其對象面向大眾，而是寄希望於作家，寄希望由徵文產生優秀的文學作品。相比前兩個地區政治意識強烈，孤島的徵文則相對輕鬆，戰爭成為了大背景，徵文還是選取日常生活的題目，如我的職業生活、一個故事等等。淪陷區歷來被認為是日偽統治下的文學活動，但其中除了當局政策的宣傳徵文，不少作家利用徵文，宣傳文藝思想，從而產生了優秀的作品。

第四章　「一日」系列有獎徵文：日常生活的儀式化

　　有獎徵文是一個制定標準、根據標準來選擇的過程，因此它同時是一個「篩選」機制，這個篩選的過程體現出徵文的性質和要達到的目的和影響。前章所論述的以文藝大眾化為目的的徵文活動為了讓更多的人參與，標準設定相對較低，但也仍寄希望由此產生真正表達大眾的優秀的文學作品。發生在三十年代的「一日」系列徵文則進一步削弱了篩選的功能，加強了「重在參與」的徵求標準。文學史家在描述這一時期的文學活動時，都將其稱為中國現代文學史上報告文學的繁榮發展階段，具體表現即是以「中國的一日」為代表的徵文，這些徵文大多結集出版，收錄文章數量眾多。不過問題在於，我們該如何認識這個所謂的文學繁榮時期，僅僅是數量上的前所未有，參與人數的空前絕後並不能有效解讀這些特殊的徵文。本書以為，這些徵文很好地製造了一種「文學創作的幻覺」，即人人都可以寫作，每個人都可以被記錄在歷史，這樣的製造過程已經遠遠超出了文學本身發展的意義。

第一節　《中國的一日》編輯出版與「一日」系列徵文

　　1930 年代，中國社會的主題是戰爭，是國家、民族的存亡，一切物質或精神活動都要圍繞這個主題展開，無論是政治上的鼓吹吶喊，文學上的講述描寫，不管是官方的報刊雜誌還是民間同人發起的文學刊物，都要跟隨反映這個主題。普通大眾的日常生活也被納入到了被講述被干預的範圍之內，一方面，國家政黨需要普通民眾對抗戰、國家民族這一主題有深深

—133—

的認同感，另一方面，民眾的參與也可從中獲得對時代的參與感與體認感，這兩者的共同合作形成一種「想像的共同體」，即對國家民族的想像。可以說，這種想像是依靠徵文來完成的。具體而論，1936 年，仿照高爾基的「中國的一日」徵文，《申報》也發起了「中國的一日」徵文，後結集出版，這次由茅盾等左翼知識分子發起的大規模徵文給不僅爲我們提供了三十年代珍貴的歷史資料，它爲我們提供了很多的歷史細節，反映大眾在獨特環境中的心境，可使研究者一覽當時的歷史場景，同時也可爲抗戰時期研究知識分子、民眾、官方三者如何達成民族國家的想像提供有力的史料論證。1983 年美國學者 Sherman Cochran 等人將《中國的一日》選譯出版，即著眼於其史料價值〔註1〕。《中國的一日》出版後在當時引起了很大的影響，之後便有「蘇區的一日」、「冀中一日」、「上海的一日」、「抗戰的一日」等諸多「一日」系列徵文。發起者通過這種規模的徵文寫作要達成的目的是什麼，而寫作者參與其中又獲得怎樣的感性與理性的認識，他們之間達成了怎樣的一致認同，這是本節要考察的問題。

一、緣起：「世界的一日」與「中國的一日」徵文

　　1936 年 5 月 18 日，申報刊登了一則由文學社與「中國的一日」編委會聯合舉辦的徵文啓事，徵文全文如下：

《中國的一日》徵稿啓事

　　幸荷讀者的愛護與作家們的協助，本刊已經快要走上它的第四個年頭了。從前爲了酬答讀者諸君的厚愛，我們編印過我與文學及文學百題，略盡貢獻的徵意。也是全靠了海內作家們的協助，乃能使我與文學及文學百題蔚爲巨觀，受讀者愛好。在此第四個年頭之初，同人等一方面不敢不竭盡棉力依往例以酬答愛讀諸君，另一方面擬進一步要求作者與讀者的通力合作，要求文化界的合力讚助；本此目標，同人等謹擬「中國的一日」爲題，敬求賜教。茲將「中國的一日」編輯旨趣條陳如左：

〔註1〕 見 Translated, edited and introduced by Sherman Cochran and Andrew C.K. Hsieh with Janis Cochran, One Day in China: May 21, 1936（New Haven: Yale University Press, 1983）。轉引自沉松僑，《中國的一日，一日的中國——1930 年代的日常生活敘事與國族想像》，《新史學》，第二十卷第一期，2009 年 3 月，第 6 頁。

一、「中國的一日」意在表現一天之內的中國的全般面目。這預定的一日是隨便指定的。我們現在指定的日子是「五月二十一日」。

二、凡是「五月二十一日」二十四小時內所發生於中國範圍內海陸空的大小事故和現象，都可以作為本書的材料。這一日的天文、氣象、政治、外交、社會事件、里巷瑣聞、娛樂節目、人物動態，無不是本書願意包羅的材料。

三、依上述目的，我們希望凡贊助我們這計劃的一切作家非作家在「五月二十一日」這一天留意他所經歷所見的職業範圍內或非職業範圍內的一切大小事故，寫下他的印象。（至多二千字）我們更希望全國的藝術家把這一天裏所作的木刻，或速寫（sketch）或漫畫，或風景攝影，社會事件攝影，給我們充實本書的內容。

四、文字的材料，可以是個人在五月二十一日的工作經歷的片段，也可以是個人在五月二十一日所見的任何方面的印象，也可以是個人在五月二十一日的私人通訊和感想。圖畫的材料可以是個人在五月二十一日所特作的木刻，漫畫，攝影等等，也可以是這一日完工的作品。

五、凡是五月二十一日這一天所發生的各地方的風俗，習慣，迷信，等等怪異事件，也是我們願意收集的材料。（每篇至多一千字）又此一日所發見的有趣味的商業廣告（包括戲園戲報，街頭分送的傳單等等），也是我們願意得到的。

六、這一天所發生的政治，外交，軍事，以及出版界的新畫報等等，也是本書的一部分材料，惟此項材料若用徵求方式，勢必重複極多，故擬由本書編纂委員會自行採輯。但關於此日新出版畫報一項，除上海以外各省的報告，我們仍舊歡迎。

這是我們的計劃，我們希望此書將成為現代中國的一個橫斷面。從這裏將看到有我們所喜的，也有我們所悲的，有我們所愛的，也有我們所恨的。我們希望在此所謂「一九三六年危機」的現代，能看一看全中國的一日之間的形形色色——一個總面目。這是個不小的規模，所以我們誠懇地請求全國的作家、藝術家、各職業界的人，學生，電影演員，戲劇演員——一切對我們這計劃有興味的人

們多多讚助，我們希望所有的投稿能在五月三十日以前寄出，凡經
採用的投稿，我們當敬致薄酬。稿件請由上海臨州路三八四號生活
書店轉交「中國的一日」編委會。〔註2〕

文學社

「中國的一日」編委會　同啓

其實，在 1932 年時，《東方雜誌》曾以「夢想中的中國」「個人生活中的夢想」
為題徵文，但其徵稿對象是全國各界知名人物，只有一小部分稿件是雜誌普
通讀者，而這次「中國的一日」徵文的對象是中國普通大眾，沒有任何身份
地位的限制，而且可以說對象反而向普通大眾傾斜。針對這次徵文，以往的
研究者傾向於將其作為「報告文學」的一部分，但凡中國報告文學史中都會
提及此次徵文，作為如實反映當時社會境況而言，其當屬報告文學之列，不
過沈松僑先生〔註3〕提出此次活動是類似於同時代出現於英國的「大眾觀察運
動」：與「中國的一日」徵文的背景相似，英國在 30 年代也是內憂外患，1936
年底至 1937 年初，一群左派知識分子發動了一項社會調查計劃。自 1937 年 2
月始。由煤炭工人、工廠勞工等勞動階層與售貨員、家庭主婦、護士、銀行
職員與學生等組成的「觀察員」，被要求於每月的 12 日寫下當天個人生活的
經歷與感想，寄交位於倫敦的大眾觀察組織部。這項計劃到 1950 年代結束，
後結集出版。兩項運動都發生在國家內憂外患的大背景之下，似乎徵文具有
一種凝聚力。在這種情況下，有組織者出來發出這樣一種全民運動，讓大家
在某一天內同時發出聲音，讓每個人都在群體之中找到存在感，勢必會得到
眾人的回應。當然，促成這一運動成功運作的還有《世界的一日》徵文活動
的影響和鄒韜奮與茅盾的推動。

1934 年，高爾基在第一次全蘇作家大會上提出了「世界的一日」描寫計
劃，高爾基主張文學方面也應要採用集體勞作之方法，「力申集體的方法，與
科學實驗所中共同研究某有機生活現象的工作一般，更有使每個作家的個性
呈現自己才能的可能，而同時取得較大的普遍的結果。他說：『我相信這種集
體創作的方法可以寫成完全別致，異常有趣的書。我們不妨試寫一部書，一
部描寫世界一日的書。我是指的隨便哪一天；九月二十五日，十月七日或十

〔註 2〕 《申報》，1936 年 5 月 18 日。
〔註 3〕 詳見沈松僑《中國的一日，一日的中國——1930 年代的日常生活敘事與國族
　　　想像》，《新史學》，第二十卷第一期。

二月十五日，隨便哪一天都可以。必須集取世界報紙在這一天所記載的眞實的消息，⋯⋯須描寫富人的夜宴與貧人的自殺，學士院和科學家的會議，與人民野宴，文盲迷信犯罪的事實，還有工人的罷工，日常生活的悲劇，露骨的奢侈，騙徒的功績，政客的謊話，諸如此類，須將那一天的現象忠實地描寫出來。這事情誰也沒有做過，現在我們應當起首去做。』」〔註4〕

《世界的一日》編輯部成立後，選定 1935 年 9 月 27 日這一天爲記錄時間，呼籲世界各國的「記者、作家、社會領袖、藝術家、學者、戲劇演員，留意蒐集當天的個人札記、報紙、攝影、戲劇海報、街頭廣告，以及一切稀奇的社會的文化的人和人事的文告」〔註5〕，投寄到莫斯科的編輯部，「以編就一部觀察、記錄地球上平常的一天的檔案性文本」〔註6〕據闊里曹夫的報告，有許多材料陸續不斷地寄到「世界一日」編輯部去，有許多世界著名的作家如羅曼羅蘭、茨威格等答應寄稿。又據他說，這書編成之後是十分新穎別致的，橫的剖面的歷史的書。耿濟之還感歎到「不知道我們中國的作家中間有無回應高爾基的提議，寫些九月二十七日中國生活的材料寄去呢？」〔註7〕這些介紹「世界的一日」的文章在《大眾生活》上刊登後，引起了廣泛的注意，也激發了鄒韜奮想要傲仿它的想法。1936 年 4 月，鄒韜奮邀請茅盾擔任此書主編，茅盾曾回憶他主張讓魯迅先生當主編，但是考慮到魯迅的身體狀況只好作罷。鄒韜奮向茅盾陳述此次徵文的目的，茅盾大爲贊賞，爲他的「獨具隻眼所折服」，「這是一種很活潑的形式，可以通過它來反映全國各地民眾抗日的要求，與當局的不抵抗政策作一對照；也可以向讀者介紹這國家生死存亡之際全國的黑暗面和光明面。」〔註8〕討論之後，定爲 1936 年 5 月 21 日爲寫作時間，據茅盾回憶，選擇這一天是因爲此日平淡無奇，更能反映民眾的普通日常生活，而且可以避免特定紀念日造成的稿件雷同現象〔註9〕。

〔註4〕 耿濟之《蘇聯文壇近聞》，《大眾生活》1935 年創刊號第一期，第 27 頁。

〔註5〕 M.柯爾曹夫著，茅盾譯《世界的一天》，《譯文》，1934 年第一卷第一期，復刊特大號。

〔註6〕 M.柯爾曹夫著，茅盾譯《世界的一天》，《譯文》，1934 年第一卷第一期，復刊特大號。

〔註7〕 耿濟之《蘇聯文壇近聞》，《大眾生活》1935 年創刊號第一期，第 27 頁。

〔註8〕 茅盾《我走過的道路》（中），人民文學出版社，1984 年，第 356 頁。

〔註9〕 學者李曉如曾引《中國的一日》助理編輯孔另鏡的說法，指出選擇 5 月 21 日是因爲發生在這一天的「馬日事變」，見 http://www.epsalon.com/html/Opinion/2009/0430/2144.html。不過，茅盾在 60 年代提起該徵文活動時，仍然說是隨意選擇的日期。

生活書店負責該書的出版與發行，而收集稿件與編輯工作由茅盾擔任。除此之外，又成立了編輯委員會，主要任務是商榷體例和發動各方面的投稿，其成員為：「王統照、沈茲九、金仲華、柳湜，陶行知、章乃器、張仲實、傅東華、錢亦石。」〔註10〕據茅盾回憶，這樣安排是基於「政治上的考慮」——「至於如何對付國民黨，韜奮說，我擬的編輯委員會名單就有應付他們的作用。說著從口袋裏掏出一個信封遞給我，我看了名單說，各方面的人都有了，只是顏色還是紅了一點，不過，想來國民黨還不至於為難這些人。」〔註11〕

各項準備工作都完成之後才出現了在《申報》刊登的那份徵文啓事。據茅盾所言，編委會本想全力找私人關係和團體關係去籌集計劃中必需的投稿，但是成效較小。不過沒有想到的是，到 1936 年 6 月 10 日左右，「從全國各處湧到的投稿之眾多而且範圍之廣闊，使我們興奮，使我們感激，使我們知道窮鄉僻壤有無數文化工作的無名英雄對我們這微弱的呼聲給予熱忱的讚助，並且使我們深切地認識了我們民族的潛蓄的文化的創造力有多麼偉大！」〔註12〕到最終截稿，「以字數計不下六百萬言，以篇幅計，在三千篇以上，全國除新疆、青海、西康、西藏、蒙古而外都有來稿，除了僧道妓女以及跑江湖的等等特殊人生而外，沒有一個社會階層和職業人生不在龐大的來稿堆中佔一個位置。」〔註13〕「五月二十一日幾乎激動了國內國外所有識字的而且關心著祖國的命運而且渴要知道在這危難關頭的祖國的全般真實面目的中國人的心靈，他們來一個腦力的總動員了！」〔註14〕茅盾以及編委會震驚於投稿的積極和來稿的數量之龐大，如何篩選編排如此龐大的稿件成了編委們重點思考的問題，因為當時高爾基《世界的一日》尚未出版，無版本可供參考，最終他們決定按照地區分類，第一編為「全國鳥瞰」，第二到第十四編是各個地區分類，第十五編為海‧陸‧空，十六編是海外版的「僑蹤」，第十七十八編分別是一日間的報紙和一日間的娛樂，指的是 5 月 21 日這天各大報紙報導的重要事件，最後是插圖。體裁上

〔註10〕茅盾《我走過的道路》（中），人民文學出版社，1984 年，第 357 頁。
〔註11〕茅盾《我走過的道路》（中），人民文學出版社，1984 年，第 357 頁。
〔註12〕茅盾《關於編輯的經過》，茅盾主編，《中國的一日》，上海書店，1936 年 9 月，第 1 頁。
〔註13〕茅盾《關於編輯的經過》，茅盾主編，《中國的一日》，上海書店，1936 年 9 月，第 1 頁。
〔註14〕茅盾《關於編輯的經過》，茅盾主編，《中國的一日》，上海書店，1936 年 9 月，第 1 頁。

包括散文、報告文學、短篇小說、日記、信箋、遊記、速寫、印象記、短劇等等，題材無所不包，政治、經濟、外交、軍事、體育等等。最終的定稿有 471 篇，大約八十萬字。

雖然茅盾等人在編選這部宏大的著作時力圖做到客觀，選擇以地理區域作爲劃分標準，但只要是選擇，必然有明顯或潛在的標準，這 471 篇文章到底有沒有客觀地如徵文發起者所言「眞實地反映中國這一天的情境」？編委在選擇的過程中是否有自己的標準？這些被選擇出來的不同社會階層的作者的描述是否可以代表中國民眾的生活面貌？

茅盾在《關於編輯的過程》中做過統計，「我們所收來稿倘以投稿人的社會屬性來區分，則學生的來稿約佔總數 34.9%，教員佔 15.5%，工人佔 1.7%，商人佔 9%，農民佔 0.4%，文字生活者佔 4.7%，其他自由職業、軍警及屬性不明者佔 33.8%，倘以性別，則女性的投稿者佔 4% 或 5% 而已。」〔註 15〕在選稿過程中，茅盾更傾向於在非文字工作者中挑選作品，「大多數店員、小商人、公務員、兵士、員警、憲兵、小學教員等等，他們的來稿即在描寫技巧方面講，也是在水平線以上的。他們中間也有些文字不流利的，然而質樸的可愛，反之，大部分學生來稿乃至少數的文字生活者的來稿，卻不免太多了所謂『新文學的濫調』。從這裡我們深切地感到我們民族的潛蓄的天才實在不少，倘使環境改善，立刻能開放燦爛的比現在盛過數倍的文藝之花。」〔註 16〕據沈松僑先生考察，翻譯《中國的一日》的作者 Sherman Cochran 曾向茅盾致函詢問未經《中國的一日》收錄的稿件，試圖探尋整個投稿的面貌，但沒有得到回應，剩餘稿件的下落也不得而知。綜合考察此書收錄的 480 位作者，我們可以通過以下表格來總體把握整個投稿情況〔註 17〕：

〔註 15〕茅盾《關於編輯的經過》，茅盾主編，《中國的一日》，上海書店，1936 年 9 月，第 5 頁。

〔註 16〕茅盾《關於編輯的經過》，茅盾主編，《中國的一日》，上海書店，1936 年 9 月，第 6 頁。

〔註 17〕此表格綜合沈松僑先生的研究製作而成。

總數	按地區劃分		按職業劃分（身份不明 228 人，只有 252 人在統計範圍之內）		按性別劃分	
文章總數 471 篇，作者總數 480 人，其中有兩篇爲兩位作者合著，一篇由 8 名作者集體寫作	上海	62	學生 63 人	25%	女性	17 人
	南京	23				
	北平	20	中小學教員 64 人	26%		
	蘇州	16				
	武漢	11	商人店職員 27 人	10%		
	廣州	10				
	杭州	9	工人與學徒 15 人	6%	男性	417 人
	察哈爾	6				
	綏遠	3	公務員 9 人	3.6%		
	河南	4				
	山西	15	軍憲警 29 人	11.5%		
	陝西	11				
	甘肅	5	記者編輯 15 人	5.9%	性別不明	48 人
	廣西	7				
	貴州	3	大學教授及自由職業者 14	5.6%		
	雲南	7				
	四川	8	其他（含政治犯）	5.2%		

從以上表格我們可以看出，作者群中的大多數爲學生與中小學教員這種職業青年，也可以說是對國家大事比較關心的小知識分子和文藝青年，接下來是一些普通勞動者，而大學教授等知識分子份額最少。這其實是符合了徵文者的初衷，他們希望獲得最普通人的生活樣貌來觀察中國最普通的一天，從這個意義上講，這確實是一次比較成功的大眾寫作形態的報告文學，被評爲中國報告文學史上的一個壯舉。

《中國的一日》確定出版之後就開始在各大報紙上宣傳做廣告，且銷售價格低廉（僅售一元六角）。書中有蔡元培做的序，還有茅盾寫的《關於編輯的經過》。如《申報》1936 年 9 月 9 日刊登售書贈書廣告，「現代中國的總面目 全書八十餘萬言 廿三開大本 八百餘頁巨製 定價一元六角。」9 月 22 日幾乎用一個版面來宣傳此書，背景是巨大的黑色中國地圖，「中國的一日」「5.21」幾個大字赫然印在地圖上，旁邊的解說詞是：「這裡有富有者的荒淫

與享樂，飢餓線上掙扎的大眾，獻身民族革命的志士……」〔註18〕。《生活星期刊》第一卷第十四號以及 1936 年 11 月 1 日的《婦女生活》雜誌也都有類似的宣傳。同時不少刊物也刊出了一些評論類文章，以回應和推廣徵文的出版，如徐懋庸的《中國的一日》（發表於《生活知識》），梅雨《中國的一日》書評（發表於《通俗文化》）等〔註19〕。縱觀此次徵文活動，發起者鄒韜奮等人充分利用《生活》週刊等雜誌的讀者群和影響力大肆造勢，完成之後又大力做宣傳推廣《中國的一日》，最大範圍內發動群眾來閱讀和參與。在篩選評價徵文過程中，文章的內容以及藝術特色並不重要，重要的是有多少人參與，這使得我們不能忽略此次徵文的政治意味，「從中國的每一個角落，發出了悲壯的吶喊，沉痛的聲訴，辛辣的詛咒，含淚的微笑，抑制著然而沸湧的熱情，醉生夢死者的囈語，宗教徒的欺騙，全無心肝者的獰笑！編者以爲在醜惡與聖潔，光明與黑暗交織著的橫斷面上，我們看出了樂觀，看出了希望，看出了人民大眾的覺醒。」〔註20〕徵文發起者通過這種集體寫作的方式使應徵者形成一種想像，即對時代，對國家民族的前途有深深的參與感，從而凝聚人心，壯大力量，造就政治優勢。

在這裡，「一日」成了一個符號和代碼，雖然選擇 5 月 21 號是「隨意爲之」，但是一旦把這一天定義爲「中國的一日」，它就獲得了被命名的意義，這一天，對於投稿的作者群而言，他們的日常生活被打破，獲得了被記錄的資格，5 月 21 日對於每個人的意義有不同之處，但相同之處在於，這是「中國」的一日。《中國的一日》出版後，引起了巨大的反響，可以說是「一日形出版物的父本和母本，持續影響了中國的文化界，哺育，催生了一代又一代的圖書新品種。」〔註21〕學者也將《中國的一日》稱爲「中國報告文學史上的一個壯舉，自有其不可磨滅的功績。」〔註22〕

〔註18〕《申報》，1936 年 9 月 22 日。
〔註19〕另有烈文《介紹〈中國的一日〉》（《中流》，1936 年第一卷第 1 期），颯颯《中國的一日》（《清華週刊》，1936 年第四十五卷第 1 期），陳落《讀了〈中國的一日〉》（《清華副刊》，1936 年第四十五卷第 1 期），景行《〈中國的一日〉讀後感》（《約翰聲》，1937 年第 47 卷第 3 期）。
〔註20〕茅盾《關於編輯的經過》，茅盾主編，《中國的一日》，上海書店，1936 年 9 月，第 6～7 頁。
〔註21〕李曉如《〈中國的一日〉編輯出版探析》，見 http://www.epsalon.com/html/Opinion/2009/0430/2144.html。
〔註22〕張春寧《中國報告文學史稿》，群言出版社，1993 年，第 137 頁。

二、影響：「蘇區的一日」等系列徵文

繼《中國的一日》出版後，從 1936 年到 1958 年，陸續出現了一日類寫作模式，如《蘇區的一日》、《學校的一日》。《冀中一日》印行後，晉察冀邊區各地紛紛倣傚，先後發起過《安平的一日》、《保定一日》、《束鹿一日》、《徐水一日》等徵文活動。50 年代以後還有《志願軍一日》、《大躍進的一天》等。可見《中國的一日》影響深遠，不少作家也參與到徵文的編輯整理中，如孫犁主持了《冀中一日》的選文編輯工作，郭沫若曾為《志願軍的一日》做序。這些一日系列徵文延續「中國的一日」徵文模式，任意選擇一天來記錄普通大眾的生活，民眾參與度很高，稿源豐富，且多數出版發行。

以「冀中一日」為例，據參與過這次徵文設計的、曾任職於集中區黨委的呂正操〔註23〕的回憶，「1941 年，集中區黨政軍主要負責同志，考慮到要更好地反映冀中人民抗日鬥爭的偉大史實，從高爾基主編《世界一日》，茅盾主編《中國一日》受到啟示，向冀中文藝界明確提出組織寫作《冀中一日》的要求，這一倡議得到了冀中黨政軍民各機關、團體的熱烈擁護。」〔註24〕四月，冀中抗聯所屬群眾團體和區黨委、軍區政治部、報社的代表，聚會在安平縣彭家營村，成立了《冀中一日》籌委會，會議確定了五月二十七日作為徵文寫作日期。相比《中國的一日》徵文的宣傳，《冀中一日》運作的更加深入，各機關、團體通過自己的組織系統，一直把任務布置到各個村莊和連隊。「各村的『街頭識字牌』都寫著『冀中一日』四個字。站崗放哨的兒童婦女，見行人來往，查完通行證，都要叫你念『冀中一日』四個字，問冀中一日指的是哪一天，提醒你寫一篇一日的文章。」〔註25〕更有甚者，有的連隊，為了獲得一個好的題材，經過上級批准，選擇五月二十七日這一天打下敵人的據點。「親自動筆寫稿者近十萬人，不能動筆的請人代筆，許多老大爺、老大娘也都熱心參加了這一寫作運動。各地送往《冀中一日》總編室的稿件，要用麻袋裝，大車拉。」〔註26〕由於稿件太多，大概用了八九個月的時間才初選定稿，編輯審定工作由王林、孫犁、陳喬、李英儒負責。孫犁根據看稿經

〔註23〕呂正操（1904.1～2009.10），字必之，遼寧省海城人，革命家，軍事家，曾任冀中區黨委委員、冀中軍政委員會委員、冀中行政公署主任、冀中區總指揮部副總指揮。著有《冀中回憶錄》、《呂正操回憶錄》等。

〔註24〕呂正操《冀中回憶錄》，解放軍出版社出版，1984 年，第 176 頁。

〔註25〕呂正操《冀中回憶錄》，解放軍出版社，1984 年，第 176 頁。

〔註26〕呂正操《冀中回憶錄》，解放軍出版社，1984 年，第 176 頁。

驗編寫了《區村連隊文學寫作課本》一書，在《連隊文藝》上連載。後來呂正操把這本小冊子帶到山區，鉛印出版，書名則改爲《怎樣寫作》。

《冀中一日》於 1942 年春季出版，全書共約三十萬字，由兩百多篇短小精悍的文章組成。一共是四輯：「第一輯『罪與仇』，是揭露敵人殘暴罪行和卑鄙無恥陰謀活動的，第二輯『鐵的子弟兵』，是反映對敵軍事鬥爭和我軍生活的，第三輯『獨立、自由、幸福』，是寫冀中根據地的民主建設的，第四輯「戰鬥的人民」，是反映當時黨領導的群眾鬥爭的。」〔註27〕《冀中一日》「初版油印二百本，當即由交通員們背著，挑著，穿過敵人的封鎖線，迅速傳遞到冀中各地。」〔註28〕對於這部著作，沙可夫認爲，「1941 年邊區文藝最大的收穫，那就是《冀中一日》，這是一部群眾的集體文藝創作，這充分表現了邊區群眾文化政治水準的提高與大眾文藝的生長。」〔註29〕孫犁在評價這一徵文時，強調它「爲名副其實的群眾文藝運動，影響至巨。」〔註30〕他自己強調，對於上層文學工作來說是一個很大的刺激和推動，使得上層文學工作者更加深入地體驗生活，離人民的生活和感情更近，認爲：「《冀中一日》不能以美學去衡量，不能選擇出多少傑作。其意義並不在於此，其意義在於以前從不知筆墨爲何物，文學爲何物的人，今天能夠執筆寫一二萬字，或千把字的文章了。其意義在於他們能寫文章是與能作戰、能運用民主原則，獲得同時發揮。」〔註31〕

可以看出，《冀中一日》徵文的政治意圖更加的明顯，並且實行任務分發、各級組織團體必須達到一定數量的要求，這已經成了一種團結民眾抗日的政治鬥爭的形式。徵文目的在於煽動民眾的情緒，使其受到鼓舞，我們知道，「文學創作」是具有獨創性、個性的東西，在普通大眾眼裏，這並非一件容易的事情，但在這種號召之下，作家、黨政機關向民眾傳達的一個信念即普通大眾，任何人都可以創作，都可以爲國家、民族的事業出一份力，這種宣傳導向使得普通民眾的情緒高漲，冀中軍區政治委員程子華爲《冀中一日》油印

〔註27〕冀中一日寫作運動委員會編《冀中一日》，百花文藝出版社，1961 年，第 4 頁。

〔註28〕呂正操《冀中回憶錄》，解放軍出版社，1984 年，第 177 頁。

〔註29〕沙可夫《回顧 1941 年，展望 1942 年邊區文藝》，《晉察冀日報》，1942 年 1 月 7 日。

〔註30〕孫犁《關於〈冀中一日〉的寫作運動》，《中國解放區文學書系文學運動理論編》，重慶出版社，1992 年，第 568 頁。

〔註31〕孫犁《關於〈冀中一日〉的寫作運動》，《中國解放區文學書系文學運動理論編》，重慶出版社，1992 年，第 568 頁。

本題詞時就肯定「這部巨著是冀中黨政軍民各方面有組織的首次集體創作，是大眾化文學運動的偉大實踐，是我們向新民主主義文化戰線上進軍的一面勝利的戰旗，對於那些關心國防前線——冀中的全國抗戰軍民們、國防朋友們以如何興奮鼓舞。」〔註32〕

同樣性質的代表徵文還有《蘇區的一日》等，其中《上海的一日》徵文稍有不同，選擇的是「上海的一年」這個大範圍（1937年8.13到1938年8.13）。據當時的編委會成員之一梅益〔註33〕回憶，當時他們創辦的《每日譯報》的副刊《大家談》已經有了一大批年青的文藝愛好者，為了進一步推動群眾性的文藝活動，文委決定由《華美》週刊倡議，舉行一次全市性的徵文，以紀念八・一三抗戰一週年。因擔心稿件太多資金不足，所以決定將稿費降低為每千字兩元，最終在《華美》週刊和《每日譯報》登了徵文啟事。徵文編委由梅益、戴萬平、林淡秋、殷揚等組成。他們聲明：「為要用集體的力量把這複雜多樣的現實描寫成一幅有血有肉的畫卷，使全國人民、全世界人類，以及後代的子孫由此認識八・一三抗戰的真面目，我們才有編印《上海一日》的企圖。」〔註34〕徵文啟事在報刊登出之後，開始幾天只收到幾篇稿子，不久大批稿件陸續寄到收稿處，到八月中旬截稿的時候，共收到約兩千篇，共四百萬字。投稿人和《中國的一日》一樣，多數是青年，主要是學生、工人和職員，並且覆蓋了社會各個階層。最後稿件整理按內容編排，共分為《火線下》《苦難》《在火山上》《漩渦裏》。原計劃全書三十萬字，後來不得已增加到七十萬字，定稿時又增加到一百萬字，有大約四分之三三百萬字的稿件沒有被採用。從徵文截止到全書出版，共三個月的時間。

隨著這些一日系列徵文的影響，其他地區也紛紛傚仿，陸續發起了類似徵文，如，「五一大掃蕩」之後，「中共冀中區六地委根據《冀中一日》的經驗，發動了《偉大的一年間》徵文活動，中共冀中區七地委發動了《偉大的兩年間》徵文活動。」〔註35〕

〔註32〕 張學新、劉宗武編《晉察冀文學史料》，天津社會科學出版社，1989年，第289頁。

〔註33〕 梅益（1913～2003）原名陳少卿，1935年在北平參加左翼作家聯盟。創辦中共地下組織領導的《譯報》、《每日譯報》，並主編《華美週刊》、《求知文叢》、《上海一日》。

〔註34〕 朱子南《中國報告文學史》，百花洲文藝出版社，1995年，第27頁。

〔註35〕 李麗瑩、李先鋒《中國現代報告文學史論》，寧夏人民出版社，1990年，第222頁。

考察這一類「一日」系列徵文，我們發現，幾乎所有的徵文都達到了預期目的，且稿源超出想像的豐富。徵文的發起者有兩部分組成，一部分是知識分子、作家，如鄒韜奮、茅盾、柳青、孫犁，還有一部分是黨政機關中的人員，前者體現的是「寫作的焦慮」，他們一方面認為抗戰時期是個特殊的大時代，應該記錄它，應該產生經典之作，另一方面又有一種太多事情可以記錄的興奮感以及不知道如何記錄的空虛感，於是將方向指向了普通民眾，覺得他們是和現實緊密結合在一起的，他們最能直觀感受時代的脈搏，可以提供最直接的寫作素材。而徵文發起者中的黨政機關人員則是充分利用徵文來達到政治影響和呼應，團結民眾，激勵抗戰信心。從文學價值考察這些徵文，我們將其放入「報告文學」的行列，這種群眾性的報告文學推動了 30 年代中國報告文學的發展，報告文學的紀實性在徵文中得以充分體現，但是審美性卻相對比較缺乏，整體藝術水準不高，也沒有突出作品，不過徵文發起者意圖並不在通過這種徵文活動產生經典，而是要達到數量，要看到整個民族創作的大局面，並且他們也將評價標準降低，以一種鼓勵創作、啟蒙認知的態度去遴選這些作品，孫犁就曾說《冀中一日》不能「以美學標準去衡量」。雖然在徵文啟事中詳細規定了寫什麼怎麼寫，但都是籠統解釋，大概不過「寫什麼都可以」「怎麼寫都行」，這種似規定非規定的模糊說法其實並沒有對文章技巧、體式規範做什麼要求，「群眾性寫作運動的發起者似乎並不注重文體寫作本身的意義，而是將其視為階級政黨或集團政治價值實現的一種寫作方式。」〔註36〕

第二節 「一日」系列有獎徵文與情感認同

「一日」系列有獎徵文中，其實徵文對所得的「文」的後續報導不多，有些是因為徵文活動沒有完整進行，更多的則是整體的藝術水準很一般，評論者在評論這些徵文時有個共同點，那就是從宏觀上對其規模持肯定態度，其評論文字運用誇張，「驚喜」、「震撼」、「文藝的希望」、「文學的未來」，但很少或幾乎不對個別文章加以評論，也不從藝術手法或純文學評論的角度來展開。對徵文的關注和報導主要集中在徵文活動「本身」，所以說，徵文的真正目的與其說是通過民間徵集的方式獲得經典文學作品，不如說，這是一種

〔註36〕丁曉原《文化生態與報告文學》，三聯書店，2001 年，第 102 頁。

文學造勢運動，而造勢眞正要達到的目的是將民眾的日常生活與宏大的國家主題聯繫在一起，即將民眾的瑣碎的日常生活跟國家、戰爭這樣的事件聯繫在一起，讓民眾稱爲其中的一部分。「有獎徵文」正是通過設置不同類型的選題來將民眾的普通生活和民族想像緊密聯繫在一起，從而建構一種「想像的共同體」，這種共同體的模式是共產黨領導下的軍民和諧抗戰建設新生活的圖景。不管處在怎樣的歷史背景之下，即便是抗戰的宏大敘事之下，對於普通民眾而言，和他們的生活緊密相連的仍然是具體的可感的細節，而非理論與口號，如何不定期地用某種方式來提醒普通大眾我們的生活是與民族國家的未來緊密聯繫在一起的，用簡短的徵文活動可以達到這個目的。

一、日常生活的儀式化

從徵文發起者的意圖來看，雖然徵文啓事裏面沒有明顯說明要符合什麼樣的政治和文藝政策，但從發起者的機構即可看出它帶有強烈的意識形態話語痕跡，這也是徵文想要傳達給應徵者的最重要的信息。幾個大型徵文，如「五月的延安」是邊區政治部組織部影響下的文協發起，蘇區的一日同樣是文協發起，「偉大的一年間」是中共冀中區六地委發起，「偉大的兩年間」是中共冀中區七地委推動組織，而「冀中一日」則是由冀中區軍政委負責。因此，解放區的文藝創作、文學表達都是在黨政機關的領導和規定下進行的，作家則根據這些指示和規定來編輯選擇合格的稿件。徵文已經規定了需要大眾認同的價值即對政治政策的服從和宏觀上對「民族」的肯定。從內容看，其徵文主題非常簡單，「長征記」「五月的延安」，對寫作內容要求非常寬泛，長征中的任何故事、生活中的一天、在延安的生活，門檻很低，標準非常好把握，這對於普通大眾來說寫作起來相對容易，只是需要「眞實記錄」即可，這使得參與者極其廣泛；徵文活動追求的是影響，是數量，在編輯以及後來編纂者、研究者的口中，這些徵文活動最令人震撼的是稿件的數量之多，動輒幾十萬字、來稿幾百篇，大城市、邊緣小鎮、貧窮的農村都有人參與，甚至可以說它的意義不在於寫什麼和怎麼寫，關鍵是有人來寫和什麼人來寫。

在宣傳徵文和寫作的過程中，徵文發起者持續不斷在報紙上進行宣傳，徵文結束後也收集整理出版，這可以使得大眾感受到集體的力量，感受到自己是集體中的一員，個人被納入到了整個抗戰、整個中共領導下的文藝創作浪潮中，同時，作爲被定性爲「小資產階級」的作家和知識分子閱讀這些叢

書之後，可以更好地感受到普通勞苦大眾的生活，從感情上、理性認識上改變自己的寫作。徵文中，「作者」的獨立個性被弱化，「我」的敘事角度被忽略，「我」的感受和生活要融入到整個集體「我們」的生活中，這樣才獲得認同感——我們的延安、我們的冀中、我們的蘇區、我們的中國。雖然應徵者有著不同的身份，但他們都在共同記錄這個時代，迎合徵文發起者的意圖。從微觀上細讀這些徵文作品，其內容充滿了生活氣息，確如評委們所言「質樸」，但其努力要靠近或者說套用文藝政策的痕跡也很明顯，不少作品都將思想走向落實到了中共的領導正確、文藝政策領導符合大眾利益等等。拋開作品的文學性，只要普通大眾與文藝政策之間達到很好的互動，也就實現了文藝大眾化的建構，實現了普通大眾「主動」迎合政治的目標。

選定某一天來記錄其實是將平常的日常生活中的某一天「歷史化」「紀念日化」，這些一日系列徵文活動任意（其實也是有意）選擇某一天讓普通大眾來記錄他們的生活，在眾多徵文活動中，「一日」系列的參與人數是最多的，而且稿源豐富，不少都出版發行。以《蘇區的一日》為例，1937 年，《紅色中華》雜誌刊登徵文啓事：「為著全面表現蘇區的生活和鬥爭，特決定仿照《世界的一日》和《中國的一日》辦法，編輯《蘇區的一日》，日子議定在一九三七年二月一日。希望在各紅軍部隊中、蘇區各黨政機關中工作的同志們：把這一天（二月一日）的戰鬥、群眾生活，個人的見聞和感想，全地方的或一個機關的，或個人的……種種現實，用各種的方式寫出來，寄給我們。」〔註37〕從啓事可以看出，徵文將 1937 年 2 月 1 日作為被記錄的一天，要求大眾寫這一天的個人生活和感受。徵文刊出之後，不少讀者來信諮詢，編輯部都做了詳細的回覆，同時也是對此次寫作的一個說明，「1、為什麼要編輯《蘇區的一日》，編好了有什麼意義。2、《蘇區的一日》要一些什麼材料？3、稿子要用什麼形式寫？4、為什麼選定二月一日。」〔註38〕文中對寫什麼怎麼寫都做了解釋，他們認為什麼題材都可以寫，「我們所有的任何渺小的事實，都是極可寶貴的史實。」「就是兒童團撿狗屎，小先生教拉丁字母，這都是可以表現蘇區的偉大組織力量。」〔註39〕至於體裁，可以是小說、戲劇、詩歌、散

〔註37〕《紅色中華》，1937 年 1 月 21 日。

〔註38〕答 D.C 同志的信——關於《蘇區的一日》問題，《紅色中華》，1937 年 1 月 21 日。

〔註39〕答 D.C 同志的信——關於《蘇區的一日》問題，《紅色中華》，1937 年 1 月 21 日。

文隨筆、速寫或報告文學，答覆中還提出希望多一些集體創作，認為這樣更能出經典作品。

再如「冀中一日」徵文，作家孫犁主持了這次徵文活動選文和編輯工作。此次活動有著非常詳盡的流程，從設計到宣傳到刊物書籍編輯出版。《冀中一日》的發起仍然是受《中國的一日》徵文的啓發，一九四一年四月，冀中抗聯所屬群眾團體和區黨委、軍區政治部、報社的代表，聚會在安平縣彭家營村，成立了《冀中一日》籌委會，會議確定了五月二十七日作為徵文寫作日期。《冀中一日》徵文運作有序，各機關、團體通過自己的組織系統，從上到下一直把寫作的任務布置到每個村莊和連隊。民眾的熱情很高，識字不識字的都參與到這場「集體大寫作」中，「親自動筆寫稿者近十萬人，不能動筆的請人代筆，許多老大爺、老大娘都熱心參加了這一寫作運動。各地送往《冀中一日》總編室的稿件，要用麻袋裝，大車拉。」〔註40〕「冀中一日」徵文是除《中國的一日》徵文外「一日」系列中徵得作品數量最多的，共233篇，約三十五萬餘字。

《冀中一日》徵文的政治意圖更加明顯，並且實行任務分發、各級組織團體必須達到一定數量的要求，「各級組織應保證黨政軍民各部門及全體黨員依照徵稿辦法供給稿件」〔註41〕這已經成了一種團結民眾抗日的政治鬥爭的形式。徵文目的在於煽動民眾的情緒，使其受到鼓舞，我們知道，「文學創作」是具有獨創性、個性的東西，在普通大眾眼裏，這並非一件容易的事情，但在這種號召之下，作家、黨政機關向民眾傳達的一個信念即普通大眾，任何人都可以創作，都可以為國家、民族的事業出一份力，這種宣傳導向使得普通民眾的情緒高漲。有些作者響應號召，寫下5月27日這一天的普通生活，有些則是為了讓這一天變得不普通而選擇在5月27日製造事件。

「一日」即生活中的某一天，這是真正的「日常」，這一天本身沒有意義，因為徵文活動而具有了記錄歷史和被歷史記錄的意義，這其實是對普通民眾的一種「提醒」作用，這種記錄是被記錄在了民族的歷史中，「蘇區的一日」「冀中一日」，首先是地點的確定，其次是時間的指涉。對於普通大眾來說，確定生活中的某一天作為寫作對象，本身就是日常生活的儀式化，普通大眾

〔註40〕 呂正操《冀中回憶錄》，解放軍出版社，1984年，第176頁。
〔註41〕 《中共冀中區黨委關於〈冀中一日〉的通知》，出自《冀中一日》，冀中一日寫作運動委員會編，河北人民出版社，2011年，第417頁。

為了被記錄，可以去製造事件，這種被歷史記住而不是被遺忘的情感煽動是這些徵文取得最大範圍回應的重要原因。從此，「5月27日」成了一個紀念日，而「冀中一日」徵文的成功也成了一個紀念日，這個紀念日一方面用來紀念5月27日冀中的抗戰等生活，另一方面來紀念這場民眾寫作運動，成了一個具有雙重意義的符號。

二、儀式化的情感認同作用

從徵文發起者的意圖我們可以看出，不管是明確的徵文要求還是委婉的文字表達，政策的宣傳和情感認同是其最想達到的目的，對於應徵者而言，為了可以獲獎，自己的生活可以成為被記錄的對象，可以進入到歷史當中，他們在寫作過程中會自覺去附和徵文發起者的意圖，甚至會選擇在這一天做一些事情來為了記錄而記錄。

從整體上觀察這些文章，敘事模式是二元對立的，有好有壞，有光明有黑暗。情感基調是一種昂揚的樂觀主義，從抗日運動到反漢奸運動，從站崗放哨到識字生產，上到官兵下到不識字的老百姓，甚至是監獄裏的犯人，大家都在憧憬著新的生活，歌頌著「新民主主義的道德與作風」。具體而論，如《冀中一日》第三輯「獨立、自由、幸福」中，所選作品基本上都在表達著同樣一個主題，即是誰可以給我們帶來獨立、自由、幸福的生活，「我要堅決地抗戰到底，為了民族解放，不惜流盡最後一滴血」〔註42〕這是對抗戰八路軍的歌頌，「我們和老鄉們拉著話，進一步的宣傳黨的政策和抗戰的道理。太陽壓在西山頂的時候，我們才辭別了親愛的老鄉們，返回住地」〔註43〕「參加八路軍多光榮呀，一人上前方打鬼子，家裏有全村人照顧」〔註44〕這是對和諧的軍民關係的描述，「抗日幹部的心真堅決，有骨性，真是好樣的」〔註45〕這是對局幹部精神的讚歎，「只有共產黨領導下的地區，才是光明的樂園」

〔註42〕福恒《從黑暗走向光明》，出自《冀中一日》，冀中一日寫作運動委員會編，河北人民出版社，2011年，第39頁。

〔註43〕鐵人《向敵人聯絡線上突進》，出自《冀中一日》，冀中一日寫作運動委員會編，河北人民出版社，2011年，第145頁。

〔註44〕白鎮海、憂抗《冀中一日》，出自《冀中一日》，冀中一日寫作運動委員會編，河北人民出版社，2011年，第162頁。

〔註45〕李千《廟前》，《冀中一日》，出自《冀中一日》，冀中一日寫作運動委員會編，河北人民出版社，2011年，第151頁。

〔註 46〕「如今的政府，眞是人民的政府啊」〔註 47〕這是對政權正確性的確認
——這些文章基本都是這樣的模式，描述一件具體的事情，最後有一個情感
和思想上的昇華，正面歌頌或反面抨擊，而且文章中基本都會出現一個標語
口號式的吶喊，或表決心，或表忠心。這是一種很特殊的表達方式，口號與
生活細節的分裂，在講述生活細節時，可以看出作者是一個地道的老百姓，
但是到思想的昇華則表現出非常合格的政治素養，很顯然這是徵文表現出的
「迎合」徵文發起者的主張，這種迎合就是自我的暗示和對政策的再解讀。

　　從普通生活當中隨意拿出一天來記錄的「一日」系列徵文是試圖打亂民
眾的日常生活，將日常生活與民族主義相結合，將瑣碎與宏大相結合。民眾
自己瑣碎的生活可以被記錄，成爲歷史的見證者，日常生活中的某一天具有
了「儀式」的意義，這是一種情感上的認同。「文學」的標準也成了反映現實、
民眾理解，一系列的徵文給大眾營造了一種人人都可創作的意識，而大眾的
積極參與也證明了徵文活動的成功，至於能否產生經典的文學作品已經不重
要。徵文發起者與參與者都達到了其目的，發起者宣傳了政治政策，這種宣
傳的態度是溫和的，非強制的，是一種引導和誘導，顯示出「關注民眾日常
生活」的態度，不做大而空的政治宣傳，而是讓民眾來說自己的話，講述自
己的故事，徵文參與者沉浸在人人都可參與文學創作的氛圍中，積極迎合發
起者的徵文標準，獲獎機會高、標準低又再度加強了徵文的順利進行，這也
就是這些徵文稿源極其豐富的原因。

　　普通民眾關注的焦點總是瑣碎的普通生活，與宏大敘事無關，而徵文是
連接這兩者的紐帶，是一種在普通生活中的「提醒」，它提醒民眾做反思、回
顧、憧憬，民眾通過徵文使得普通生活獲得「超越普通」的意義。總之，《「有
獎徵文」是一條完整的文學生產宣傳流水線，從徵文發起者、徵文的標準設
定到徵文完成出版發行，民眾的「日常生活」是被記錄被影響的對象，普通
大眾在自覺或不自覺中完成了自我日常生活和民族主義的巧妙結合，從生活
細節和情感上對意識形態有了更深層次的體認。

〔註 46〕青坡《新建設報社的生活片段》，出自《冀中一日》，冀中一日寫作運動委員
　　　　會編，河北人民出版社，2011 年，第 348 頁。

〔註 47〕邸崗、清算《冀中一日》，出自《冀中一日》，冀中一日寫作運動委員會編，
　　　　河北人民出版社，2011 年，第 161 頁。

結　語

　　有別於傳統文學的生產和消費方式，中國現代文學的發生發展都是與大眾傳媒緊密結合在一起的，文學逐漸走向組織化、秩序化，文學生產有了一套生產、出版、消費的運作模式。大眾傳媒影響建構了現代文學的進行，有獎徵文即是在這樣的話語情景下文學與傳媒的有效結合，這種集文學生產與傳播於一體的「命題作文」不僅為我們提供了現代文學發展的細微鮮活的細節展現，同時也為我們研究現代文學開闢了新的思路，它們影響、推動、參與建構了現代文學中的諸多問題，分析這些有代表性的有獎徵文可以讓我們更加清晰地看到現代文學複雜的文學生態。

　　有獎徵文首先是一種各方力量合作的文學生產活動，這些力量包括報刊雜誌本身的經濟效益考慮、知識分子的啟蒙話語以及政治團體國家政權的干預。三者基於不同的目的引導著文學的發展。從影響文學發展的周邊因素而言，報刊經濟利益的驅使使得徵文更多考慮讀者大眾的需求，從題目設計、評獎過程都與大眾保持著有效的交流，即便是在宣傳文學理念的過程中也充分做到通俗化。至於政治團體國家政權影響下的徵文，則採取了一種製造大眾自己寫作的幻覺來完成其目的，這樣的徵文首先在方式上不拘一格，盡可能多地為大眾提供寫作管道，可以說達到了一種「人人都可以寫作」的局面，評獎方面，讓有影響力的作家來擔任評委，但又不強調作品的文學價值，入圍獲獎人數多，又極大刺激了大眾的寫作熱情，通過這樣的文藝大眾化，政治團體達到了宣傳政治思想的目的，大眾也在這樣的參與中完成了對國家民族的想像。在這裡，從文學自身內部的發展來看，文學似乎成了被各種力量利用的對象，但是，我們必須承認，中國現代文學的發展本來就不是文學自

身的簡單推進，背後有著複雜的因素，而也正是政治因素的參與，現代文學史上知識分子一直討論的重要命題「文藝大眾化」才在某種程度上得以實現。

因此，我們不難得出這樣的結論，即一個時代的文學生產過程、文學生態樣貌是各種力量共同作用的結果，那麼，在這一語境下，我們同樣可以繼續思考，一個時代的文學是否可以被簡單的概括爲作家個人情緒的抒寫。社會的變革、時代的變化，首先會被感知敏銳的作家所察覺，他們將這樣的感知生成優秀的作品傳世，我們可以從中體察到一個時代的風雲變化，這也是文學史正常的書寫方式。不過有獎徵文卻爲我們提供了另外一個畫面，徵文通過「獎勵」的方式讓更多的人參與到文學生產中來，這種獎勵與其說是經濟的「稿費」「獎金」，不如說是一種參與文學創作的心理滿足感，更多的是一種心理獎勵。分析現代文學史上不同時期有代表性的徵文我們不難看出，一種文體的發展、一個思潮的推動也因爲有獎徵文的出現讓更多的人參與其中，知識分子也正是通過這樣的觀察思考自己作爲啓蒙者的姿態問題，徵文的發生發展，大眾參與度的逐漸提高，讓我們不能簡單地將一個時代的文學概括爲幾個作家的抒寫結果，我們必須要看到這其中各種力量的共同推進，文學因此而呈現出複雜多彩的樣態。

有獎徵文的影響力量一直在延續，建國之後，各種文學獎金如茅盾文學獎、魯迅文學獎等都以規章制度的形式確定下來，這其實是另一種形式的「徵文」，它同樣在某種程度上規定著文學的發展、作家的寫作傾向。到目前的網路時代，大眾文化以前所未有的方式蓬勃發展，有獎徵文又帶給我們新的命題和思考，2011 年至 2012 年，新浪微博已經成功舉辦的第一屆、第二屆「微小說」有獎徵文大賽以及「微童話」大賽，這些徵文是一種眞正的創作自由抑或只是一種自由的假象，文學在這裡又要如何定義，作家的姿態又是怎樣。因此，有獎徵文研究是一個持續發展的豐富的命題，對於我們深刻認識一個時代的文學、文化有著重要的作用。

附錄 1

魯迅文藝獎金委員會公佈 1942 年一季度入選作品
（載 1942 年 5 月晉察冀日報）

文學作品有：區村連隊文藝寫作課本（孫犁）、文學與文學批評（柳茵）、紅和綠（兒童詩）（田間）、浮定同志（報告）（沉重）、客人（報告）（蘭柳杞）、王祥（報告）（李醒）、鋼鐵是怎樣煉成的（翻譯）（趙洵）、高爾基美學觀（翻譯 非亞力克著）（沙可夫譯）

音樂作品有：少年進行曲（周巍峙、邵子南）、反法西斯進行曲（卜一、胡海珠）生活在晉察冀（王莘、紅楊樹）

美術作品有：八路軍鐵騎兵（木刻）（沃渣）、日兵之家（木刻）（徐靈）

注：本表所列作品只限北嶽區者，其冀中、冀東、冀熱遼等區該年正在進行極為艱苦的反掃蕩戰爭，未得參加評選。

魯迅文藝獎金委員會公佈 1942 年二季度入選作品
（載 1942 年 8 月 16 日晉察冀日報）

文學作品有：創作論（邵子南）、武老六（報告）（董紅千）

音樂作品有：假聲帶之研究（盧肅）、愛護樹（歌集）（胡可、張永康、今歌）、指揮手冊（翻譯）（蕭河）、音樂與音樂家的故事（翻譯）（蕭河）

美術作品有：拂曉襲擊（布畫）（丁里）、陶瓷工人（布畫）（李黑）、村幹部會（木刻）（秦兆陽）、運輸隊（木刻）（陳九）

戲劇作品有：燈蛾記（崔嵬）、清明節（胡可）

注：冀中、冀東、冀熱遼等地區大戰方酣，文藝工作者均再艱苦作戰，未參加評選，本表所列作品，僅爲北嶽區者。

魯迅文藝獎金委員會公佈 1942 年三、四季入選作品

（載 1943 年 4 月 17 日晉察冀日報）

因爲此次評選較嚴，故得獎作品較少，計年獎一種，季獎 20 種，政治攻勢文藝獎 39 種。得獎作品較少並不說明 1942 年邊區文藝運動成績小，相反，評選委員會認爲該年邊區運動成績是很大的。——魯迅文藝獎金委員會

（一）年獎一種：區村連隊文藝寫作課本（孫犁）

（二）季度獎（三～四季度）20 種：

1. 文學作品：鼠（田間）、不死的人（邵子南、周巍峙、李劫夫、陳地）、黎明的風景（紅楊樹）、紀念連（倉夷）丈夫、（孫黎）、趙發和騾子（王煒）、生活小集（郭起）

2. 音樂：我愛八路軍（牧冰、盧肅）、子弟兵進行曲（方冰、周巍峙）、子弟兵戰歌（蔡其矯，盧肅）、前進，子弟兵牛（鄭紅羽，徐曙）、鈴兒，叮叮冬（鄧康，陳地）、聲樂基礎（陳地）、音樂創作方法文（周巍峙）、樂器製造（李劫夫，陳強，張文）（係特別獎）

3. 美術：剪羊毛（木刻，古塞）、如此掃蕩（漫畫，李劫夫）、藝用人體解剖 ABC（杜焚編）

4. 戲劇：把眼光放遠點（冀中火線劇杜集體創作，胡丹沸執筆）、篷帳舞臺設計（汪洋）（係特列獎）

（三）政治攻勢文藝獎：

1. 文學：散文：渾河岸上（林兆南）、冷落了的大亞公司（沉重）、呈給游擊區孩子們的父母（周奮）、在魔鬼掌握中的地區（於力）、在政治攻勢中（衝鋒劇杜）、抗改劇社在政治攻勢中（胡朋等）

   詩：地主的家宅（田間）、給游擊區的孩子們（曼晴）、有你們作見證（方冰）、支應不了（井陘縣宣傳委員會詩傳單）

   鼓詞：不稈棉花免上當（軍區政治部宣傳品）

2. 音樂：咱們永遠在一起（鄧康、張非）、反「治安強化運動」（今歌）、幸福的日子在不遠（孟瑾、黎雨、兆江）、熬討兩年（陸友、張達觀、王明爭、王莘）、抗日的事兒要多幹（水林、陳庚）、山兩邊（田野、

巍峙）、過來吧，偽軍的弟兄們！（王莘）、我們反攻的隊伍在行進（星波、火星）、老鄉快武裝（常征，蘇路）、忠良四唱小調（張禎、管林）、不當 日本兵（田崇）、「五不」運動歌（鄭紅羽、張永康）

3. 美術：戰爭！戰爭！戰爭！（徐靈）、反正（徐靈）、懺悔（婁霜）、利口誇木村（清水一郎——在華日人反戰同盟盟員）

4. 戲劇：秋風謠（胡可）、慰勞（王黎）、哈那寇（淩風）、自首以後（方冰）、牛（小山）、張大嫂巧汁救幹部（李樹楷）、打特務（丁裏）、掩護（野火）、小珍子（魏風、郝仁）、熬著吧（胡丹沸）、王大炮回頭（韓塞、張非）

注：冀中地區一部分作品（僅一小部分）雖然參加了該年的評選，但大部分文藝工作者因為留在冀中堅持地下鬥爭，未得參加。其冀東、冀熱遼環境尤為艱苦，該兩區文藝作品當時根本未得送到北嶽區來。故此表所列，主要是北嶽地區者。

附錄 2

（一）晉冀魯豫邊區政府教育廳為頒發文教作品獎金的通告

為樹立文教作品寫作的明確方向，激發群眾的創作熱情，特頒發文教作品獎金五十萬元，徵集下列各種作品：

一、作品種類

1、教材、群眾教材：包括政治、文化、生產、衛生等教材，以及有關上項之婦女教材、工人教材，凡能針對群眾要求，運用群眾語彙，具體解決群眾的各種問題，取得教學成效者為合選。小學教材：包括補充教材、鄉土教材、補學班教材（教育廳現行編印之小學課本不參加得獎），凡能適合群眾需要與兒童身心發展的要求，符合新教育方針，具有教學成效者為合選。中學教材：包括中等學校均適用之邊區建設、政治常識、國語、數學、實用自然（理化）、歷史、地理等課本，按三年製配備內容進度，以邊區實際為中心，貫串學用一致的精神，達到培養幹部與各種建設所需要之初等人材為標準。

2、劇作，劇本：包括各類形式的新劇與各種形式改造的舊劇與歷史劇，能以藝術的手法取得服務於群眾的效果，符合當前劇運方針者為合選。其他小型作品：包括鼓書、快板、唱詞、各種小調、曲子等，凡能適合當前政治要求，結合工作需要，為群眾所喜好均為合選。

3、其他文藝創作與雜誌：

散文：包括報告、通訊、小說、故事、傳記等，以能反映表揚八年抗戰艱苦奮鬥的史詩，採取以工農兵為主要對象的題材，為群眾與廣大幹部所歡迎接受，為對創作的要求。

詩歌：包括詩、歌詞、歌曲等要求與上同。

美術：包括連環圖畫、木刻、插圖、年畫、漫畫、攝影，以能反映邊區各種建設成績，表現群眾餘款的生活，爲群眾所喜愛，及其有對外宣傳意義者爲合適。

二、獎金等第、名額

雜誌：包括各地創辦之各種雜誌，等第與名額，依作品徵集評選之情況來確定之，不作固定的劃分，每一作品當選，均可得現金獎金，或名譽獎與物質獎，現金獎最高額爲五萬元，總額五十萬元，其他獎品開支不在此內。

三、徵集方法

1、由縣、行政區、邊區三級各組織文教作品徵集評選委員會，辦理文教作品徵集評選事宜，此種委員會，以各該地區同級各系統宣教部門負責同志及聘請當地文化名流或對徵集之某類作品具有鑒賞能力與修養者七人至九人組成之，由政府教育部門負責組織。

2、各縣須經過參加上項徵集評選委員會之各系統同志分工負責，經過下面工作同志直接從群眾中蒐集上列各種作品。有些群眾自己的創作，並未寫爲成品者，須幫助寫爲書面的成品，如好多演出的劇，並無腳本，應選其在群眾中有好的影響與優秀者爲錄出劇本，其他作品均同。

3、各縣、各行政區自下而上徵集之作品，均交各該評選之委員會審查評定向上推薦，並須附審查意見，詳細說明其作品在該區群眾間所起的實際影響，以及群眾歡迎的程度，群眾意見，創作的經過等。以作最後評定之根據。

4、除自上而下的徵集而外，各機關團體均可負責推薦所認爲優秀的作品，另外個人亦能直接應徵。

四、截稿與公佈時間及其他規定

上列徵集或推薦應徵之作品，統於十月三十日以前掛號寄交或專人投送邊府教育廳收轉，逾期截稿。

1、預定十二月公佈評選結果，隨同頒發獎金。

2、徵集之作品，本廳有權編印出版或提前介紹雜誌發表，稿費版稅仍歸作者。

3、上列各種作品，應一律用毛筆黑墨，最好能用稿紙直行寫清楚，切勿庸鉛筆或紅墨水在廢紙背面橫寫，一面字跡模糊不清。

《人民日報》1946 年 7 月 15 日

注：資料顯示，這次徵文，邊府教育廳又公佈第二次通告，並把截稿期延長至次年（1947 年）一月底止，現金獎最高額改爲八萬元，獎金總額亦提高爲八十萬元。

（二）晉冀魯豫邊區政府教育廳第一次文教作品獎金通告

　　最近一年來，我文教戰線服務於現實鬥爭產生出不少好的作品，我們爲了更進一步明確寫作方向，激勵群眾的創作熱情，曾於一九四六年七月至十二月先後頒發文教作品徵獎通告，打算自下而上的採用群眾評選方法，使得爲愛國自衛戰爭，土地改革，生產運動服務的各種優秀作品，廣泛應徵，大量當選；因爲形勢發展，好多地區未能這樣做，以致各地許多好的作品，未能儘量參與評獎，這是此次評選工作中所存在的缺陷與困難，雖經一再努力克服，仍未能使人滿意，只好留待以後再圖彌補。統計各地應徵作品，冀南占四分之一，太行占半分之五十以上，太嶽不足四分之一，冀魯豫因戰爭影響只占五十分之一，連同我們直接蒐集的各地作品，一齊聘請專家評閱，並由邊區一級負責同志組成評委會，最後審定，除根據規定：評選之作品期限，是從一九四六年初延至本年四月底截止，在這以前以後寫作發表的和不是反映邊區現實的，非本區作品，以及音樂、美術、攝影等，來稿極少，都不參加本屆得獎外，共經評定各類得獎作品（每一作者以一件作品爲代表作，餘不得獎）一百二十件，這裡雖然不是搜羅邊區所有的優秀作品都在內，但僅就這一些，足以看到我區文教寫作方面，已經有巨大的成績，特別在文藝作品方面，群眾創作與群眾詩歌，占全部文藝得獎者四分之一，這說明了群眾翻身以後在歌唱自己和鼓舞勝利的愛國自衛戰爭，已經大大的發揮了自己的創作天才。瞻望勝利前途，希望今後廣泛開展群眾的創作運動，在新的基礎上更加邁進！

　　茲將得獎作品種類，作品名稱，作者，發表地區，獎金額數公佈於後：

文藝類

特等獎

趙樹理　小說　八萬元

短篇小說

張苦孩挖窮根（革飛，太嶽新文藝）、胡強子（田生，太行文藝雜誌）、由鬼變人（袁毓明，太行文藝雜誌）──以上各獎八千元

乙等七名

雇工（葛洛，邊區北方雜誌）、孤軍（秀圃，太行文藝雜誌）、大柳莊記事（太行文化）、新仇舊恨（劉江、趙正晶，太行文藝雜誌）仇恨（李莊，太行文藝雜誌）喜事（石火，冀魯豫平原文藝）、傷腦筋（吳象，應徵稿）──以上各獎五千元

中篇小說

甲等一名獎洋三萬元　李家溝反維持記（袁潮，太行文藝雜誌）

長篇小說

乙等一名獎洋二萬元　五月（彥夫，應徵稿）

報告散文

甲等六名

第二家庭（王克錦，太行文藝雜誌）、窟窿岩（王前，太行文藝雜誌）、新人（曾克，邊區北方雜誌）、新戰士時來亮（馮牧，應徵稿）、超過計劃（曾延偉，太行新華書店）、英雄溝（鄭篤）──以上每名獎洋八千元

乙等九名

順喜翻身（胡流，冀南書店）、邢臺市大斗胡同公（苗培時，太行文藝雜誌）、水蘿蔔糾紛（劉寶榮，太行文藝雜誌）、大楊湖之戰的英雄（馬豐年，太行文藝雜誌）、我們的英雄在戰鬥中（寒風，太嶽文化）、秋天鄉村特寫（邊區北方雜誌）、雇傭座談（林沫，邊區北方雜誌）

順德明和他的團長（蘇策，太嶽新華書店）、工兵秦邦喜（唐新江，太嶽新華書店）──以上每名各獎五千元

丙等六名

財神（延登琦，太行文藝雜誌）、突圍記（劉海聲，太岳文化）、參軍潮（耿西，太岳文化）、老一畝半家的悲歌（梅信，平原文藝）、火網下的通訊員（宋紹慶，太嶽新華書店）、神炮手（蘆焰，太嶽新華書店）──以上各獎三千元

多幕戲劇

甲等無名

李有才班花（襄坦人民劇團修訂本，太行）、挖窮根（關守耀，太行綠茵劇社）、石寸金發家（黎明劇團，太行黎城）、王克勤班（六縱文工隊，大軍區文工團）、模範家庭（胡奇，冀魯豫平原文藝）——以上各獎兩萬元

乙等兩名

虎孩翻身（太嶽軍區宣傳隊）、呂登科（王震，冀魯豫平原文藝）——以上各獎一萬三千元

丙等一名獎洋六千元

榮林娘（冀南藝校）

獨幕劇

乙等十名

我們的生力軍（太行警衛團一連）、正乾糧（太行平順劇團）、窮人難（太行晉城五區新生劇團）、一擔水（太行長治勝利劇團）、管喜雲（張剛，太岳陽城燕北劇團）、蔣軍必敗（周方登，邊府俱樂部，應徵稿）、土地還家（皇甫束玉，應徵稿）、錯打算盤（太行武鄉城關解放劇團）、算帳（流星）、義務看護隊（太行光明劇團）——以上各獎五千元

詩歌

甲等三名

圈套（阮章競，太行文藝雜誌）、彈唱小王五（劉衍洲，冀魯豫平原文藝）、申海珠（岡夫，太行文藝雜誌）——以上各獎八千元

乙等九名

趙鳳英（小空，太行文藝雜誌）、滏陽河的女兒（劉藝亭，冀南）、我要跟大家一起去報仇（袁勃，太行文藝雜誌）、翻身以後的第一代（羅林，太行文藝雜誌）、佃戶話（解華，冀魯豫群眾生活）、主席臺（胡征，邊區北方雜誌）、獵人之母（柯崗，太行文藝雜誌）、翻身四字經（鄭思遠，太嶽）、山西黑暗卅年（江橫，太嶽）——以上各獎五千元

丙等五名

鐵牛的話（一新，冀魯豫平原文藝）、回去打游擊（李放，冀魯豫平原文藝）、媽，黑窩窩（大衛，太行文藝雜誌）、俺的身世（燕雲，太行文藝雜誌）、翻身謠（范若愚，太行新華社）——以上各獎洋二千元

群眾詩歌　共六名

地主就是寄生蟲（太岳陽城下莊劇團）、安娘口歌（太嶽新文藝）、抗日政府來（太嶽新文藝）、高利貸詭計多端（太嶽新文藝）、畢金川詩歌（太嶽文藝）、鬥倒天德堂（李敬之，太行林縣城關）——以上各獎洋二千元

鼓詞墜子　四名

地主與長工（太行武鄉盲人宣傳隊）、人民功臣焦五保（劉金堂，太岳）、大戰楊湖（沈冠英）、

馬家寨（大眾劇社集體創作）——以上各獎五千元

新聞通訊類

戰鬥通訊

甲等三名　楊莊戰鬥（方德、明朗等，人民日報）、多餘的耽心（蘆耀武，人民日報）、王克勤模範班（冉虹等，人民日報）——以上各獎五千元

乙等三名　大楊湖戰鬥（蘇眾，人民日報）、襖袖上的血（李文波，戰士日報，人民日報）、天下第一軍的毀滅（金沙等，太嶽日報，人民日報）——以上各獎三千元

土地改革通訊

甲等三名　十年鬥爭翻透身（魏效泉，人民日報）、冶陶立功表模、加強幹群團結（李冰潔，人民日報）、天水嶺翻身記（朱襄，人民日報）——以上各獎洋五千元

乙等八名　左權城關於群團結（左權辦公室）、擠封建（人民日報）、南委泉的土地改革（蕭航，人民日報）、潞城五區深入運動（柳村，人民日報）、經驗、武安崇義群眾實行自願換牛（張天林，人民日報太嶽分社）、坦曲反倒算經驗（太嶽新華日報、人民日報）、翻身英雄郭宜昌（趙正晶，太行新華報）、平順楊五哨小型合作社（朱穆之，人民日報）、農民大學（杜展潮，人民日報）——以上各獎洋三千元

游擊戰爭通訊

甲等二名　開展立功表模運動（蕭峽，人民日報）、由恐懼走向無畏（李夫，冀魯豫日報、人民日報）——以上各獎洋五千元

乙等二名　濟源第二杜八聯（古維進，太嶽新華報、人民日報）、輝縣游擊戰爭一元（史洪，人民日報）、化領導經驗（陶魯笳，人民日報）——以上各獎洋三千元

雜誌類

文藝雜誌（太行文聯編）、新大眾（新華書店新大眾社）──以上各獎洋二萬元

教材類

群眾教材

甲等一名　大花頭村群眾教材（大花頭群眾集體創作，冀南冠縣）　獎洋一萬二千元

高小教材

丙等一名　高小國語（元朝高小集體編，冀南元朝）　獎洋八千元

中等教材

乙等四名　中學師範算術教材（高亦平，應徵稿）、中學實用算術（武伯年、張樹民，太岳中學）、中學衛生（呂逸帆，冀魯豫一中）、實用自然科學輯要（韓軼南）──以上各獎洋一萬二千元

丙等四名　中國近代史（冀南行署教育廳）近百年史（太行二中）、自然常識、（石磊，應徵稿）、中學國語（郭惟凡、任平，太岳中學）

以上各獎洋八千元

《人民日報》1947 年 8 月 20 日

（三）「軍民誓約運動徵文」獎（載《晉察冀日報》1942 年 2 月 1 日）

1941 年 11 月 18 日，邊區文聯向邊區文化界發出號召書，響應中共北方分局和十八集團軍（八路軍）野戰政治部聯合發出的開展軍民誓約運動的號召，作出五項決定：（一）立即開展以「軍民誓約運動」和反對敵人「三次治安強化運動」為中心的文藝宣傳鬥爭（二）藝術界立即開展一個創作運動，創作大量通俗、短小的，以上述運動為內容的作品，供各地軍民宣傳之用；（三）北嶽區文救會、冀中區文建會及邊區各協會、各研究會、各大劇團、文藝小組在誓約運動中要廣泛地舉行演出、宣傳，鄉村劇團及鄉村一切文化、文藝組織，也應在此期間活躍起來，參加鬥爭；（四）邊區所有的文化工作者，均應將誓詞向居民宣講，務使每一居民都能背熟記誦於心；（五）把以上這種文化藝術活動與新年、春節文娛活動結合起來，造成一個聲勢浩大的文藝宣傳

活動。爲此，邊區文聯和魯迅文藝獎金委員會舉辦了文藝作品的有獎徵文活動，掀起了全邊區文藝創作的高潮。首批入選作品「軍民誓約運動徵文」首批應徵作品共收到各種文學藝術作品 400 餘件，內文學作品 250 餘件，音樂作品 60 餘件，美術作品 20 餘件，戲劇作品 50 餘件。人選作品達 167 件，內文學作品 99 件，音樂作品 40 件，美術作品 8 件，戲劇作品 20 件。

1、文學作品

短篇小說：甲等 4 件，《代縣城的冰雹》（康濯）、《賣布的區長》（康濯）、《鹽》（許白天）、《一個排的誕生》）（丁克辛）；乙等 5 件，《金少尉》（遠）、《井》（韋明）、《血的激蕩》（康濯）、《治安員》（程平）、《農村媽媽》（湯珍）。

牆頭小說：甲等 11 件，《白樺山的老人》（魯藜）、《雁北一個小姑娘》（魯藜）、《出奔》（丁克辛）、《粉碎敵人謠言進攻》（陳山）、《夜》（柳茵）、《母親的眼淚》（倉夷）、《歌》（方冰）、《勇敢團結在我們政權周圍》（中國人）、《城》（中國人）、《媽媽，這是日本貨》（中國人）、《一個兒子槍斃了他的父親》（中國人）；乙等 15 件，《把自己兒子交給敵人的老漢》（魯藜）、《他是我的男人》（魯藜）、《不作順民》（丁克辛）、《帶路》（丁克辛）、《老囚徒和僞軍》（予人）、《軟骨頭》（周遊）、《戰場鼓動》（周奮）、《誰給我們的花棉襖》（席水林）、《一個看莊嫁的人》（曼晴）、《兩個放羊的》（徐朔）、《模範隊員王城》（方冰）、《賣燒餅的老漢》（方冰）、《起義》（中國人）、《不上毛驢稅》（中國人）、《呼聲》（中國人）。

小故事：甲等 3 件，《父母官和官的父母》（丁克辛）、《老太太的游擊戰》（鄭連鎖）、《孩子和大炮》（老魯）；乙等 10 件，《三個瘋子的故事》（丁克辛）、《一隻羊和一挺機關槍》（丁克辛）、《死也不向敵人屈服》（裘蒂範）、《石老頭子的故事》（席水林）、《不投降的小姑娘》（遠）、《粗脖子》（苗青旺）、《道路》（老魯）、《雞》（老魯）、《女人的頭發》（老魯）、《中國孩子》（林江）。敘事詩：甲等 1 首，《鄉土》（蔡其矯）；乙等 4 首，《自首》（方冰）、《糶糧食》（曼晴）、《山間的愛撫》（商展思）、《李有》（丹輝）。街頭詩 40 首（以下不分甲乙等，但獎金數目不同）：《我是一個中國人及其他》（24 首，中國人）、《他回來說的及其他》（8 首，徐朔）、三抗日根據地的文學藝術·257·《孩子及其他》（6 首，席水林）、《街頭詩二首》（無題，周奮）。歌詞 1 首：《牛鈴兒當當》（鄧康）。歌謠 9 首：《開展蠻子戰及其他》（9 首，白英）。傳說 1 篇：《小姑娘》（鄧康）。童話 1 篇：《三條腿的兄弟》（鄧康）。報告 2 篇：《秀蘭子之墓》

（董逸風）、《吹小喇叭的兒童戰士》（侯亢）。中篇小說 2 篇：《勝利》（邵子南）、《武委會主任》（丁克辛）。

2、音樂作品歌曲：甲等一類 6 首，《粉碎敵人「強化治安」》（湯珍、田涯）、《表一表抗戰的決心》（原火、劉沛）、《張三哥》（景田、X 欣）、《我是個戰鬥員》（孟瑾、陸友）、《狼牙山五壯士》（方冰、劫夫）、《粉碎他「治安強化」新花樣》（趙洵、王莘）；甲等二類 12 首，《宣誓》（陳隴、福田）、《反對「三次強化治安」》（行光、非弟）、《軍民誓約詞》（張非、卜一）、《誓死不投降》（何路、徐明）、《軍民誓約》（陳力）、《遵守軍民公約》（康濯、劫夫）、《軍民誓約歌》（馮宿海、劫夫）、《出擊》（馮征、兆江）、《為父母報仇雪恨》（李建屏、許友濱）、《參加軍民誓約活動》（也平、張見）、《決不當順民》（白天、上午）、《狼牙山上的紀念碑》（方冰、巍峙）；乙等 18 首，《平溝歌》（血明、恨懷）、《反封鎖》（陳力）、《記住報仇》（戈風、友濱）、《我們沒有灰心》（戈風、張毅）、《破擊戰》（戈風、友濱）、《洋狗汪汪汪》（戈風、友濱）、《宣誓歌》（侯金鏡、卜一）、《五壯士之歌》（怒浪）、《遵守軍民誓約》（也平、金戈）、《我們有了軍民誓約》（方冰、蕭何）、《我是英雄》（曼晴、巍峙）、《什麼是生路》（方冰、張見）、《勝利在前面》（白天、明爭）、《中國人》（張敘、金戈）、《不管他幾次「治安強化」》（拾午、上午）、《晉察冀永遠是我們的》（寶諤）。合唱兩組：《中華民族永遠不會滅亡》（華北聯大文工團）、《平溝合唱》（衝鋒劇社）。

3、美術作品木刻 10 幅：甲等 3 套，《不讓敵人抓壯丁》（徐競辭）、《王明哲的悔悟》（梁奮）、《楊二嫂殺敵》（蔡仁健）；乙等 2 套，《平溝》（徐進）、《意外的收穫》（陳超）；招貼畫 1 幅，《襲擊堡壘》（崔智民）；畫集 1 套，《鐵血畫集》（平山鐵血劇社）。

4、戲劇作品獨幕話劇劇本：甲等一類 4 部，《一個區長》（陳同和）、《鋼鐵與泥土》（丁里）、《擁護抗日軍》（賈克）、《不替敵人漢奸作事》（力今）；甲等二類 10 部，《投敵的下場）（陳強）、《十塊錢》（廖行光）、《我是區長》（張錚、劉薇）、《大華商店》（郭蒂）、《糖》（牧虹）、《父親和女兒》（胡蘇）、《硬骨頭》（韓塞）、《我們向你致敬》（凌風）、《堅強》（朱星南）、《兩個人》（康濯）；乙等一類 5 部，《治安區》（韓塞）、《一粒糧食》（洛汀）、《群眾》（海彥）、《生與死》（王自英）、《反抗》（黨俊慧）；乙等二類 1 部，《兩個通訊員》（辛毅）。

第二批入選作品

第二批共收到各種文藝作品50餘件，入選作品及作者姓名如下。

（一）文學作品烈士傳，乙等一篇：《老石經歷》（康濯）。

（二）音樂作品歌曲，乙等：《誓死不投降》（方冰、蕭河），《軍民公約歌》（力夫），《遵守軍民公約歌》（紅羽），《最後生路》（也平、金戈），《服從抗日政府》（也平、張海），《反封鎖》（劉佳、徐曙），《拿出自我犧牲的決心》（也平、金戈）。

（三）美術作品連環畫，甲等：《不投降的小姑娘》（孫遜），《五勇士的故三抗日根據地的文學藝術·259·事》（曹振峰）；乙等：《軍民誓約》（李又人）。布畫：甲等：《民兵》（辛莽）；乙等：《五壯士》（杜焚）。

（四）木刻乙等：《回民之母》（秦兆陽）；建築設計：乙等：《抗戰烈士紀念碑》（李黑）。

（五）戲劇作品獨幕話劇，乙等：《好兒子》（胡朋），《金城的故事》（王久晨），《悔悟》（田景夫）；相聲劇劇本，甲等：《喜信》（何遲、張煌）。

（四）華北文藝獎金（華北作家月報，第七期）

華北作家協會「華北文藝獎金」條例：

（一）華北作家協會為鼓勵華北作家及文藝作品之向上特設文藝獎金。

（二）本獎金定名為「華北文藝獎金」。

（三）本文藝獎金每年定為國幣二千元由本會文藝獎金項下支付之。

（四）本獎金每年額定為正獎一名，獎金一千元，副獎五名，獎金二百元。

（五）備具左列條件之一者請求此項獎金。

　　甲：文藝各部門任何一類之原作得直接請求此項獎金

　　乙：在華北出版之新聞紙及雜質有文藝專欄者得推薦其作者請求此項獎金。

　　丙：華北教育廳行政機關在局以上者得推薦作者請求此獎金。

　　丁：華北國私立各大學有文學院者得推薦作者請求此項獎金。

（六）凡請求此項獎金者須於每年十月十五日以前（必要時得由本會臨時宣佈延期）將請求或推薦書共各三份連同請求者或被推薦者之作品交到本會。

（七）本會委員於審查作品時對於各作品須付審查意見書以便發表。

華北作家協會「華北文藝獎金」審查細則：

（一）華北作家協會根據本會華北文藝獎金條例第九條之規定此項細則。

（二）凡交送本會審查之作品須合左列條件：

甲：文藝作品已發表未發表過者均可送交本會。

乙：所有作品均須爲當年創作者。

（三）凡送審之文藝作品字數標準如左：

1、小說，兩萬字以上爲標準。2、戲劇，兩萬字以上爲標準。3、散文，一萬字以上爲標準。4、詩歌，二百行以上爲標準。

（四）凡送審之作品文字及內容合計之分數不及八十分者無當選徵獎之資格。

（五）凡送審查之作品之計分法如左，但得由該審查委員會臨時修改之：

甲：小說，文字：詞藻二十分，結構二十分，內容：故事三十分，意識三十分。

乙：詩詞，文字：詞藻二十五分，韻調二十五分，內容：意境二十分，意識三十分

丙：散文，文字：詞藻五十分，內容：意識五十分。

丁：戲劇，文字：詞藻二十分，結構三十分，內容：故事二十分，意識三十分。

參考文獻

一、報紙期刊類

《創造月刊》、《大公報》、《大眾報》、《東方雜誌》、《婦女雜誌》、《國學叢刊》、《合作訊》、《紅色中華》、《紅中副刊》、《華北文藝》、《解放》、《解放日報》、《晉察冀日報》、《晉察冀文藝》、《京報副刊》、《救亡日報》、《抗敵三日刊》、《抗戰日報》、《抗戰文藝》、《禮拜六》、《良友畫報》、《民國日報》、《七月》、《群眾報》、《群眾報》、《山東文化》、《申報》、《時代青年》、《時代思潮》、《世紀風》、《蘇區文藝》、《文化先鋒》、《文匯報》、《文史雜誌》、《文學週報》、《文藝叢刊》、《文藝先鋒》、《文藝月刊》、《西風》、《小說世界》、《小說月報》、《新民報半月刊》、《新華日報》、《新民意報》、《新青年》、《新小說》、《中央週刊》。

二、著作類

1. 〔德〕A·西爾伯曼著，魏育青、于汛譯《文學社會學引論》，合肥：安徽文藝出版社，1988 年。
2. 〔法〕L·戈德曼著，段毅、牛宏寶等譯《文學社會學方法論》，北京：工人出版社，1989 年。
3. 〔英〕彼得·伯克著，姚明、周玉鵬譯《歷史學與社會理論》，上海：上海人民出版社，2001 年。
4. 〔美〕彼得·布勞著，孫非、張黎勤譯《社會生活中的交換與權力》，北京：華夏出版社，1988 年。
5. 〔美〕伯納德·巴伯著，顧昕等譯《科學與社會秩序》，北京：三聯書店，1991 年。

6. 蔡元培等《中國新文學大系導論集》,上海:上海良友圖書印刷公司,1940年。

7. 陳東林《諾貝爾文學獎批判》,長春:時代文藝出版社,2000年。

8. 陳敬之《中國新文學運動的前驅》,臺北:成文出版社,1980年。

9. 陳平原、山口守編:《大眾傳媒與現代文學》,北京:新世界出版社,2003年。

10. 陳平原《二十世紀中國小說史》(第一卷),北京:北京大學出版社,1989年。

11. 陳平原《文學史的形成與建構》,南寧:廣西教育出版社,1999年。

12. 陳思廣《中國現代長篇小說編年》,成都:四川大學出版社,2008年。

13. 陳思和《新文學整體觀》,上海:上海文藝出版社,1987年。

14. 陳壽立《中國現代文學運動史料摘編》,北京:北京出版社,1985年。

15. 陳萬雄《五四新文化的源流》,北京:三聯書店,1997年。

16. 陳子展《中國近代文學之變遷・最近三十年中國文學史》,上海:上海古籍出版社,2000年。

17. 程德培《良友人物:1926~1945》,上海:上海社會科學出版社,2004年。

18. 程德培《良友散文:1926~1945》,上海:上海社會科學出版社,2004年。

19. 程德培《良友隨筆:1926~1945》,上海:上海社會科學出版社,2004年。

20. 程德培《良友小說:1926~1945》,上海:上海社會科學出版社,2004年。

21. 程光煒《文人集團與中國現當代文學》北京:人民文學出版社,2005年。

22. 程文超《百年中國文學總系:1903 前夜的湧動》,濟南:山東教育出版社,1998年。

23. 〔美〕戴安娜・克蘭著,趙國新譯《文化生產:媒體與都市藝術》,南京:譯林出版社,2001年。

24. 董麗敏《想像現代性:革新時期的〈小說月報〉研究》,南寧:廣西師範大學出版社,2006年。

25. 杜慧敏《晚清主要小說期刊譯作研究:1901~1911》,上海:上海書店出版社,2007年。

26. 杜素娟《沈從文與〈大公報〉》,濟南:山東畫報出版社,2006年。

27. 范國英《茅盾文學獎的文學制度研究》,北京:中國社會科學出版社,2009年。

28. 馮並《中國文藝副刊史》，北京：華文出版社，2001 年。

29. 馮光廉《中國近百年文學體式流變史》（上下），北京：人民文學出版社，1999 年。

30. 高恒文《京派文人：學院派的風采》，上海：上海教育出版社，2000 年。

31. 郭國昌《二十世紀中國文學的大眾化之爭》，南昌：百花洲文藝出版社，2006 年。

32. 郭強《現代知識社會學》，北京：中國社會出版社，2000 年。

33. 何金蘭《文學社會學理論評析：兼論在中國文學上的實踐》，臺灣：桂冠圖書股份有限公司，1989 年。

34. 何言宏《中國書寫》，北京：中央編譯出版社，2002 年。

35. 〔日〕橫山寧夫著，毛良鴻等譯《社會學概論》，上海：上海譯文出版社，1983 年。

36. 侯傑《大公報與中國近代社會》，天津：南開大學出版社，2006 年。

37. 胡瀟《文化現象學》，長沙：湖南出版社，1991 年。

38. 黃錦珠《晚清時期小說觀念之轉變》，臺北：文史哲出版社，1995 年。

39. 冀中一日寫作運動委員會《冀中一日》，天津：百花洲文藝出版社，1961 年。

40. 孔慶東《百年中國文學總系：1921 誰主沉浮》，濟南：山東教育出版社，1998 年。

41. 曠新年《百年中國文學總系：1928 革命文學》，濟南：山東教育出版社，1998 年。

42. 曠新年《中國 20 世紀文藝學學術史》（第二部下卷），上海：上海文藝出版社，2001 年。
賴光臨《但開風氣不爲師：梁啓超、張道藩、張知本》，臺灣：臺灣文訊雜誌社，1991 年。

43. 李孝悌《清末的下層社會啓蒙運動（1901～1911）》，石家莊：河北教育出版社，2001 年。

44. 劉懷玉《現代性的平庸與神奇》，北京：中央編譯出版社，2006 年。

45. 劉淑玲《大公報與中國現代文學》，石家莊：河北教育出版社，2004 年。

46. 劉增傑《抗日戰爭時期延安及各抗日民主根據地文學運動資料》，太原：山西人民出版社，1983 年。

47. 〔美〕路易斯·科塞著，郭方等譯《理念人》，北京，中央編譯出版社，2001 年。

48. 欒梅健《前工業文明與中國文學》，南寧：廣西教育出版社，2000 年。

49. 〔法〕羅貝爾・埃斯卡皮著，王美華、于沛譯《文學社會學》，杭州：浙江人民出版社，1987年。

50. 羅志田《權勢轉移：近代中國的思想社會與學術》，武漢：湖北人民出版社，1999年。

51. 馬睿《未完成的審美烏托邦：現代中國文學自治思潮研究（1904～1949）》，成都：四川出版集團巴蜀書社，2006年。

52. 馬以鑫《中國現代文學接受史》，上海：華東師範大學出版社，1998年。

53. 茅盾《我走過的道路》（上），北京：人民文學出版社，1981年。

54. 毛澤東《建國以來毛澤東文稿》（第十二冊、第十三冊），北京：中央文獻出版社，1998年。

55. 毛澤東《毛澤東選集》（第五卷），北京：人民出版社，1977年。

56. 毛澤東《毛澤東選集》（第一卷、第二卷、第三卷、第四卷），北京：人民出版社，1968年。

57. 〔法〕皮埃爾・布迪厄、〔美〕華康德著，李猛、李康譯《實踐與反思》，北京：中央編譯出版社，2004年。

58. 〔法〕皮埃爾・布迪厄著，蔣梓驊譯《實踐感》，南京：譯林出版社，2003年。

59. 〔法〕皮埃爾・布迪厄著，包亞明譯《文化資本與社會煉金術》，上海：上海人民出版社，1997年。

60. 〔法〕皮埃爾・布迪厄著，劉暉譯《藝術的法則——文學場的生成和結構》，北京：中央編譯出版社，2001年。

61. 錢竟、王飆《中國20世紀文藝學學術史》（第一部），上海：上海文藝出版社，2001年。

62. 錢理群《反觀與重構》，上海：上海教育出版社，2000年。

63. 人民文學出版社新文學史料叢刊編輯組編《新文學史料》（1～4），北京：人民文學出版社，1979年。

64. 任桐《徘徊於民本與民主之間：大公報的政治改良言論述評：1927～1937》，北京：三聯書店，2004年。

65. 任孚先《山東解放區文學概觀》，濟南：山東人民出版社，1983年。

66. 〔美〕撒母耳・P・亨廷頓著，王冠華等譯《變化社會中的政治秩序》，北京：三聯書店，1989年。

67. 邵燕君《傾斜的文學場——當代文學生產機制的市場化轉型》，南京：江蘇人民出版社，2003年。

68. 邵瀅《中國文學批評現代建構之反思：以京派為例》，武漢：湖北教育出版社，2006年。

69. 史和編《中國近代報刊名錄》，福州：福建人民出版社，1991 年。

70. 上海社會科學科學院文學研究所《上海〈孤島〉文學回憶錄》，北京：中國社會科學出版社，1984 年。

71. 司馬長風《中國新文學史》（上、中、下），香港：香港昭明出版有限公司，1978。

72. 唐沅等《中國現代文學期刊目錄彙編》（上、下），天津：天津人民出版社，1988 年。

73.〔美〕湯瑪斯·哈定著，韓建軍、商戈令譯《文化與進化》，杭州：浙江人民出版社，1987 年。

74. 汪曾培編《中國新文學大系·史料·索引》，上海：上海文藝出版社，1981 年。

75. 王本朝《中國現代文學制度研究》，重慶：西南師範大學出版社，2002 年。

76. 王富仁《王富仁自選集》，桂林：廣西師範大學出版社，1999 年。

77. 王曉明《批評空間的開創》，上海：東方出版中心，1998 年。

78. 王曉明《王曉明自選集》，南寧：廣西師範大學出版社，1997 年。

79. 王一川《中國現代性體驗的發生：清末民初文化轉型與文學》，北京：北京師範大學出版社，2001 年。

80. 王由青《張道藩的文宦生涯》，北京：團結出版社，2007 年。

81. 王芝琛、劉自立《1949 年以前的大公報》，濟南：山東畫報出版社，2002 年。

82. 溫儒敏《新文化現實主義的流變》，北京：北京大學出版社，1988 年。

83. 文天行《國統區抗戰文藝運動大事記》，成都：四川省社會科學院出版社，1985。

84. 汪木蘭，鄧家琪《蘇區文藝運動資料》，上海：上海文藝出版社，1985 年。

85. 夏曉虹《晚清社會與文化》，武漢：湖北教育出版社，2001 年。

86.〔日〕相浦杲《考證、比較、鑒賞──二十世紀中國文學研究論集》，北京：北京大學出版社，1996 年。

87. 謝冕《百年中國文學總系：1898 百年憂患》，濟南：山東教育出版社，1998 年。

88. 許道明《京派文學的世界》，上海：復旦大學出版社，1994 年。

89. 顏廷亮《晚清小說理論》，北京：中華書局，1996 年。

90. 楊洪承《文學社群文化形態論》，合肥：安徽文藝出版社，1998 年。

91. 楊義《中國新文學圖志》（上、下），北京：人民文學出版社，1997 年。

92. 應國靖《現代文學期刊漫話》，廣州：花城出版社，1986 年。

93. 〔德〕尤爾根·哈貝馬斯著，曹衛東等譯《公共領域的結構轉型》，上海：學林出版社，1999 年。

94. 余虹《革命·審美·解構：20 世紀中國文學理論的現代性與後現代性》，桂林：廣西師範大學出版社，2001 年。

95. 袁國興《1898～1948 中國文學場態》，廣州：廣東人民出版社，2005 年。

96. 袁進《中國文學觀念的近代變革》，上海：上海社會科學出版社，1996 年。

97. 張靜廬《中國現代出版史料》（甲編、丙編、丁編），北京：中華書局，1954、1956、1959 年。

98. 張靜廬編《中國近代出版史料》（初編、二編），上海：群聯出版社 1953、1954 年。

99. 張泉《抗戰時期的華北文學》，貴陽：貴州教育出版社，2005 年。

100. 張英進、于沛：《現當代西方文藝社會學探索》，福州：海峽文藝出版社，1987 年。

101. 中共中央馬克思恩格斯列寧斯大林著作編譯局研室編《五四時期期刊介紹》（1、2、3），北京：三聯書店，1958 年。

102. 周葱秀、涂明《中國近現代文化期刊史》，太原：山西教育出版社，1999 年。

103. 周海波、楊慶東《傳媒與現代文學之間》，北京：中國社會科學出版社，2004 年。

104. 周憲、羅務恒、戴耘《當代西方藝術文化學》，北京：北京大學出版社，1988 年。

105. 周月亮《中國古代文化傳播史》，北京：北京廣播學院出版社，2000 年。

106. 周作人《中國新文學的源流》，上海：華東師範大學出版社，1995 年。

107. 朱聯保《近現代上海出版業印象記》，上海：學林出版社，1983 年。

108. 朱曉進、楊洪承等《非文學的世紀：20 世紀中國文學與政治文化關係史論》，南京：南京師範大學出版社，2004 年。

三、論文類

1. 陳非：《從文藝大眾化到鄉村文藝主流化——論中國現代文學三十年中關於文藝大眾化的歷史建構》，《廣東社會科學》，2008 年第 5 期。

2. 陳思廣：《鮮為人知的「朱胡彬夏文學獎金」》，《四川大學學報》（哲學社會科學版），2011 年第 4 期。

3. 段從學：《〈小說月報〉改版旁證》，《新文學史料》，2005 年第 3 期。

4. 范國英：《論二十世紀九十年代以來的文學評獎及評獎機制的形成》，《西華大學學報》（哲學社會科學版），2009 年第 1 期。

5. 郭國昌：《文藝獎金與解放區的文學大眾化思潮》，《中國現代文學研究叢刊》，2002 年第 4 期。

6. 何平、賀仲明、張光芒、汪政：《制度場域的文學存在——關於「文學制度」和文學書寫的對話》，《文藝評論》，2004 年第 6 期。

7. 李樹玲：《文學制度與文學的自主性》，《太原師範學院學報》（社會科學版），2006 年第 3 期。

8. 李秀萍：《文學研究會與中國現代文學制度研究》，首都師範大學 2000 年博士論文。

9. 李怡：《「五四」與現代文學「民國機制」的形成》，《鄭州大學學報》（哲學社會科學版），2009 年第 4 期。

10. 劉川鄂：《創作自由：文學制度的指歸》，《湖北大學學報》（哲學社會科學版），2003 年第 6 期。

11. 劉川鄂：《從「自由人」到「官人」——作家身份與可持續寫作》，《揚子江評論》，2007 年第 3 期。

12. 劉喬：《文學制度與文學偽經典的形成》，《高等教育與學術研究》，2007 年第 4 期。

13. 劉新教：《文學制度悖論中的主體問題》，《喀什師範學院學報》，2005 年第 5 期。

14. 劉學明：《從毛澤東時代到後毛澤東時代——簡論當代文學制度的變革及對文學創作的影響》，《雲南師範大學學報》（哲學社會科學版），2007 年第 1 期。

15. 南帆：《文學史與經典》，《文藝理論研究》，1998 年第 5 期。

16. 曲朝勃：《文人群體的轉型與文學生產過程的現代化》，青島大學 2002 年博士論文。

17. 宋媛：《略說「良友文學獎金」》，《北京師範大學學報》（社會科學版），2008 年第 6 期。

18. 湯哲聲：《生產體系：中國現代文學生成發展的社會基礎》，《文藝研究》，2002 年第 2 期。

19. 王坤：《文學制度對文學主體活動的潛在建構》，《江蘇教育學院學報》（社會科學版），2005 年第 3 期。

20. 謝菊：《轉折時期的中國文學——1921～1931 年間的〈小說月報〉研究》，復旦大學 2002 年博士論文。

21. 袁繼峰：《民族戰爭的宏大敘事與阿壟〈南京血祭〉的突圍》，《文藝理論研究》，2006 年第 1 期。

22. 張冬梅：《喧囂之後：反思文學評獎》，《文藝爭鳴》，2009 第 6 期。

23. 張晶晶：《文學制度研究的現代性視野》，《河北理工大學學報》（社會科學版），2008 年第 2 期。

24. 張利群：《論文學評價標準的三元構成與建構條件》，《文學評論》，2007 年第 1 期。

25. 張利群：《論文學制度合法性與合理性依據》，《東方叢刊》，2008 年第 3 期。

26. 張文諾：《毛澤東文藝大眾化思想的研究》，《文藝理論與批評》，2010 年第 1 期。

27. 張興成：《現代性、知識分子與文學制度》，《長江師範學院學報》，2008 年第 6 期。

28. 張頤武：《「現代性」文學制度的反思》，《文學自由談》，2003 年第 4 期。

29. 周燕芬：《阿壟的文學成就及其文學史意義》，《海南師範大學學報》（社會科學版），2009 年第 3 期。

後　記

　　本書是由我的博士學位論文修改而成。於我而言，本書的寫作過程不僅僅是一次學術的訓練，更是一種找尋自我表達方式的歷練，儘管這種歷練的結果還顯得不夠成熟。選擇此題目源於我對現代文學史料的熱愛，那些陳舊卻又鮮活的報刊雜誌向我們展示了文學發生的現場，但是找尋對論文「有用」的資料並不僅僅是悠閒地翻看報紙，猶記在找尋資料的過程中，有發現新的史料事實的欣喜，也有被史料淹沒而無從下手的絕望，有梳理材料的踏實之感，也有不知如何提煉史料的糾結彷徨。回頭再想這些體驗，竟是難得的寫作回憶。

　　感謝我的導師李怡先生，他帶給我的不僅是學術的啓蒙與一路提攜，更是人格力量的感染與影響。本書寫作過程中，導師睿智敏銳的思維、極具創意的想法時時給我衝擊與更深的思考，導師嚴屬的批評與眞誠的鼓勵帶來的心理起伏則讓我更加清晰地認識自己。不僅如此，李老師授業解惑中體現出來的人格力量才是治學之於我最重要的意義，他教我適應時代「雨季」的同時如何保持自己的獨立，他對自由、常識、反思這些既普通又珍貴的品質的堅持讓我感動不已。李老師有著作爲一個學人深刻的思想和洞察力，又有著難得的飛揚的激情，這就是我心中學術與人生最完美的結合。

　　感謝陳思廣教授，因研究課題也是陳教授興趣所在，因此在與他的交談中受益頗多，陳老師還將他看到的重要史料慷慨告知，這些都對本書的寫作起了重要的作用。感謝段從學、肖偉勝、周維東諸位老師，在與他們的交流中，開闊了我的學術視野，他們對論題的意見和建議使我受益匪淺。另外，感謝國立中正大學中國文學所的黃錦珠教授，雖只是通過郵件往來，黃教授卻大方熱情，將難尋的資料贈與我，在此表示誠摯的謝意。

2017 年 2 月於青島